소원을 말해줘

소원을 말해줘

이경 장편소설

다산
책방

일러두기
이 책에 쓰인 '프로틴(protein)'의 규범 표기는 '프로테인'이나, 저자의 의견에
따라 '프로틴'으로 표기했습니다.

차례

I
◆
허물

1

그녀는 티셔츠와 브래지어를 한꺼번에 벗었다. 바지와 팬티도 벗어 화장실 칸막이에 걸쳤다. 배낭에서 비누를 꺼내 재빨리 거품을 내며 입구를 틈틈이 돌아봤다. 공원 관리인에게 들키면 귀찮아진다. 세금을 내는 시민만이 공중화장실을 이용할 자격이 있다는 것이 그 꽉 막힌 남자의 신념인 듯했다. 새벽 2시, 지금쯤 공원 순찰을 마치고 관리실에서 텔레비전을 보고 있을 것이다. 공원에서 먹고 자는 건 피차 마찬가지다.

짧은 머리카락과 버짐 핀 얼굴, 다부진 팔과 엉덩이

사이로 그녀의 손이 빠르게 미끄러졌다. 민첩하게 움직이던 손은 배꼽 아래서 멈췄다. 하반신 전체가 푸르죽죽하고 딱딱한 허물에 덮였다. 사마귀에 곰팡이가 핀 것 같기도 하고 거칠게 갈라진 소나무 껍질 같기도 했다.

한 달 전, 허물은 발꿈치의 한 점을 바늘로 따끔하게 찌르는 느낌에서 시작됐다. 따끔따끔 벌레가 모공에서 기어 나오고, 동시에 다른 모공에서 따끔따끔 올라오고, 또 그 옆에서 따끔따끔 다리 전체로 옮아갔다. 가려움에 미치게 되리라는 예감은 손에 잡히는 건 뭐든 부서뜨리고 싶은 충동으로 몰아갔다. 손톱이 지난 자리는 붉게 부어올랐다가 불그스름한 홍반으로 피어났다. 수십 개의 홍반들이 사각형 모양의 회갈색 딱지로 변하더니 점차 허물로 굳어버렸다.

그녀는 힘주어 무릎을 문질렀다. 갈라진 허물 사이로 진물이 진득하게 묻어났다. 코끝에 가져가자 지독한 냄새가 났다. 몸 안의 불순물이 배출되지 못해 곪은 냄새였다. 분비물이 엉기기 시작하면 못 견디게 가려웠다. 씻어내야 잠시나마 가라앉힐 수 있었다. 물을 끼얹다 손톱에 허물이 걸렸다. 피가 배어났다. 그녀는 무덤을 들추듯 허물을 들췄다. 피고름이 주르륵 흘렀다. 통증은 대수롭지 않았다. 무덤 속에 뭐가 있든 마찬가지였다.

발소리가 가까워졌다. 관리인이다. 그는 오로지 노숙자들에게 경고할 목적으로 한밤중이나 새벽에 순찰을 돌곤 했다. 그녀는 수도꼭지를 세게 틀어 세면대에 머리부터 처박고 비눗기를 대강 씻어냈다. 배낭과 옷을 집어 들고 알몸으로 화장실을 빠져나왔다. 풀숲을 가로질러 메타세쿼이아 숲길까지 단숨에 내달렸다. 길게 자란 풀 사이, 칠이 다 벗어진 벤치에 이르러서야 숨을 골랐다.

옷을 탁탁 털어 입고 배낭에서 캔 하나를 꺼냈다. 'T-프로틴'이다. 피부 각화증을 완화시키는 신단백질이 함유됐다는 인증마크가 붙었다. '허물 예방과 치료를 동시에!' 광고 문구 아래 깨알 같은 글씨로 하루 두 번 복용하라는 내용이 적혀 있었다. 플라스틱 뚜껑을 열자 밑바닥이 보였다. 거꾸로 들어 프로틴 가루를 입 안에 탈탈 털어 넣고 빈 캔을 풀숲에 던졌다.

프로틴이 바닥났으니 머지않아 허물은 열대식물의 덩굴처럼 등줄기를 휘감을 것이다. 육식동물의 생장점으로 자라난 덩굴이 척추를 타고 올라와 귓바퀴를 감고 눈꺼풀에 내려앉을 것이다. 허물이 두렵진 않았다. 두려운 건 허물에 뒤덮여도 죽지 않는다는 사실이었다.

방법이 없는 건 아니었다. 시 당국은 허물의 확산을 막기 위해 방역 센터를 운영하고 있었다. 방역 센터에서는 약물을 주입해 허물을 벗겨냈다. 그녀는 허물을 벗기 위해 몸부림치고 싶지 않았다. 고통스러운 치료 과정을 거쳐 허물을 벗은 사람들은 방역 센터에서 나와 직업도, 이웃도 없는 삶과 마주해야 했다. 결국엔 벌거벗은 기분으로 공원에서 잠을 자다 다시 허물 속으로 숨어들기 마련이었다.

그녀는 배낭을 베고 벤치에 길게 누웠다. 뱀의 눈 같은 보름달이 내려다보고 있었다. 질끈 눈을 감았다. 작고 동그란 불빛이 눈꺼풀 위로 어룽거렸다. 산책로를 따라 손전등 불빛이 둥둥 떠다녔다. 언젠가 배낭을 발치에 두고 잤다가 잃어버린 적이 있었다. 배낭은 관리실 근처 쓰레기통에서 발견됐다. 어느 날엔 신발이, 어느 날엔 외투가 감쪽같이 사라지기도 했다. 관리인 남자는 그런 식으로 경고할 뿐, 제 손으로 그녀를 끌어내진 않았다. 허물에 손을 대느니 괴롭히는 쪽을 택

한 것이다. 손전등은 총구처럼 집요하게 목표물을 찾아다녔다.

그녀는 잠을 포기하고 배낭을 추슬렀다. 배낭 밖으로 고리가 달린 쇠막대가 길게 빠져나왔다. 스네어 폴이다. 배낭 안에는 그것 말고도 긴 장화와 가죽 장갑이 들었다. 파충류 사육에 필요한 도구들이다. 그녀는 쇠막대의 중간 이음새를 풀어 길이를 줄인 다음 배낭 깊숙이 넣고 공원을 나섰다. D구역으로 가볼 생각이었다. 거기엔 뱀을 봤다는 사람이 많았다.

2

D구역은 생각나면 하나씩 덧붙이는 식으로 집과 건물이 늘어나면서 생겨났다. 낡은 집들은 곧 허물어질 것처럼 보였지만 결코 사라지지 않았다. 높은 곳에서 내려다보면 10년, 20년, 혹은 그보다 오래된 지붕이 비교적 최근에 지은 집들 사이에 점점이 박혀 있었다. 오래된 지붕 아래에서도 사람들이 걸어 나왔다. 시간의 저편에서 막 당도한 것처럼 피로한 얼굴을 하고서.

골목에서는 아이들이 스스럼없이 허물을 드러내고 놀았다. D구역에서라면 허물 덮인 팔뚝을 버젓이 내놓고 생선의 배를 가르고 세탁물을 배달하는 일이 흔했다. 피부 각화증이 심해져 뱀의 허물 같은 각질이 온몸을 뒤덮는 피부병은 이 도시의 풍토병으로 알려졌다. 전문가들은 각질세포 형성에 관여하는 구조단백질이 돌연변이를 유발하는 티셀 바이러스에 감염되었기 때문이라고 했다. 이 지역 사람들이 유독 티셀 바이러스에 쉽게 감염되고 증세가 심한 이유는 밝혀지지 않았다. 다만, 도시화되기 이전 혈족을 기반으로 한 대규모 촌락이 형성돼 있었다는 이유를 들어 유전적 결함 때문이 아닐까 추측할 뿐이었다.

다른 구역 사람들에게 D구역 사람들의 피부는 깨끗하다 해도 깨끗한 것이 아니었다. 언제라도 바이러스를 옮길 수 있는 숙주와 다르지 않았다. 이 모든 것이 자연스레 초래하는 귀결은 D구역은 다른 구역과 격리돼야 한다는 거였다. 그것은 다분히 정서적인 것이었지만 확실하게 작용하는 금기의 전제가 됐다. 간혹 원거리 여행을 떠나는 철새들처럼 훌쩍 떠나갔던 사람들도 얼마 지나지 않아 기름에 흠뻑 젖은 깃털을 질질 끌며 구사일생 자신의 둥지로 되돌아왔다.

골목 이쪽 끝에서 저쪽 끝까지 펄쩍펄쩍 뛰어다니는
아이들 틈에서 그녀는 뱀에 대해 묻고 다녔다. 아이들
은 멀뚱한 얼굴로 잠시 낯선 여자를 쳐다보다 다시 사
방으로 내달렸다. 그녀는 막 골목 안으로 뛰어들어 온
아이에게 다가갔다. 두피가 회갈색 허물로 뒤덮인 계
집애였다.

"커다란 뱀을 봤어?"

"응."

계집애는 숨을 몰아쉬며 고개를 끄덕였다. 동그랗게
벌어진 입에서 고린내가 풍겼다. 땀에 젖은 채 그대로
잠에 곯아떨어졌다 날이 밝으면 다시 골목을 뛰어다니
기 때문일 것이다.

"롱롱?"

다시 물었다. D구역 사람에게 물으면 열에 아홉은
롱롱을 말했다. 세상의 허물을 벗기는 전설 속의 뱀,
롱롱이 나왔다는 것이다. 일대를 뒤져 뱀을 찾아내면
번번이 허탕이었다. 30미터가 넘는 비단뱀과는 거리가
멀었다.

"커. 이만치 커."

아이는 뱀의 이름에는 관심이 없었다.

"어디 있어?"

"우물."

아이가 골목 끝을 가리켰다. 그녀가 고개를 돌렸다. 거기, 방역대원들이 있었다. 방역 마스크를 착용한 방역대원들이 열 맞춰 빠른 속도로 이동하고 있었다.

그녀는 뛰었다. 뱀이다. 드디어 뱀이 나온 것이다.

그녀는 파충류 사육사다. B구역 산기슭에 있는 사설 동물원에서 일했다. 소유주는 재력가 노인이었다. 사설 동물원치곤 제법 규모가 커서 뱀이나 악어 같은 파충류뿐 아니라 호랑이와 물소, 원숭이도 있었다. 그녀는 파충류관에서 뱀을 돌봤다. 낮에는 30도, 밤에는 26도로 온도를 일정하게 유지하고 따뜻한 물로 목욕시켰다. 매일 배설물을 치우고 깨끗한 물로 갈았다. 동물성단백질로 만든 프로틴 사료를 주고 한 달에 한 번은 살아 있는 닭이나 토끼를 줬다. 프로틴 가루를 동그랗게 반죽한 후 사육장 안으로 굴려 넣으면 뱀은 살아 있는 먹이로 착각했다. 네 개의 턱뼈를 상하좌우로 탈골시켜 130도까지 입을 벌려 통째로 삼켰다.

파충류관에서 가장 큰 동물은 30미터에 달하는 비단뱀이었다. 탈피가 시작되면 그녀는 늦은 밤까지 사육장을 지켰다. 눈동자가 뿌옇게 변하는 블루 현상이 보이고 유목에 머리를 비비기 시작하면 허물을 벗으려는 징조였다. 며칠 후 뱀은 어둡고 몸이 꼭 끼는 곳으로 기어들어 가 느릿느릿 허물을 벗었다. 뱀이 왜 허물을 벗는지, 언제 벗는지, 정확히 알려진 건 없다. 몸이 커지기 때문이 아닐까 추측할 뿐이다. 뱀은 제가 허물을 벗고 싶을 때 벗는다. 어떤 놈은 일주일마다 벗기도 하고, 어떤 놈은 한 달이나 두 달에 한 번, 혹은 1년 만에 벗기도 한다.

동물원 주인은 가끔 가족들을 데리고 방문하거나 비오는 날 혼자 오기도 했다. 파충류관에 오는 날이면 그녀를 불러 사육장 문을 열게 한 후 안으로 들어갔다. 비단뱀은 나무를 타듯 노인의 다리와 허리를 감고 올라 목을 휘감고 손목을 향해 갔다. 노인은 손으로 길을 만들어 뱀이 자유롭게 자신의 몸을 타도록 했다. 뱀은 핸들링을 하며 냄새를 맡고 주인을 알아봤다. 노인은 사육사에게 핸들링을 허락하지 않았다. 그녀는 사육장 밖에서 뱀과 노인이 한 몸으로 엉키는 것을 지켜봤다.

노인이 비단뱀을 만난 건 동남아시아 작은 동물원에서였다. 그는 적지 않은 돈을 들여 비단뱀을 손에 넣었다. 이 지역에는 뱀을 신으로 섬기는 토속신앙이 전해 내려왔다. 노인은 비단뱀을 동물원의 스타로 키우려 했다. 예상은 적중했다. 비단뱀은 지역방송에 소개되자마자 주목을 끌었다. 동물원 입구엔 뱀 허물이 나뭇가지에 길게 늘어뜨려졌다. 노인의 아이디어였다.

석 달 전 폭풍우가 몰아치던 날 모든 것이 무너졌다. 산사태가 동물원을 덮쳤다. 작은 동물들은 사육장 안에 갇힌 채 흙 속에 파묻혔다. 낙타와 기린은 흙더미 위로 겨우 머리만 내놓고 있다 구조됐다. 호랑이와 늑대, 몇몇 동물들은 끝내 찾을 수 없었다. 파충류관도 무너져 다른 뱀들과 함께 비단뱀도 사라졌다.

식료품 창고에 숨어 있던 늑대가 마트 직원을 덮친 것은 산사태가 일어난 지 사흘 만이었다. 마트 직원은 주차장에 흩어져 있는 쇼핑 카트를 스무 개씩 한 줄로 이어 정리하고 있었다. 늑대에 놀라 넘어지면서 쇼핑 카트 손잡이를 놓쳤고, 줄줄이 이어진 쇼핑 카트는 내리막길을 타고 차도로 곤두박질쳤다. 달리던 버스가 카트를 피하려다 마주 오던 트럭과 부딪쳤다. 열 명의 사상자가 났다. 같은 날, 호랑이가 조정 경기장 보트 속에 숨어 있다 조정선수를 공격했다. 조정선수는 노를 들고 방어했지만 호랑이에게는 이쑤시개에 지나지 않았다. 다음 날엔 하수구를 청소하던 청소부가 배수관을 타고 거대한 뱀이 지나갔다는 신고를 해왔다. 며칠 뒤 아나콘다가 하수처리장에서 발견됐다. 허연 거품이 부글부글 끓는 하수 위로 절반쯤 부패한 채 떠올랐다. 큰 덩치에 비해 늦게까지 발견되지 않은 건 코끼리였다. 코끼리는 보름째 되는 날 아침 느닷없이 동네 미용실로 돌진했다. 단층 건물이 와르르 무너졌고 코끼리는 건물 더미에 깔렸다. 다행히 영업 시작 전이어서 인명 피해는 없었다.

인구 50만 명의 소도시가 발칵 뒤집어졌다. 방역대가 동원돼 사라진 동물들을 쫓았다. 동물원 밖으로 내몰린 동물들은 굶주려 사나웠다. 발견 즉시 사살하라는 명령이 떨어졌다. 호랑이와 늑대는 현장에서 사살됐고, 고릴라는 탈진한 채로 끝까지 저항하다 주택가에서 포획됐다.

그녀는 뱀을 찾아 새벽부터 한밤중까지 도시 구석구석을 뒤졌다. 건물 지하나 땅굴, 야산의 바위틈에 있을 가능성이 컸다. 상상할 수 있는 모든 곳을 뒤졌지만 뱀을 찾을 수 없었다.

열한 명의 사상자를 내고 도시를 공포로 몰아넣은 뉴스는 연일 매스컴을 통해 보도됐다. 부실 관리를 이유로 동물원 소유주와 사육사들이 경찰조사를 받았다. 동물원은 폐쇄되고 그녀는 직장을 잃었다.

그녀는 통조림공장에서 아르바이트 자리를 얻었다. 진공과 살균이 동시에 이뤄지는 진공 밀봉기 앞에 앉아 리프트 위에 통조림을 올리고 클러치를 넣은 다음 풋 페달을 밟았다. 리프트 위에 표시돼 있는 홈에 정확히 맞춰 통조림을 올리고 진공펌프의 진공도를 세밀하게 조절해야 했다. 사육사에 비하면 턱없이 적은 수입이었다. 하루 두 번 먹던 프로틴을 한 번으로 줄였다. 이틀에 한 번, 사흘에 한 번 먹을 때도 있었다. 퇴근 후엔 비단뱀을 찾아다녔다. 낮에 일하고 밤에 뱀을 찾아 헤매는 사이, 허물이 자라기 시작했다. 긴 옷과 스카프, 장갑으로 허물을 가렸지만 소용없었다. 허물이 드러나자 통조림공장에서 해고됐다. 다른 직장에서도 길어야 일주일을 넘기지 못했다. 허물은 아무리 감춰도 스스로를 드러냈다.

통장 잔고가 바닥나고 월세가 밀렸다. 집주인은 열쇠를 바꾸고 그녀를 쫓아냈다. 집을 떠나기 전 그녀는 창문을 통해 방 안을 들여다봤다. 벽시계와 탁자가 고아처럼 남아 있었다.

그녀는 공원에서 먹고 자며 뱀을 찾아다녔다. 비단뱀만 있으면 사육사로 다시 일할 수 있을지 몰랐다. 시민들은 뱀을 좋아하고, 뱀에게는 사육사가 필요하니까.

3

비단뱀이 발견된 곳은 폐쇄된 약수터 근처 우물이었다. 뱀은 깊은 우물에 갇혀 있다 주민의 신고로 발견됐다. 소문을 듣고 사람들이 몰려들었다. 그들은 방역대가 설치한 저지선 밖에서 수군거렸다.

"롱롱이 아니래? 저렇게 큰데?"

"이 사람아, 그렇게 쉽게 우리 눈에 보이겠어?"

"그렇지, 영물 중에 영물인데."

그녀는 저지선을 넘어 우물 가까이 다가갔다. 비단뱀이었다. 매일 물을 갈아주고 프로틴 반죽을 사육장 안으로 굴려줬던 그 뱀. 우물 안에는 축축한 이끼가 가득했다. 뱀의 눈이 푸른빛으로 변했다. 블루였다. 코끝에서부터 허물이 조금씩 벗겨지고 있었다. 뱀은 허물을 벗으려 좁고 축축하고 어두운 장소를 찾아 우물 속으로 들어갔을 것이다. 뱀은 배면의 비늘을 이용해 지면을 밀어내는 방식으로 이동한다. 미끄러운 이끼 때문에 배 비늘을 움직일 수 없어 우물 안에 갇혔을 것이다.

"난 파충류 사육사야."

그녀가 우물을 둘러싼 방역대원들에게 말했다. 방역대원들이 주춤주춤 뒤로 물러났다. 뱀을 직접 꺼내는 일만은 피하고 싶은 것 같았다.

"발포 준비! 모두 물러선다."

누군가 명령했다. 대열에서 사수 다섯이 나와 우물 안으로 총을 겨눴다.

"안 돼. 죽이지 마."

그녀가 막아섰다.

"동물원에서 탈출한 동물은 발견 즉시 사살한다는 것이 시의 방침이오."

조금 전 명령을 내린 사람이 그녀를 저지했다. 방역

대장인 것 같았다. 그녀는 메고 있던 배낭을 벗어 스네어 폴을 꺼내 보였다.

"뱀을 제압할 수 있어."

담요를 던져 뱀의 시야를 가린 후 턱 부근에 고리를 걸어 세게 조이면 간단히 뱀을 제압할 수 있다. 뱀의 턱뼈는 서로 떨어져 있기 때문에 큰 힘이 필요치 않다. 그녀는 스네어 폴 손잡이에 달린 줄을 당겼다. 고리가 바짝 조여들었다. 방역대장은 미심쩍은 눈으로 그녀와 스네어 폴을 번갈아 보다 곧 외면했다.

"공무집행을 방해하는 사람은 신원을 묻지 않고 체포한다."

방역대원 둘이 그녀에게 달려들었다. 그녀는 끌려가지 않으려 우물을 잡고 버텼다. 대형 파충류 사육사는 매일 근육을 단련한다. 강하지 않으면 뱀을 다룰 수 없다. 발소리가 엉키고 흙먼지가 일었다.

깨갱! 깨갱!

우물 속에서 처절한 소리가 들렸다. 놀란 개 한 마리가 흥분해 날뛰다 안으로 추락했다. 사람들이 우물을 향해 일제히 몰렸다. 그 틈을 타 그녀는 방역대원들을 뿌리쳤다.

뱀은 개를 칭칭 감아 머리부터 삼켰다. 무시무시한 신음 소리가 들렸다. 사람들의 입에서 탄성인지 비명인지 모를 소리가 튀어나왔다. 개는 머리가 완전히 뱀의 입 속으로 들어간 뒤에도 낑낑거렸다.

탕!

방역대장이 공포탄을 발사했다. 사람들이 혼비백산하며 흩어졌다. 그녀는 흙바닥에 처박혔다.

타! 타! 타!

우물 안으로 실탄이 난사됐다. 수십 발의 총알이 뱀의 몸에 박혔다.

타타타타타타타타…… 탕.

상황 종료. 방역대장이 어딘가로 보고하는 소리가 들렸다.

그녀는 비틀비틀 몸을 일으켜 우물 깊숙이 허리를 숙였다. 뱀은 갈기갈기 찢기고도 살아 있었다. 죽는 순간에도 허물을 벗으려 몸부림쳤다. 허물은 느리게 벗겨졌다. 벗겨진 자리에 뭉그러진 새살이 드러났다. 뱀이 죽음의 고통과 맞바꾸려는 것은 삶이 아니었다. 몸부림, 그 자체라고밖에 할 수 없었다.

…… 죽어. 차라리 죽어.

그녀가 마른 입술을 달싹였다.

차라리 죽었기를. 그녀는 빌었다. 버려진 것보다는
나았다. 허물 같은 양막을 뒤집어쓴 아이가 낯선 병실
에서 혼자 울부짖는 상상은, 끔찍했다. 양막을 쏟아버
리고 간 여자가 어딘가에서 숨을 쉰다니, 그건 더 끔찍
했다.

그녀는 허물 입은 여자의 자궁에서 태어났다. 엄마
는 본 적 없다. 생부가 태어난 지 백일도 안 된 그녀를
보육원에 맡겼다. 보육원엔 후원자들이 방문했다. 그
들은 마음에 드는 아이를 지정해 재정적 지원을 해줬
다. 보육원장은 그녀를 조용하고 착한 아이로 소개했
다. 질문이 날아왔다. 꿈이 뭐니?, 커서 뭐가 될래? 아
이들은 각자 다른 액수의 통장을 가지고 있었다. 그녀
는 보육원에서 가장 돈이 적은 아이였다. 질문에 입을
여는 일이 드물었기 때문이다. 그녀는 거의 말을 하지
않았다. 꼭 필요한 말은 했지만 그때마다 서툴렀고 상
대에 따라 존댓말을 쓸 줄도 몰랐다. 최소한의 단어로
겪은 사실만을 건조하게 전달했다.

허물을 뒤집어쓴 생부가 명절이나 생일에 찾아왔다.

그는 후원자들보다 조금 더 자주 방문해 사랑을 후원했다. 롱롱이 너의 아버지를 구할 거라고 아이들이 위로했다. 보육원 아이들은 구원에 관한 이야기를 여러 개 알고 있었다.

생부의 후원은 그녀가 열다섯 살 되던 해 끊겼다. 원장은 장례식에 그녀를 데려갔다. 그곳에서 그녀는 후원받은 사랑을 헤아려보려 했다. 아무리 계산해도 총액을 알 수 없었다. 그의 후원은 은행에도 저축할 수 없는 것이었다.

마지막 후원은 엄마의 행방에 관한 것이었다. 요양병원에 갔을 때였다.

네 엄마는 허물을 벗으려고…….

좁은 목구멍에 가래가 그릉그릉 끓었다. 엄마는 롱롱을 찾아 허물을 벗었을까? 그 생각에 골몰하느라 그녀는 생부의 마지막 순간을 놓치고 말았다.

고등학교를 졸업하고 보육원을 나와야 했을 때 후원금 통장을 털어 동물원 근처에 방을 얻었다. 동물원은 보육원과 비슷했다. 새끼들은 어미와 떨어져 사육사의 손에 자랐다. 그녀는 오랫동안 뱀을 지켜보다 돌아왔다. 뱀은 고요했다. 그녀처럼.

그녀는 뱀에 관해서라면 무엇이든 읽었다. 거대 뱀으로 꼽히는 그물무늬비단뱀은 7.6미터, 136킬로그램. 가장 빠른 뱀은 블랙맘바. 최대속력 시속 11킬로미터, 몸길이 최대 3~4미터. 몸은 회색 계열이지만 입 속은 무서울 정도로 까맣다. 6000만 년 전 열대우림지역에서 서식했던 티타노보아는 길이 15미터, 몸무게 1.1톤의 포식자. 척추뼈는 고대 우림지역에서, 화석은 폐광산에서 발견됐다. 한번 먹이를 먹으면 1년 동안은 소화과정을 거쳤을 거라 추정된다. 아나콘다는 몸길이가 12미터 이상인 것도 있다. 녹색 바탕에 검정색 무늬가 있으며 작고 매끈한 비늘이 빽빽이 덮였다. 몸통의 근육이 발달해 먹이를 졸라서 질식시킨다. 악어를 나무에 대고 칭칭 감아 으스러뜨릴 수 있다. 성질이 온순해 먼저 건드리지 않으면 공격하지 않는다. 군인들이 몸길이 35미터나 되는 아나콘다에게 수백 발의 총을 난사해 죽였다는 기록이 있다. 아마존 인디오들은 보름달같이 큰 눈을 가진 아나콘다를 신성한 존재로 여긴다. 아나콘다에게 먹힌 인간은 아나콘다의 몸속에서 영원히 산다고 믿는다…….

그녀는 책장을 접었다. 그리고 뱀의 몸속으로 느릿

느릿 기어들어 가는 엄마를 상상했다.

비단뱀은 오래도록 죽지 않았다. 느리고 처절한 몸
부림이 계속됐다. 구멍이 뚫린 너덜너덜한 허물이 우
물의 수면 위로 조금씩 떠올랐다. 마침내 블루를 벗어
버린 하얀 눈동자가 둥둥 떠다녔다. 하얀 달이 뜬 우물
을 내려다보며 그녀는 중얼거렸다.

허물을 벗고 싶다. 엄마가 버린 허물 같은 아이, 버림
받아도 좋다는 표식 같은 이 허물을 벗어버리고 싶다.

4

판결은 오후 1시로 예정돼 있었지만 아무런 안내 없
이 늦어졌다. 복도엔 허물 입은 사람 수십 명이 대기했
다. 3시간째 숨 막히는 더위를 참아내고 있었다. 팔다
리와 얼굴을 가리지 않고 뒤덮은 허물 때문에 하나같
이 두꺼운 외투를 껴입은 것처럼 보였다. 그들은 몇 개
없는 의자를 차지하느라 소리 없는 신경전을 치렀다.
복도 끝 작은 창에서 미지근한 바람이 들어왔다. 바람

은 모호한 열기로 불안을 부풀렸다.

그녀는 운 좋게 의자 하나를 차지하고 앉아 서류를 들여다봤다. 재활 계획서였다. 방역 센터에 입소하려면 재활 계획서를 제출하고 자격 심사에 통과해야 했다. 서류에는 경력 사항과 자격증이 빠짐없이 적혔다. 갖가지 아르바이트를 전전하느라 경력 사항은 줄이 길었지만 자격증은 '파충류 사육사' 한 줄뿐이었다.

심판관들이 복도 끝에 나타났다. 기다림의 끝을 잡은 사람들이 벽에 붙어 신속히 길을 냈다. 심판관들이 판결실로 들어간 뒤 변호사들이 등장했다. 여섯 명의 변호사들은 앉아 있는 사람을 손짓으로 일으켜 세운 뒤 빈 의자에 구둣발로 올라가 큰 소리로 출석을 확인했다. 이름이 불린 의뢰인들은 손을 번쩍 들고 각자의 변호사 곁으로 모여들었다. 변호사들은 곧 의뢰인들에게 둘러싸였다.

몇 가지 주의 사항이 전달됐다. 판결실에서 이름이 불리면 반드시 대답할 것. 심판관들이 거의 질문은 하지 않겠지만, 혹 질문을 받는다면 가능한 한 협조적인 견지에서 대답할 것. 질문은 하지 말 것. 말을 마친 변호사가 덧붙였다.

"지금 호명하는 사람들은 이쪽으로 나와요."

두 사람의 이름이 불렸다. 그들은 누락되거나 다시 제출해야 할 서류에 대한 설명을 듣고 어깨를 축 늘어뜨린 채 복도를 떠났다.

변호사 없이 혼자 방역 센터 입소 신청 서류를 준비한 사람은 그녀뿐인 듯했다. 복잡한 서류를 챙기는 게 간단한 일은 아닌 데다 재활 계획서에 허물을 입게 된 경위도 그럴듯하게 지어내야 했다. 노력했지만 어쩔 수 없이 허물을 입게 됐고, 결코 사회를 탓하지 않으며, 오직 운이 없었을 뿐이라고 호소해야 했다. 허물을 벗고 사회에 복귀할 기회가 한 번 더 주어진다면 충분히 재활 능력이 있다는 것도 서류로 증명해야 했다. 그녀는 그 대부분을 공원 벤치에서 작성했다. 변호사를 찾아갈 걸 그랬나, 잠깐 후회했지만 시간을 되돌린다 해도 마찬가지였다. 어차피 변호사를 고용할 돈이 없었다.

"몇 번째예요?"

키 큰 남자애가 그녀를 내려다보고 있었다. 방역 센터를 소개하는 팸플릿을 들고 있었다. '세금 대신 허물을!' 표지에 방역 센터 슬로건이 인쇄돼 있었다. 세금 대신 허물을 내라는 뜻 같기도 했고, 세금을 면제해주고 허물까지 벗겨준다는 뜻 같기도 했다.

대답이 돌아오지 않자 남자애가 또 물었다.

"방역 센터에 가는 게 몇 번째냐고요. 응?"

"……."

"변호사 없이 혼자 있길래 두어 번 드나들었나 해서요. 난 다섯 번째. 네 번이나 방역 센터에서 허물을 벗고도 또 허물이 생겼거든요. 재활 계획서 같은 건 눈 감고도 쓱쓱."

그는 어깨를 으쓱해 보였다. 한 번 허물을 입었던 사람은 더 빠르고 두껍게 허물이 생긴다. 방역 센터 입소와 퇴소를 여러 차례 반복하다 보면 결국엔 체념하게 되고 굳이 고통스러운 치료를 받을 필요를 못 느끼게 된다. 다섯 번이나 방역 센터에 입소하는 게 흔한 경우는 아닐 것이다.

"보시다시피, 난 키가 후리후리하게 커서 다들 후리라고 불러요."

큰 키에 비해 얼굴은 앳돼 보였다. 팔뚝에서부터 손목까지 허물이 너덜거렸다. 허물 입은 사람들은 폭염에도 긴 옷을 입는다. 간혹 부랑자들 중에 일부러 허물을 내보이는 치들이 있었다. 스스로를 격리해 제멋대로 자유를 확보하려는 자들이었다. 후리는 그들과는 달라 보였다. 표정이 밝았다. 몸속 어딘가 있는 스위치를 눌러 일부러 조명을 켠 것처럼.

"재활 계획서는 썼어요? 혼자 쓴 거면 이리 줘봐요. 내가 봐줄게"

후리가 손을 내밀었다. 그녀는 배낭 안에 서류를 집어넣었다.

"뭘 숨기고 그래요? 이것도 요령이 필요하거든요. 나이가 어릴수록 유리해요. 자격증 같은 거나 가방끈은 별로 도움 안 됨. 신체 튼튼한 게 제일이야. 아무리 그럴듯하게 써도 시기를 잘 타야 돼요. 치사하다 싶을 정도로 깐깐하게 심사할 때가 있는가 하면, 어쩔 땐 무작위로 때려 넣는다니깐. 난 방역 버스에 강제로 태워진 적도 있어요. 정말이라니까. 그땐 이딴 거 있는 줄도 몰랐는데."

후리는 제가 묻고 답하면서 이야기를 계속했다. 그녀가 말이 없기 때문인지도 몰랐다.

"난 엄마가 없어요. 이렇게 누워 있더니만……."

후리는 팔을 몸통에 바짝 붙이고 고개를 뒤로 젖혀

눕는 시늉을 했다.

"흐물흐물해지더니 지독한 냄새를 피우기 시작하더라고요. 검은 물이 흘러나오길래 몸에서 눈물이 나오는 줄 알았다니까요. 워낙 어렸지만 알긴 알았죠. 우리 엄마가, 엄마가 아닌 다른 뭐가 돼가고 있구나……. 씨앗에서 싹이 나고 열매가 나는 것처럼 엄마한테도 콩이 열릴 건가 봐?"

후리가 씩 웃어 보였다. 농담이라고 우기고 싶은 것 같았다.

"집 밖에 나왔는데 버스가 오더라고요. 사람들이 타길래 나도 탔죠. 웬 아줌마가 꼬마 혼자 어디로 가냐고 자꾸 묻잖아요. 길을 잃을까 봐 걱정돼서 그랬겠죠. 근데 나도 모르는 걸 어떻게 대답해요?"

꿈이 뭐니? 뭐가 되고 싶니? 되고 싶은 게 하나도 없니? 질문이 나비처럼 날아다닌다고 상상한 적이 있었다. 얼굴이 빨개지지 않고도 똑바로 서 있을 수 있었다.

"주머니에 사탕이 그득했어요. 우리 집엔 사탕이 아주 많았거든요. 엄마가 서랍마다 가득 채워놨어요. 사탕이 떨어지니까 배가 고프더라고요. 사탕을 가지러 가고 싶었는데, 집에 돌아가는 길을 알 수가 있어야지."

　묘한 아이라고, 그녀는 생각했다. 이를테면, 파충류 같은 아이. 파충류는 자신을 방어하기 위해 신체 일부를 스스로 절단하기도 한다. 꼬리를 끊고 도망가는 도마뱀 같은 종. 후리는 감정을 들키지 않기 위해 내면의 어떤 부분을 도려낸 것 같았다. 도려낸 자리에 입바람으로 부풀린 풍선 같은 걸 채워 넣었는지도 모른다.

　판결실 문이 열리고 그녀의 이름이 불렸다.

　판결실 지붕은 높았다. 심판관 셋이 단상 위에 앉아 있었다. 검은 망토에 길고 검은 모자를 썼다. 친절해 보이지도, 그 반대로 보이지도 않았다. 그녀는 재활 계획서를 내밀었다. 24세, 본인 맞나요? 심판관은 이름을 확인하곤 개인 등록카드에 뭔가 적어 넣었다. 특별재난지역에 거주하는 시민들을 관리하기 위해 출생과 동시에 부여한 카드였다.

　긴 대기 시간에 비해 절차는 간략했다. 사무관이 돌아가기 전 안내문을 한 장씩 받아 가라고 했다. 안내문엔 방역 버스가 정차하는 장소와 시간, 준비물이 적혀 있었다.

　밖으로 나왔을 때 후리는 보이지 않았다.

5

 D구역 정류장엔 일찍부터 줄이 길었다. 65인승 방역 버스는 좌석을 다 채우고도 일곱 자리가 모자랐다. 아이는 어른 무릎에 앉히고 눈치껏 손잡이에 걸터앉기도 했다. 그래도 자리가 모자라 몇 사람은 바닥에 쭈그리고 앉았다.

 "정말, 괜찮을까요? 아무 일 없겠죠? 돌아오지 않은 사람도 있다던데……."

 어린애의 두 다리가 여인의 품에서 꼼지락거렸다. 대답하는 사람은 없었다. 모두 들어본 적 있는 얘기였다.

 방역 센터로 간 뒤 돌아오지 않는 사람들이 있었다. 일정 시간이 지난 뒤 가족 앞으로 우편물이 배달됐다. 환자가 치료 도중 상태가 악화돼 사망했다는 통보와 함께 시 외곽에 있는 화장시설에서 소각됐다는 증명서였다. 가족들은 시체를 보지도, 임종을 지키지도 못했다. 그들의 죽음은 다만 기록으로 증명됐다.

 어쩌면 돌아오지 못할 줄 알면서도 사람들은 방역 버스에 올랐다. 죽은 사람들은 운이 나빴을 뿐이고, 자신은 그렇게까지 운이 나쁘지 않기만을 바랐다.

D구역에서 방역 센터가 있는 시 중심부까지는 1시간 남짓 걸렸다. 중심부라고는 해도 산자락이 배후를 둘러싸고 일반인 출입이 제한돼 오히려 한적했다.

정문이 시야에 들어오자 안내 방송이 나왔다.

"방역 센터는 지하 8층, 지상 10층, 모두 열 개 병동으로 이뤄져 있습니다. 정면에 보이는 건물이 치료 병동입니다. 여러분은 이곳에서 약 8주간 머물며 치료를 받게 됩니다."

치료 병동은 가로로 긴 백색 건물이었다. 밖에서 보기에 복도가 족히 200미터는 될 것 같았다. 창문의 길이나 위치를 봐서 천장도 보통 건물의 1.5배는 돼 보였다. 열 개의 병동은 중심부를 향해 둥글게 세워졌는데, 가운데 있는 건물이 연구동이라 했다.

"각 치료 병동은 지하를 통해 센터에 위치한 연구동과 연결돼 있습니다. 이곳엔 피부과 질환의 세계적 권위자들이 모여 피부 각화증을 일으키는 티셀 바이러스 백신과 치료제, 각종 신단백질을 개발하고 있습니다. 버스가 곧 정차하면 안내에 따라주시기 바랍니다."

미리 대기하고 있던 방역대원들이 버스 출입문 앞에 섰다. 방역복 때문에 각자의 인상착의랄 게 없었다.

그녀는 버스에서 내린 후에야 네 대의 버스가 동시에 도착했다는 것을 알았다. 삼백 명이 넘는 사람들이 긴장한 얼굴로 버스에서 내렸다. 방역대원들은 사람들을 네 줄로 길게 세웠다. 그녀는 바짝 마른 노인 뒤에 섰다. 노인은 허리를 꼿꼿하게 세운 채 고집스럽게 전방을 노려보고 있었다. 생선 가시처럼 뾰족한 흰 수염이 턱에 촘촘히 박혔다.

사람들은 임시 천막으로 안내됐다. 뾰족 수염을 따라 천막 안에 들어서자 방역대원이 지휘봉으로 뾰족 수염의 윗도리를 가리켰다. 윗옷을 벗으라는 거였다.

"최소한 남녀 구별이라도 해줘야 하는 거 아니오?"

뾰족 수염이 그녀를 돌아보며 카랑카랑한 목소리로 항의했다. 방역대원은 지휘봉으로 바지마저 가리켰다. 그제야 미약한 저항을 그만두고 미적미적 옷을 벗었다. 윗옷을 벗자 등에 두꺼운 허물이 드러났다. 얼핏 거북 등껍질처럼 보였다. 힘들여 허리를 바짝 세웠던 이유는 허물 때문이었다. 그렇게 하지 않으면 앞으로 고꾸라지거나 뒤로 넘어졌을 것이다.

방역대원은 바구니를 나눠주고 각자 옷을 담게 했다. 그녀도 바구니를 받아 들긴 했지만 단추만 만지작

거렸다. 허물이 생긴 뒤로 다른 사람 앞에서 옷을 벗은 적이 없었다.

"어차피 벗게 돼 있어요. 병원에서 검사받는다고 생각해."

등 뒤에서 누군가 속삭였다. 후리였다.

"주차장에서부터 따라붙었는데, 잔뜩 쫄아서 한 번도 뒤돌아보지 않던 걸."

후리는 거리낌 없이 옷을 벗어 바구니에 던졌다. 팔과 다리, 등과 배가 온통 검붉은 허물로 뒤덮였다. 피가 나올 때까지 긁은 흔적이었다. 그녀는 당황해서 눈을 돌렸다. 눈 돌린 곳마다 허물이 있었다. 그들의 육체는 남루했다. 옷을 벗었어도 여전히 남루한 껍질에 갇혀 있었다. 그녀의 것도 그들과 다르지 않았다. 그녀는 옷을 벗어 바구니에 담았다.

방역대원이 지휘봉으로 검사대를 가리켰다. 검사대는 복잡한 체중계처럼 보였다. 이번에도 뾰족 수염이 먼저 검사대에 올랐다. 허물이 덮인 신체 부위가 모니터에 붉은색으로 나타났다. 곧이어 감염률이 숫자로 표시됐다. 뾰족 수염의 감염률은 70%였다. 그녀는 58%였다. 죄의 무게라도 되는 것처럼 그녀는 숫자를 외면했다.

사람들은 감염률에 따라 다섯 그룹으로 나뉘었다. 그녀는 위험 단계로 분류됐다. 후리와 뾰족 수염도 같은 그룹이었다. 방역대원이 이동 방향을 가리켰다. 좌로, 우로, 또는 멈춤 구호가 반복됐다.

치료 병동 중앙 계단을 따라 지하로 내려갔다. 빙글빙글 이어진 계단이 지루할 정도로 이어졌다. 계단 끝에 복도가 나타났다. 복도는 펼쳐진 듯 접혀 있고, 접힌 듯 열렸다. 허물 쓴 사람이 지날 때마다 일정한 간격을 두고 자외선 살균램프가 붉은빛으로 점멸했다. 미로처럼 갈라진 복도를 지나 방역대원이 걸음을 멈췄다. 양쪽으로 수십 개의 문들이 정렬해 있었다.

6

그녀는 후리와 함께 16호실에 배정됐다. 간이침대가 양쪽에 두 개씩, 모두 네 개였다. 머리맡에 작은 사물함이 놓였다. 바닥과 벽, 침구에서도 포르말린 냄새가 났다.

병실엔 배불뚝이 사내가 먼저 들어와 침대 하나를 차지하고 있었다. 이마의 허물이 눈꺼풀까지 무겁게 내려왔다.

"거기 두 사람, 그렇게들 멀거니 있지 말고 다른 사람이 들어오기 전에 침대부터 골라요."

배불뚝이 사내는 자신을 ·김이라고 소개했다. 그는 고개를 약간 숙인 채 입을 내밀고 말하는 습관이 있었다. 이마와 입은 나오고 눈과 코는 쑥 들어가 전체적으로 안면이 푹 꺼져 보였다.

"난 후리라고 불러요. 이름을 알려줘도 어차피 모두들 후리라고 부르니까. 이쪽도 나한텐 그냥 누나예요. 이름을 안다 해도 어차피 누나라고 부를 테니까. 안 그래, 누나?"

후리가 느긋한 표정으로 병실을 둘러보며 말했다.

그녀는 김의 맞은편 침대에, 후리는 그녀 옆에 자리를 잡았다. 세면도구와 옷을 사물함에 넣는 중에도 김은 출입문에 바짝 붙어 바깥 동정을 살폈다. 문에는 손바닥만 한 투명 유리가 붙어 있었지만 내다보지 않았다. 밖에서 안을 들여다볼 수 있다는 걸 의식하는 것같았다.

출입문이 벌컥 열렸다. 김이 후다닥 침대로 돌아갔다. 병실로 들어온 사람은 뾰족 수염이었다.

"이 병실엔 중증 환자들만 때려 넣은 모양이야."

뾰족 수염은 병실에 들어서자마자 침대가 작다느니, 휑하고 썰렁하다느니 투덜대기 시작했다.

"밖이 기분 나쁘게 조용해."

김이 다시 문에 붙어 섰다. 안경 너머 눈빛이 초조해 보였다.

"다들 제 발로 걸어 들어온 거 아냐? 신청서도 꽤 정성껏 쓰고 말이야. 부들부들 떨 거면 뭐 하러 들어왔어?"

뾰족 수염이 김을 대뜸 윽박질렀다.

"소문 못 들었어요? 여기 들어왔다가 영영 못 나가는 사람도 있대요."

김이 잔뜩 주눅 들어 말했다.

"그런 게 무서웠으면 들어오지 말았어야지."

뾰족 수염이 마뜩잖은 얼굴로 턱을 문질렀다.

"아니, 그런 게 아니라……."

김은 뭔가 더 할 말이 있는 것 같았지만 입을 다물었다.

"다들 잠이나 자둬요. 내일 일찍 치료를 시작할 거예요."

후리가 침대에 벌렁 드러눕자마자 코를 골았다.

새벽 5시. 방역대원이 병실로 들어와 그녀를 호출했다. 치료실로 간다고 했다. 다른 세 사람이 이불 밖으로 얼굴을 내밀었다. 여섯 개의 눈동자가 흐릿한 두려움에 잠겼다. 그녀는 침대 밖으로 발을 내밀어 더듬더듬 신발을 찾았다.

병실 밖 복도는 고요했다. 일과가 시작되기엔 이른 시간이었다. 양쪽에 있는 병실은 모두 스무 개, 열 개 쌍둥이 병동에 어림잡아도 이백 개 병실이 있다고 가정하면 수용 인원은 대략 천 명 정도 될 것이다. 이 많은 사람들이 모두 얌전히 누워 주삿바늘과 메스와 마취제를 기다리고 있는 것일까. 몇 분 후면 말로만 듣던 고통이 신경 하나하나를 조이고 뜯어낼 것이다. 걸을 때마다 두 발이 허공 속으로 맥없이 던져지는 것 같았다.

복도 중간쯤에서 한 남자와 마주쳤다. 방역대원 두 명에게 단단히 양팔을 잡힌 채 어디론가 끌려가고 있었다.

"봐! 이거 봐!"

남자의 흐트러진 셔츠 사이로 허물 덮인 상반신이 드러났다. 입소자 모두가 허물을 뒤집어쓴 죄로 순순히 제 몸을 내어주고 있는 건 아닌 모양이었다. 방역대원이 장갑 낀 손으로 남자의 입을 틀어막았다. 그녀는 남자를 피해 고개를 숙였다. 눈이 마주칠까 두려웠다. 도와달라 소리칠 것 같았다. 그녀 자신도 허물에 갇힌 인간에 지나지 않았다. 하루치의 고통조차 감당할 자신이 없었다. 수치심이 안면신경통처럼 미세한 경련을 일으켰다. 남자는 복도 반대편으로 멀어졌다.

치료실은 계단을 한 층 내려가 복도 끝에 있었다. 의료진 두 명이 대기하고 있었다. 그녀를 병상에 눕히고 팔에 링거 바늘을 꽂았다. 무슨 약물인지 물을 새도 없이 그녀는 깊은 잠 속으로 빨려 들어갔다.

얼핏 의식을 찾았을 때 바로 눈에 띈 것은 심폐 측정기였다. 팔엔 아직 링거 바늘이 꽂혀 있었다. 심폐 측정기에 딸린 모니터에 일정한 패턴의 그래프가 지루하게 반복됐다. 심장이 멈추면 확실히 다른 패턴을 보여줄 것이다. 머리 위 조명이 몸 구석구석을 비췄다.

체액을 증발시킬 것 같은, 아찔한 조도였다. 천천히 고개를 돌려 좌우를 살폈다. 그녀 외에도 병상에 누워 있는 사람은 여섯 명이었다. 바로 옆엔 김의 얼굴이 보였다. 김은 잠에 빠져 있었다. 다른 사람들도 마찬가지였다. 꼭 한 사람, 오른쪽 끝 병상에 깨어 있는 사람이 있었다. 후리였다. 후리는 병상에서 반쯤 몸을 일으킨 채 공연히 팔을 이리저리 흔들고 있었다. 무료해 보였다. 말을 걸고 싶었지만 안면 근육이 얼얼했다. 의식이 흐릿했다. 현실과 망상이 초파리처럼 어지럽게 날아다녔다. 초파리 한 마리가 미간에 앉아 다리를 비볐다. 잇달아 서너 마리가 이마 위에서 애앵애앵 돌았다. 천장 위에서 새까만 초파리 떼가 애앵애애앵애앵앵 날아들었다. 그녀는 눈을 질끈 감았다. 눈을 감아도 초파리 떼가 떠다녔다. 까무룩 다시 정신을 잃었다.

의식을 찌르는 소리가 있었다.

"들었어? 허물 사이에 기생하는 바이러스가 숙주세포의 단백질과 분자상 상호작용하는 지점을 찾아냈다는 거 말이야……. 그래, 공 박사가. 치료제 개발이 거의 막바지에 다다른 거지."

공 박사…… 단백질…… 숙주…… 깨진 음절들이 귓

가에 닿기 전 바스러졌다.

"여기 이 부분 말이야."

그녀의 팔 안쪽 살점이 핀셋으로 들렸다.

"지금 샘플링 중이잖아."

다른 목소리였다.

"그래 그 부분. 바이러스와 상호작용하는 단백질을
대량으로 확보하는 게 관건이라던데."

"쉿! 공 박사가 곧 들어올 거야."

조금씩 의식이 선명해졌다. 신경을 압박하는 통증이
느껴졌다. 손끝이 움찔댔다.

"이 여자, 깨는 것 같은데? 안정제를 더 투여해."

7

병실은 농도 짙은 포르말린 용액 속에 잠긴 것 같았
다. 코 고는 소리가 요란했다. 김과 뾰족 수염이었다.
김은 다른 사람들보다 두세 배쯤 긴장해서 호시탐탐
주위를 살피느라, 뾰족 수염은 작은 일에도 불평불만
을 쏟아내느라 스트레스를 받았다. 병실로 배달된 저

녁밥을 먹고 둘 다 곯아떨어졌다.

그녀는 천장을 향해 반듯이 누웠다. 치료실에서 돌아오면 속이 메스껍고 머리가 무거웠다. 가끔은 목구멍에 통증이 느껴질 때도 있었다. 배꼽 부근에 작은 구멍이 피딱지와 함께 아물어 있었다. 구멍은 겨드랑이와 입술 안쪽에도 있었다. 장기가 샅샅이 헤쳐진 기분이었다. 구멍이 숭숭 난 마른 스펀지 같았다. 누군가 손아귀에 쥐면 한 줌도 안 되게 오그라질 것만 같았다. 몸 여기저기 뚫린 구멍엔 얼마 안 가 새살이 돋았다. 하루 두 번, 고통스러운 치료 과정이 매일 반복됐다. 치료에 관해 설명해주는 사람은 없었다. 병실에 비치된 홍보 책자에 짧게 언급된 게 전부였다. 모공을 최대한 열어 전신에 수분 공급량을 늘리고 피부각질층을 벗기는 약물을 투입한다고 쓰여 있었다. 입소한 지 6주가 지나자 허물이 점차 벗겨졌다. 발뒤꿈치의 허물이 먼저 떨어졌고 얼굴과 팔의 허물도 서서히 벗겨졌다. 등과 엉덩이에 얇은 허물 몇 조각만 남았다.

그녀는 치료실에서의 기억을 되살리려고 애썼다. 흩어진 단어들은 초파리처럼 잡힐 듯 잡히지 않았다. 공박사란 단어만 또렷하게 남았다. 다른 것은 아무리 애써도 기억나지 않았다. 공 박사를 둘러싼 말의 전후 맥락은 물론, 난해한 의학용어 역시 초파리처럼 쌩쌩 흩어졌다. 잡히지 않는 단어들을 이리저리 엮어 어떤 의미를 갖도록 연결 짓는 건 불가능했다.

후리가 후덥지근한 습기를 몰고 침대로 돌아왔다. 샤워를 한 모양이었다. 그는 소등 이후에 더 자유롭게 움직였다. CCTV가 설치된 곳만 알아두면 어둠 속에서 감시망을 피하는 건 우습다고 했다.

"공 박사가 누구야?"

자리에 눕길 기다려 그녀가 물었다.

"만났어?"

후리는 벌떡 상체를 일으켰다.

"그땐 심장이 고막까지 튀어 올라 헐떡이는 것 같더라고. 공 박사에 대해 아무것도 몰랐는데도."

후리가 공 박사를 처음 만난 건 6년 전이었다. 거리를 헤매던 후리는 시간이 지나자 허물로 만든 주머니에 몸뚱이가 쏙 들어앉은 꼴이 돼버렸다. 방역대원들이 길바닥에 쓰러진 후리를 덥석 들어 방역 버스에 실었다.

다음 장면은 방역 센터로 연결됐다. 병상에 누운 후리의 시야에 낯선 얼굴이 불쑥 들어왔다. 그는 차트를 뒤적이며 후리의 몸을 살폈다. 가끔 핀셋으로 머리카락을 헤집기도 하고 손바닥을 뒤집기도 했다. 후리가 깨어 있다는 사실은 개의치 않았다. 다른 의료진은 한발짝 뒤로 물러나 있었다. 그는 차트에 몇 가지를 메모한 후 치료실을 나갔다. 의식이 가물가물한 와중에도 깊은 인상을 남겼던 것은, 최단 거리로 정확히 계산된 것처럼 보이는 그의 동선이었다.

두 번째 만났을 때는 좀 더 가까이서 볼 수 있었다. 누군가 후리를 진료실로 호출했는데, 그 사람이 공 박사라고 했다. 창을 등지고 앉아 모니터를 들여다보고 있었다. 역광 때문에 얼굴이 잘 보이지 않았다. 빛이 눈에 익자 차차로 윤곽이 드러났다. 치료실에서 봤던 그 남자였다. 늙어 보이지도, 젊어 보이지도 않았다. 백발이었지만 노인 특유의 지친 기색은 찾아볼 수 없었다. 단순한 새치인지, 나이가 들어 하얗게 센 건지, 유심히 볼수록 구분이 가지 않았다. 보통 키에 마른 편이었고 눈매가 날카로웠다. 대체로 감정을 드러내지 않는 화법을 썼다. 가끔 신경질적으로 미간에 주름을 잡

있는데, 스스로가 그 버릇을 못마땅하게 여기는 듯했다. 미간의 주름을 편 뒤엔 한층 더 객관적으로 말하려고 애썼다. 지나치게 그 화법에 몰두한 나머지 남의 말을 전하는 것 같은 느낌이 들었다.

"어디가 제일 가렵다고 볼 수 있나?"

날카로운 시선이 후리의 두개골까지 꿰뚫어 보는 것 같았다. 어쩐지 순순히 대답하기 싫어 후리는 입을 닫았다.

"A등급에서 E등급으로 갈수록 허물이 심하다고 볼 수 있네. 자네의 경우, 겨드랑이와 옆구리 사이가 E등급으로 분류돼 있네. 가려움의 정도를 0부터 9까지 나눠 말한다면, E등급의 가려움은 어느 정도라고 생각하나?"

후리의 몸은 허물로 덮이지 않은 부분을 찾기 어려웠다. 아주 두껍거나 비교적 얇은 부분은 있었지만 가려움의 차이를 느낄 겨를이 없었다. 가려움은 어느 한 지점에서 시작돼 순식간에 들불처럼 온몸으로 퍼져 나갔다.

"9."

아무 숫자나 댔다. 벌써 온몸이 근질거렸다.

"자네 목뒤는 어떤가?"

공 박사는 허물을 뒤집어쓴 부랑자에게 꼬박꼬박 '자네'라 칭했다. 그는 후리를 비싼 실험용 동물 다루듯 했다.

"7."

"잘 생각해보게. 자네 목은 E단계를 넘어 더 심한 단계로 진입하고 있다네."

"9."

후리는 고쳐 답했다.

"정말 9라고 생각하나? 8이나 10은 어떤가? 어느 쪽에 가까운가?"

공 박사가 물으면 물을수록 숫자는 더 모호해졌다.

"신중히 생각해보게. 목 뒤쪽이 더 가려운가, 목 앞쪽이 더 가려운가? 숫자로 대답해보게."

공 박사는 집요했다.

"8. 아니, 9. 7?"

제발 놓여나고 싶었다. 그가 원하는 정확한 감각을 맞추고 싶었다. 후리는 목뒤 한 점에 신경을 집중했다. 한 점의 신경이 뿌리를 뻗어 돋아나는 것 같더니 그 한 점이 또 한 점, 또 한 점을 꿈틀거리게 했다. 개미굴을 건드린 것처럼 가려움이 새까맣게 몰려왔다. 공 박사의 눈치를 보며 손가락으로 한 점, 한 점에 집중해 살살 긁어나갔다. 식은땀이 났다.

"한 살 때 방역 센터에 들어온 기록이 있군."

"……."

공 박사가 차트를 넘겼다. 진료기록이었다. 엄마가 살아 있을 때 엄마와 함께 이곳에 왔다고 했다. 후리가 모르는 몸의 감각, 후리가 모르는 시간과 공간의 감각이 공 박사의 손에 쥐어 있었다. 몸을 결박당한 것도 아닌데, 영혼이 털린 것도 아닌데, 후리는 남은 게 아무것도 없는 것 같았다.

"태어나서부터 지금까지 어디서 무엇을 했나?"

"……."

후리는 알 수 없는 초조감에 휩싸였다. 집게손가락으로 긁던 목을 열 손가락 손톱을 바짝 세워 긁기 시작했다. 화끈거리고 숨이 막혔다. 온몸이 붉게 타올랐다.

"지금 자네가 긁고 있는 그 지점은 어떤 숫자로 가려운가?"

공 박사가 재촉했다. 손톱이 긁고 지난 자리엔 허물이 뜯겨나갔고, 그 사이로 핏물이 스몄다. 후리는 발작

적으로 긁어댔다. 피투성이가 될 때까지 멈추지 않았
다. 공 박사는 집요한 눈길로 후리의 손톱을 좇았다.

"난 엄마 얼굴도 기억 안 나는데 공 박사는 우리 엄
마에 대해 나보다 더 잘 알 거 아냐. 엄마뿐이야? 이
세상에서 방역 센터보다 나에 대해 더 많이 아는 존재
는 없을 걸. 모니터에 작대기들과 사진들이 떠 있었다
고."

"작대기?"

"나중에 생각해보니까 그게 로마숫자더라고. 자기
표식 같은 건지도 모르지. 공 박사는 내 뼛속까지 훤
히 들여다보고 있는데 난 죽었다 깨도 그게 뭔지 모르
겠더라고. 그 숫자들이 얽히고설켜서 내 몸이 이뤄진
것 같다는 생각이 든단 말이지. 숫자의 주인은 공 박사
니까, 어떤 의미에선 공 박사가 내 몸의 주인이란 말이
영 틀린 것도 아니야. 안 그래? 흐흐."

후리는 벽을 향해 몸을 돌리더니 움직이지 않았다.
잠든 척하는 것인지도 몰랐다.

얼굴도 모르는 공 박사가 그녀의 머릿속에서 떠나지
않았다. 그녀의 뇌와 심장, 폐와 위장, 근육을 잡고 있

는 힘줄과 핏줄을 떠다니는 혈액세포까지 모두 공 박
사의 컴퓨터에 저장돼 있을 것이다. 자신의 몸 어딘가
에서 떼어낸 세포가 시험관에 담겨 연구실 어딘가에
버젓이 놓여 있다 해도 전혀 알아보지 못할 것이다. 셀
수 없이 많은 사람들의 생체 정보를 소유한 사람, 공
박사는 어떤 사람일까?

그리고 머릿속에서 떠나지 않는 사람이 또 있었다.
복도에서 만난 남자. 그는 어디로 끌려간 걸까. 그 남
자는 누굴까.

8

"이런, 제길! 이놈의 약이 지독하게 독해. 치료 시간
이 일러도 너무 일러. 밥맛도 더럽게 없어."

뾰족 수염이 불평을 쏟아냈다. 뾰족 수염은 언제나
욕을 했다. 누워서도 욕을 했고 화장실에 가면서도 욕
을 했다. 욕할 힘이 남아 있지 않은 날에는 누워서 침
을 뱉기도 했다. 아무래도 분해서 못 참겠다는 듯이 천
장을 향해 퉤퉤 뱉었다.

김은 옆구리에 난 구멍에 약을 바르고 있었다. 유난히 크게 뚫린 구멍이 잘 아물지 않았다.

"아무래도 후리 니가 제일 늦게 퇴소하겠지? 여기서 나가면 우리 가게에 놀러 와. 재생타이어 가게야. D구역 끝자락, 시 경계를 넘어가기 전 국도 변에 있어. 주위에 건물이 거의 없어서 잘 보일 거야. 잊지 말고 꼭 들러."

다들 허물이 떨어지는데 후리만 차도가 없었다. 김은 그런 후리를 안쓰러워했다.

"밖에서 날 보려면 느긋하게 기다려야 할 걸요? 난 여기서 최대한 버틸 생각이니까."

후리의 입에서 뜻밖의 말이 나왔다.

"그게 무슨 소리야? 설마 일부러 안 나가겠다는 건 아니지?"

김이 타박했다. 뾰족 수염도 혀를 찼다.

"어린놈이 공짜로 먹고 자는 것에 길들어서 이런 메스꺼운 곳에 최대한 오래 있겠다니…… 쯧쯧……. 세상이 아무리 개판이 됐어도 젊은 놈 머리통이 어째 그 모양이냐, 쳇!"

"나가 봤자 개고생이니까 그렇죠. 허물을 뒤집어쓰

면 어차피 또 들어올 텐데 뭐 하러 나가요."

"나가기 싫어도 허물이 벗겨지면 쫓겨나게 돼 있어. 근데 넌 왜 이렇게 허물이 더디게 벗겨지는 거야?"

여러 번 입소와 퇴소를 반복해 약물에 내성이 생긴 게 아니냐며 김이 걱정스럽게 물었다.

"주사제를 맞지 않았으니까."

그녀가 말했다. 어라? 말을 하네? 뾰족 수염은 그녀의 말보다 그녀가 입을 열었다는 사실을 더 신기해했다.

그녀는 치료실에서 후리가 혼자 깨어 있는 모습을 여러 번 봤다. 약물에 취한 상태였지만 후리의 얼굴은 알아볼 수 있었다. 후리의 주사제에도 마취약이 섞였을 텐데 혼자 잠들지 않았다는 건 주사를 맞지 않았다는 뜻이었다. 그것 말고는 설명이 안 됐다. 치료 약물에 내성이 생겼다면 입소 전 신체검사에서 탈락했을 것이다.

"아니, 어떻게 주사를 맞지 않을 수 있지? 그런 방법이 있어?"

김은 허물이 늘어진 눈꺼풀을 치켜떴다.

"까짓것, 특별히 내가 알려준다. 우린 룸메이트니까.

일단, 치료실에 들어가면 약병을 높이 매달고 주사제가 똑똑 떨어지는 정맥주사를 맞게 된단 말이지. 그 안에 치료제가 들어 있거든. 주삿바늘이 꽂히면 빨리 의식을 잃는 척해요. 그럼 의료진이 모두 병실을 나가거든. 다음 차례가 줄줄이 기다리고 있으니까 그 사람들도 꽤 바쁘단 말이지. 그다음엔 주삿바늘을 뽑아 매트리스에 꾹 꽂아두면 끝. 그게 뭐 대단한 것 같지만 중력의 원리죠. 높은 곳에서 떨어지는 주사액을 매트리스에 때려 넣는 거예요. 약물이 매트리스에 스며들면 흔적이 남지 않는단 말씀. 매트리스 표면은 방수 처리가 돼 있어 겉으로는 알 수 없어요."

김이 혀를 내둘렀다.

"간도 크다."

후리가 어깨를 으쓱해 보였다. 뾰족 수염은 콧방귀를 뀌었다.

"마취에서 깨어나면 몸에 구멍이 뚫린 날도 있잖아. 그런 날은 어떻게 참아. 아프잖아. 잠든 척하는 것도 한계가 있지."

"몸에 구멍이 났다는 게 뭐겠어요? 조직검사를 했다는 거죠. 그런 날은 치료실이 아니라 검사실, 치료제가 아니라 마취제예요. 하지만 이 방법도 완전하진 않아요. 의료진이 나갈 때까지 어쩔 수 없이 소량의 약물이 몸속으로 흘러 들어갈 수밖에 없거든. 아주 조금씩이라도 어느 정도 약물이 체내에 축적되면 허물이 벗겨지더라고요. 허물은 생각보다 쉽게 벗겨져요. 길어야 서너 달 버티다 방역 센터를 나갈 수밖에 없어요. 이번엔 6개월쯤 버틸 작정을 하고 들어왔어요. 주삿바늘을 신속, 정확히 빼내고 있거든요. 세상에 이만한 곳도 없어요."

후리가 대수롭지 않은 것처럼 말했다.

그녀는 후리의 말을 곰곰이 되짚었다. 허물이 생각보다 쉽게 벗겨진다는 말은 무슨 뜻일까. 후리의 허물은 다른 사람보다 쉽게 벗겨진다는 말일까, 단순히 그런 기분이 든다는 걸까. 겉으로 보기에 후리의 허물은 다를 게 없었다. 회갈색 각질 틈으로 누런 체액이 흘렀다. 치료 병동에서 머무는 기간은 평균 8주. 허물의 상태에 따라 개인차가 있을 수 있다. 하지만 그게 전부일까?

"난 방역 센터의 천재 연구원들이 해결 못 한다는 게 이해가 안 돼. 손 하나만 까딱해도 일일이 규제를

걸어 까다롭게 굴면서 백신 하나를 개발 못 해 쩔쩔매
는 걸 보면 이상하지 않아?"

후리가 팔을 벅벅 긁어댔다. 저 입에서 또 어떤 기가
찬 말이 나올까, 기막힌 얼굴을 하고 있는 사람들은 안
중에도 없었다.

"천재 연구원 같은 소리하고 앉아 있네. 니 세발자
전거로 인생을 굽이굽이 돌아봐야 골짜기가 얼마나 깊
은 줄 알지."

세발자전거 몰다 언제고 추돌사고가 나면 우리 가게
로 타이어나 갈아 끼우러 와라. 쯧. 김이 말했다.

"쉿! 조용히 해봐. 밖에서 무슨 소리가 들려."

뾰족 수염이 주의를 줬다. 김이 침대에서 일어나 문
짝에 귀를 붙였다.

"이거 놔!"

복도가 소란했다. 날카로운 소리가 채찍처럼 병실을
후려쳤다.

"누가 끌려가고 있는 거 같은데?"

그녀가 김을 밀치고 투명 유리 너머 복도를 내다봤
다. 그 남자였다. 방역대원에게 잡혀 몸부림치던 남자.
두려움에 떨던 그녀에게 수치심을 일깨운 남자. 수치

심은 그녀의 가장 밑바닥 감정이었다. 버려진 아이에게 수치심은 깊었다. 다른 사람 앞에서 입을 다물게 할 만큼.

순간, 남자와 눈이 마주쳤다. 핏발 선 눈동자가 밖으로 드러난 심장처럼 꿈틀댔다.

"다들 모, 모른 척하자고. 우리가 끼어들 수 있는 일이 아, 아닌 것 같아……."

김이 그녀의 허리를 당겨 문에서 떨어뜨렸다.

"임상시험 병동으로 끌려가는 거야."

후리가 무표정한 얼굴로 말했다.

"임상시험 병동? 임상시험 병동이라고 했어?"

김이 물었다.

"여기 그런 게 있어요."

후리는 방역 센터의 시시콜콜한 부분까지 알고 있었다. 여러 번 드나들면서 저절로 알게 됐다고는 해도 거리에서 살아온 만큼 누구보다 눈치가 빨랐다. 하나를 주워들으면 열을 한 줄로 꿰는 식이었다.

"입소 동의서에 임상시험에 관한 항목은 없었어."

그녀가 잘라 말했다. 입소 동의서에 사인할 때 그녀는 작은 조항 하나까지 빠뜨리지 않고 읽었다. 임상시험에 동의를 구하는 내용은 어디에도 없었다. 안정성이 입증되지 않은 신약의 임상시험 대상이 된다는 건 목숨을 담보로 하는 일이다. 의사가 수술대에 누운 환자의 체세포를 떼어내는 것과는 다르다. 환자 동의 없이 할 수 있는 일이 아니다.

"입소 동의서 같은 데 그런 걸 왜 써넣겠어? 일단 방역 센터에 들어오면 누가 내 몸에 무슨 짓을 하든, 내 몸의 소유권은 나한테 없다고 봐야지."

후리의 거리낌 없는 태도에 세 사람은 할 말을 잃었다. 시민들은 지원서를 쓰고 심사를 거쳐 제 발로 방역 센터에 입소한다. 제 몸을 내어줄 것을 알면서도 내어준다고 말하지 않는다. 아무도 말하지 않는 사실을 단지 후리의 입을 통해 들었을 뿐인데 적잖은 동요가 일었다.

"임상시험 병동이란 건 가보면 그냥 알게 돼요. 보통 치료실이나 검사실과는 확실히 다르거든. 뭔가 복잡한 의료 기구들이 많고 분위기부터가 싸하다고. 내가 누나한테 말한 적 있지? 공 박사한테 불려 갔다고. 숫자 맞추다 바닥에 데굴데굴 구르면서 발작했다고 했잖아. 머리가 약간 이상하다고 생각했는지 대상자에서 탈락해 돈도 못 받았어. 임상시험이라고 해서 약 먹고 주사 맞고 그냥 누워 있기만 하면 될 줄 알았는데, 암튼 굉장히 기분 나빠."

"뭐가?"

김이 후리에게 바짝 다가앉았다.

"내 몸이 내 몸이 아니라고 했잖아요. 돈이고 나발이고 다 필요 없어. 밤낮 자기들이 필요할 때 주사를 놓고 약을 먹인다고. 가진 게 몸뚱이 하난데, 푼돈에 그것마저 가져가는 게, 기분 더럽다고요."

"누가 동의서에 서명하래? 안 하면 되잖아."

뾰족 수염에겐 동정이란 없었다.

"그게 그렇게 안 된다고요. 돈을 쉽게 벌 수 있으니까 혹하는 것도 있는데, 일단 내 몸에 허물이 있으니까 거절할 입장이 못 되는 것 같단 말이죠. 쥐뿔도 없이 몸뚱이 하나 달랑 있는데 아껴 뭐 하냐, 그런 생각도 들고."

"어떤 경우에도 임상시험을 강제로 할 순 없어."

그녀의 말에 김이 맞장구쳤다.

"그렇지. 범죄자도 아닌데. 인간이라면 신체의 자유가 있다고."

"암튼 임상시험을 끝낼 수 있는 사람은 연구진뿐이야. 공 박사뿐이라고. 임상시험이란 게 한두 번 주사 맞는다고 끝나는 것도 아니고 10년도 넘게 걸리는 거라니까. 연구동 어디 장기 입원 중인 환자도 있다던데……."

"연구동 어디? 정확히 어디라고 들은 건 없어?"

김이 안경 위로 늘어진 허물을 밀어 올렸다. 공포에 질린 눈동자가 훤히 드러났다.

"내 눈으로 직접 본 건 아니라서 자세히는 몰라요. 오다가다 들은 거라. 잘못되는 경우도 있다던데."

"자, 잘못되다니? 주, 죽을 수도 있단 거야?"

"그렇게 겁먹을 필요 없어요. 공짜로 허물을 벗겨주는 대가로 약간의 봉사를 한다고 생각하면 공평한 거죠. 다들 배나 겨드랑이에 구멍 몇 개씩은 있잖아요. 조직검사 결과는 이미 공 박사 손에 있는데 뭘. 어차피 임상시험에 적합한 사람들만 불려 나간다고요. 지금까지 아무 일도 없었는데 나머지 일주일 동안 별 일이야 있겠어요?"

후리에겐 아무것도, 아무래도 상관없어 보였다.

그녀는 혼란스러웠다. 방금 전 복도에서 본 남자는

정말 임상시험 병동으로 끌려간 것일까. 돌아오지 않는 사람들은 모두 그곳에 있는 걸까. 그녀 못지않게 혼란스러워 보이는 사람은 김이었다. 그는 잠시도 가만있지 못하고 병실을 뱅뱅 돌았다. 무언가에 쫓기고 있는 것 같기도 하고, 무언가를 쫓고 있는 것 같기도 했다.

9

"예로부터, 롱롱이 허물을 벗으면 세상의 허물이 죄다 벗겨진다고 했거든."

잠자코 있던 뾰족 수염이 불쑥 얘기를 꺼냈다.

"그게 정말이래요?"

발끝에 뭔가 덜컥 걸린 사람처럼 김이 맴돌기를 멈췄다.

"예전부터 이 일대 허물이 창궐했는데 무지하게 큰 뱀 한 마리가 홀연히 나타나 허물을 느릿느릿 벗더라는 거야, 신기하게도 말이야. 마을 사람들이 뒤집어쓰고 있던 허물이 거짓말처럼 홀렁 벗겨졌단 말이지……. 아, 오늘따라 왜 이리 가려워……."

뾰족 수염은 팔이 등에 닿지 않아 쩔쩔맸다. 왼손과 오른손을 번갈아 뻗는데도 딱 손가락 한 마디가 모자란 듯했다.

"예전에? 얼마나 예전인데요?"

김이 구원의 손톱을 내밀었다. 뾰족 수염이 후련하다 못해 흐뭇한 표정으로 얘기를 이어갔다.

"얼마나 예전인지는 몰라도, 암튼 옛날 옛적에 허물을 뒤집어쓴 사람들이 모여 사는 마을이 있었대. 지금 D구역처럼 말이야. 거기 땅꾼이 한 사람 살았는데……. 거기, 거기 말고 좀 더 위. 옳지, 좀 더 성의 있게 긁으란 말이야……. 그자가 뱀을 잡으려고 산에 구멍이란 구멍은 죄다 쿡쿡 쑤시고 다녔잖아. 러이…… 러이…… 뱀을 부르면서 말이야. 땅꾼들이 흔히 뱀을 부르는 소리였지. 저녁때가 다 돼서야 음침하고 커다란 동굴을 발견했는데 척 봐도 큰 짐승이 들어앉을 데야. 들고 다니던 지팡이로 그 안을 쿡쿡 쑤셨다는 거야. 아니나 다를까, 시커멓고 이만한 게 기어 나왔지. 커도 너무 큰 뱀이야. 생전 첨 보는 놈이었지. 사정없이 쿡쿡 쑤셔댔으니 약이 바짝 오를 수밖에. 대가리를 치켜들고 혀를 날름대면서 쫓아오지 않겠어? 땅꾼들은 절대 안 잡혀. 도망가는 요령을 알고 있거든. 요렇게, 요렇게 삐뚤삐뚤 방향을 바꿔 도망치면 못 쫓아와. 커다란 뱀은 앞으로, 똑바로 직진한단 말이다. 방향을 갑자기 못 바꿔. 땅꾼은 죽기 살기로 마을까지 달려와 곧장 집으로 뛰어들었지. 날벼락을 맞은 건 동네 사람들이야. 뱀한테서 도망치는 요령을 알 리가 있어? 무조건 밖으로 쏟아져 나왔지. 그 사람들도 땅꾼처럼 죄다 허물을 쓴 사람들이었지. 그런데 둥치가 이만한 느티나무를 만나더니 뱀이 제 코를 나무둥치에 비비더란 거야. 한참 그 짓을 하더니 하, 허물을 벗기 시작하더래. 그 뱀이 애초에 허물을 벗으려고 동굴에 들어앉았던 모양이야. 거기에다 대고 땅꾼이 성을 돋운 거지. 놀라 자빠질 일은 그다음에 벌어졌어. 거짓말처럼, 도망가는 것도 까먹고 구경하던 사람들이 허물을 벗기 시작한 거야. 몸뚱이가 근질근질해서 문질렀더니 물러 터진 홍시 껍질 벗겨지듯 허물이 슬슬 벗겨지더란 거야. 허물 벗은 사람들은 다신 허물을 입지 않았대. 그런데, 아뿔싸! 꼭 한 사람만 빠졌지 뭐야. 땅꾼은 집에 쏙 들어가 이불을 폭 뒤집어쓰고 있었거든. 밖이 시끌시끌하니까 어기적어기적 나와 보지 않았겠어? 그다음 말해 뭐 해? 탈싹 주저앉았지. 저만 허물을 쓰고 있더라는 거야. 뱀은 산으로 감쪽같이 사라졌고. 땅꾼은 그길로 산으로 쫓아 들어가 죽을 때까지 뱀을 찾아다녔지. 러이…… 러이…… 뱀을 부르면서 말이야. 러이…… 러이…… 부르는 소리가 메아리로 퍼지다 앞산에서 돌아온 러이…… 러이…… 소리와 맞부딪혀 마을을 맴맴 돌더라는 얘기야."

뾰족 수염은 입꼬리에 맺힌 거품 침을 손등으로 닦았다.

"그래서, 그 땅꾼은 롱롱을 찾았대요?"

김이 물었다.

"아, 내가 알아?"

뾰족 수염이 퉁명스럽게 말했다.

"그게 롱롱인지는 몰라도 어마어마하게 큰 뱀을 본 적 있어요. 궁에서."

뜻밖의 답을 한 건 후리였다.

"궁에서? 정말이야?"

놀란 김과는 달리 그녀는 대수롭지 않았다. D구역에서 수없이 들었던 말이었다. 롱롱이 나왔다는 곳마다 샅샅이 뒤지고 다녔지만 동물원의 비단뱀보다 큰 뱀은 없었다.

"크다고 다 롱롱이 아니야. 자고로, 용골돌기가 사람 주먹만 한 게 불쑥 튀어나와 있어야 한다고. 용골돌기, 몰라? 뱀의 비늘에 꺼끌꺼끌하게 튀어나와 있는 돌기란 말이다."

뾰족 수염이 말하는 용골돌기는 뱀의 등마루 비늘이었다. 사육사인 그녀도 용골돌기가 주먹만 한 뱀을 본 적 없었다. 대개 육안으로 겨우 확인할 수 있을 정도의 크기다. 그런 종에 관해서 들은 적도 없다.

"그게 용골돌긴지 뭔지는 모르겠지만, 비늘 위로 뿔 같은 게 솟아 있긴 했어요. 내가 궁의 담장을 넘은 적이 있거든요. 시내에 있는 그 궁, 다 알죠? 밤비가 부슬부슬 와서 전각 아래서 잘 생각이었거든. 머리 위를 가리는 게 뭐라도 있으면 그나마 나으니까. 추워서 아궁이에 불을 붙이다가 기절초풍했다니까요. 엄청나게 큰 뱀이 아궁이에서 기어 나오지 뭐야. 정말 어마무시하게 커다란 뱀이었다고요. 끝이 보이지 않더라니까."

"동물원이 무너졌을 때, 그때 탈출한 뱀 아닌가?"

김이었다. 김은 아직 그 동물원의 사육사까지는 알아보지 못했다.

"동물원 뱀이 아냐."

동물원의 뱀이라면 그녀가 모를 리 없었다.

"옛날 옛적 그 롱롱이 아직 살아 있을까요?"

김이 후리와 뾰족 수염을 번갈아 봤다.

"D구역에 가면 뱀을 모시는 무당들 천지야. 세상의 허물을 벗기려고 언젠가는 뱀 신이 나올 거라 믿는 거지. 하지만 아직까지 롱롱을 봤다거나 굴에서 꺼냈다는 작자는 없어. 롱롱의 전설을 믿는 것과, 롱롱을 내 손으로 꺼내는 것은 숫제 다른 말인 거다, 이 말씀이야. 내 말 알아들어?"

뾰족 수염의 핀잔에도 김은 단념하지 않았다.

"후리가 봤다는 그 뱀 말입니다. 일단 아궁이에서 꺼내서 허물을 벗을 때까지 지켜보면 되지 싶은데, 안 그래요? 혹시 롱롱일지도 모르잖아요. 그럼 우린 영원히 허물을 벗을 수 있고, 방역 센터에 들어와 이렇게 벌벌 떨 필요도 없잖아요. 몸에 구멍을 숭숭 뚫을 필요도 없고, 없는 돈에 프로틴을 매일 사 먹지 않아도 되잖아. 후리 넌 평생 허물 걱정 안 하고 살고 싶지 않아? 노인 양반도 그 나이에 허물 걱정에서 벗어나고 싶을 테고. 거기, 그쪽도 마찬가지일 거 아냐. 그렇지 않아요, 다들?"

늘 불안을 감추지 못했던 김이었다. 지금은 전혀 다른 사람처럼 보였다.

"정 그렇게 명을 재촉하고 싶다면 굳이 말릴 필요 없지."

뾰족 수염은 찬성도, 반대도 아닌 답을 용케 찾아냈다.

"난 파충류 사육사야."

그녀가 말했다. 말에 발이 달린 것처럼, 몸 깊숙이 웅크리고 있다 스스로 튀어나왔다. 정말 롱롱이 있다면, 롱롱을 꺼낼 수 있는 사람은 이 도시에서 그녀뿐이었다. 거대 파충류 사육사는 흔한 직업이 아니니까.

"오……! 그러고 보니 기억나네. 텔레비전에서 엄청 큰 비단뱀을 몸에 둘둘 말고 있었지? 맞지? 그 사육사!"

김이 손뼉을 딱 치며 자리에서 벌떡 일어났다. 후리가 어리둥절한 얼굴로 그녀를 돌아봤다.

"누나가 사육사야? 그 사육사?"

"오호라! 그 비단뱀을 놓친 작자가 여기 있었네. 뱀이 탈출했단 말에 잠도 못 자고 꿈속에서도 뱀이 나왔다고! 평소에 관리를 철저히 했으면 그런 일은 없었을 거 아냐! 뱀을 놓친 사람이 다시 꺼내러 가야지. 암."

뾰족 수염의 입에서 그녀의 죄목이 줄줄 흘러나왔다.

"자, 자, 쓸데없는 말은 그만하고 모두 약속해요. 여기서 나가게 되면 룽룽을 꺼내러 가자고. 밑져야 본전 아뇨? 뱀이 허물을 벗은 후에도 아무 일도 안 일어나면 사육사 처녀가 뱀을 동물원에 갖다주고 다시 일자리를 얻으면 되는 거지. 안 그래?"

김이 그녀를 재촉했다.

룽룽이든, 동물원에서 탈출한 뱀이든, 방역대가 먼저 발견하면 틀림없이 죽일 것이다. 후리의 말이 사실이라면 희귀종일 가능성이 컸다. 죽게 내버려둘 수 없었다. 그녀가 고개를 끄덕였다.

"내가 안내할게요. 가보면 내 말이 진짠지 아닌지 알겠죠. 다들 먼저 나가서 기다려요. 난 허물을 벗으려면 여기 조금 더 있어야 할 테니까. 까짓것, 전설 같은 거 한 번쯤 믿는다 해서 큰일이 벌어지는 것도 아닌데 뭘."

후리도 동의했다.

"다들 이 자리에서 약속한 거지? 나중에 딴소리하면 안 돼."

김이 오금을 박는 동안 뾰족 수염은 슬며시 침대로 들어가 이불을 뒤집어썼다.

복도는 어느새 잠잠해졌다. 김이 비장한 얼굴로 밖을 살폈다. 남자는 보이지 않았다.

II

◆

롱롱

1

헬스클럽을 찾는 건 어렵지 않았다. D구역 초입 소규모 상가가 밀집한 주택가, 3층짜리 낡은 건물에 있었다. 1층엔 슈퍼마켓, 2층은 사우나, 맨 위층에 헬스클럽 간판이 보였다. 후리가 일한다는 곳이다. 어제 오후 김이 공원으로 찾아와 일러줬다.

"겨우 찾았네. 어디쯤이라고 말해줬어야지."

김은 그녀를 찾아 시내 공원이란 공원은 다 뒤졌다고 했다. 후리가 얼마 전 방역 센터에서 나왔다고, 뱀을 꺼내러 가자고 잔뜩 흥분해 있었다. 자신은 허물을 벗었을 뿐 아무것도 달라지지 않았다고, 천장까지 쌓인 타이어를 올려다보며 한숨만 푹푹 내쉬고 있다고 했다.

그녀 역시 마찬가지였다. 개인 등록카드에 방역 센터 입소 경력이 표시돼 제대로 된 일자리를 구할 수 없었다. 아르바이트 자리도 해고당하기 일쑤였다. 슈퍼마켓에선 반나절 동안 박스를 나르다 갑자기 해고당했다. 주인이 그녀가 일하는 사이 배낭을 열어봤다는 건 나중에 알았다. 배낭 속엔 사육 도구가 들어 있었다. 주인에게 항의했지만 소용없는 일이었다. 통조림이나 식료품을 몰래 훔쳐 가는지 뒤져보지 않으면 어떻게 아느냐고, 뱀을 놓쳐 도시를 떠들썩하게 만든 여자 말고도 아르바이트할 사람은 얼마든지 있다고 도리어 큰소리쳤다.

프로틴은커녕 끼니도 잘 챙기지 못하니 허물은 금방 자라났다. 별 수 없이 다시 공원으로 와 전처럼 공원 관리인과 숨바꼭질하며 지냈다. 밤이면 벤치에 누워 생각했다. 롱롱을 찾으면 정말 허물을 벗을 수 있을까. 영원히 허물을 벗으면 한 번도 허물 입지 않은 사람처럼 살 수 있을까. 한 번도 버림받지 않은 사람처럼 살 수 있을까.

헬스클럽 문을 열자 굉음이 터져 나왔다. 격렬한 비트가 몸통을 움켜잡고 뒤흔드는 것 같았다.

"어이, 여기야, 여기."

김이 덤벨을 쥔 손을 힘겹게 들어 올렸다. 후리는 들고 있던 대걸레를 흔들어 반가움을 표시했다. 영업을 끝내고 정리 중인 것 같았다. 자정이 넘은 시간까지 운동하는 사람은 없었다.

"창고에 쌓여 있는 타이어는 둘째 치고 이 복부에 붙어 있는 타이어부터 처리해야 할 것 같아서 말이야."

김이 겸연쩍게 웃었다.

그녀는 레그 프레스에 걸터앉았다. 후리가 바닥 청소를 후다닥 끝내고 캔에 따뜻한 물을 부어 내밀었다.

"프로틴이야. 흔들어 마셔, 누나. 그 노인네는 방역센터를 나온 후 감감무소식이야. 아무래도 슬며시 발을 뺀 모양이야. 롱롱을 꺼내 오라고 그렇게 윽박지르더니만."

그녀는 말없이 프로틴 캔을 받아 들었다. 뾰족 수염은 롱롱의 전설을 알고 있을 뿐 믿지 않는지도 몰랐다. 그녀 역시 희귀종을 발견할지 모른다는 기대가 더 컸다. 캄캄한 공원 벤치에 누워 롱롱을 간절히 원한 날도 있었다. 하지만 밤이 끝나고 낮이 되면 그뿐이었다. 후리는 그저 한 번쯤 믿어본다는 쪽이고, 김은 전설이 이뤄지길 바라는 것 같았다.

"내가 공 박사라면 프로틴을 공짜로 나눠줄 거야. 그럼 애써 허물을 벗길 필요도 없을 텐데. 안 그래? 이것만 먹으면 허물이 생기지 않는다면서."

후리가 주머니에서 캔을 하나 더 꺼내 물을 붓고 흔들었다. 김도 덤벨을 내려놓고 캔을 따서 물을 부었다.

방역 센터는 'T-프로틴'을 하루에 두 번 이상 복용할 것을 권장했다. 처음 방역 센터에서 프로틴을 공급했을 때만 해도 80% 할인된 가격에 구입할 수 있었다. 도시 기능을 신속하게 정상화시킨다는 명목으로 정부 지원금이 투입됐기 때문이다. 보조금 혜택이 사라진 지금, 캔 한 개의 가격은 한 끼 밥값에 육박했다.

"이 바보야, 그럼 제약 회사는 뭘 먹고 사냐? 이 도시가 어떤 데냐. 거대 제약 회사의 기업도시란 걸 잊었어? 순진하기는."

도시가 허물로 뒤덮이자 정부는 이 지역을 특별재난지역으로 선포하고 다국적 제약 회사의 기업도시로

지정했다. 세계적인 피부과 질환 권위자이자 신단백질 전문가인 공 박사가 책임자로 왔다. 방역 센터와 방역 대를 만들고, T-프로틴을 공급하고 방역 지침을 발표 했다. 도시가 현재와 같은 모습이 되는 데 20여 년이 걸렸다.

김과 후리는 나란히 서서 캔을 맹렬하게 흔들었다. 김이 후리의 이두박근을 흘긋댔다. 무모한 경쟁심이 었다.

"어이, 형!"

후리가 탈의실과 프런트 데스크를 바쁘게 오가는 남자를 불러 세웠다. 그가 이쪽을 돌아봤다. 민소매 밖 으로 드러난 두 팔을 땀과 유분이 빈틈없이 감싸고 있 었다.

"이 형은 트레이너야. 여기 매니저이기도 하고."

남자의 이름은 척이라고 했다.

"누나도 인사해."

그 남자였다. 방역 센터에서 눈이 마주친 남자. 그 녀를 알아봤는지, 그렇지 않은지 알 수 없었다. 그녀가 아무 말이 없자 눈인사조차 없이 계단을 올라갔다.

"뭐야, 거만한데? 아는 척도 않고. 모르는 척인가?

그래서 이름이 척인가?"

김이 실없는 소리를 하며 프로틴을 꿀꺽꿀꺽 마셨다.

"원래 성격이 그런 거예요. 나쁜 사람이 아니라고
요."

후리도 캔을 거꾸로 들어 입 속으로 탈탈 털었다.

"저딴 녀석하곤 어떻게 알게 됐어?"

"아저씨랑 누나, 그 노인네까지 모두 방역 센터에서
나간 뒤 난 다른 방에 배정됐거든. 거기서 형을 만났어
요. 복도에서 끌려가던 그 사람, 기억나죠?"

"기억나고말고. 어쩐지 낯이 익더라."

김이 무릎을 쳤다.

"내가 말했잖아요. 임상시험 대상자일 거라고. 형에
게 약간 도움을 줬지. 링거 주삿바늘을 매트리스에 꽂
아두는 거요. 아무리 임상시험 약을 투약해도 반응이
없으니 별수 있나요. 형을 놔줄 수밖에. 형이 내 사정
을 알고는 여기 와 있으라 하더라고요."

"그래……? 잘됐네. 혹시, 궁에 같이 갈 생각은 없
대? 아무래도 오늘 밤 힘 좀 써야 할 것 같은데. 트레
이너라며. 근육 좀 있을 거 아냐."

"꿈도 꾸지 말아요. 형은 롱롱을 별로 안 좋아해요."

안 그래도 말해본 눈치였다.

그녀는 그가 사라진 계단을 올랐다. 방역 센터에서 나온 후에도 그녀는 가끔 남자를 떠올렸다. 심장을 열어 보인 것 같은 눈동자가 잊히지 않았다.

"누나, 헛수고라니까."

후리가 등 뒤에서 소리쳤다.

계단은 옥상으로 이어졌다. 거기 조립식 가건물이 있었다. 문을 열자 싱글 사이즈의 매트리스, 옷가지가 나와 있는 상자와 한쪽에 정리된 주방 도구, 마른 식빵과 사과, 프로틴 캔, 줄넘기, 그리고 바닥에 널브러진 포장지가 한꺼번에 눈에 들어왔다. 이곳에서 먹고 자는 모양이었다. 안쪽에서 물소리가 들렸다. 샤워 중인 것 같았다.

그녀는 방 안을 서성이며 그의 시간을 그려봤다. 영업을 끝내고 척은 이곳으로 올라와 잠시 매트리스에 누웠다 일어난다. 청소를 끝내고 간단한 운동을 한다. 이를테면 윗몸일으키기 같은 것. 상자에 비죽이 삐져나온 옷가지를 무심하게 꺼내 갈아입는다. 빨랫감을 치워놓는다. 그러고는……, 아무것도 하지 않는다. 날짜도 보지 않고 시계도 보지 않는다. 이곳은 생활의 잔해가 밀려와 있는 버려진 해변 같았다.

아무렇게나 던져진 것처럼 보이는 물건들 가운데 서류 봉투가 눈에 띄었다. 탁자 위에 반듯이 놓여 있었다. 마치, 이 방에 있는 사물들 중 의미를 지닌 것은 그것 하나밖에 없다는 듯이. 봉투 안에서 나온 것은 계약서였다.

기한 내에 '을'이 계약 사항을 완료하지 못할 시, '갑'은 '을'에게 다음과 같은 조치를 취할 수 있으며, '을'은 이의를 제기하지 않는다.
  1. '갑'이 '을'에게 제공한 일체의 직위 및 편의를 무효로 한다.
  2. '갑'은 '을'이 소유한 방역 센터의 지분을 즉시 회수한다. ……

방역 센터 지분? 누가 지분을 회수한다는 걸까? 앞뒤 문맥으로 보아 '갑'은 방역 센터로 유추할 수 있었다. 그렇다면 '을'은……? 척이 방역대원에게 끌려갔던 것은 임상시험 말고 다른 이유가 있었던 걸까?

물소리가 끊겼다. 그녀가 봉투를 제자리에 놓자마

자 욕실 문이 열렸다. 척은 그녀를 발견하곤 당황하는 눈치였다. 하지만 곧 짐작 가는 게 있다는 듯 입을 열었다.

"같이 가자고 할 생각이라면 돌아가요. 난 롱롱 같은 건 믿지 않으니까."

머리카락에 맺힌 물방울이 바닥에 똑똑 떨어졌다.

"……."

"다른 할 말이 있는 겁니까?"

척이 수건으로 젖은 머리를 털어냈다.

"……."

그녀는 답을 찾지 못했다. 그날 당신과 눈이 마주친 사람이 바로 나였다고 말해야 할까. 어째서 날 기억하지 못하느냐고 물어야 할까. 그게 아니라면, 그 봉투 안에 든 건 무엇이냐고 물어야 할까.

그녀는 도망치듯 계단을 내려왔다.

2

궁은 먼 유배지처럼 남았다. 문과 담장은 조금씩 뒤

로 물러났다. 본래 정문이 있던 자리에 교차로가 생겼다. 자동차가 급류처럼 흐르는 교차로 한가운데 얼마 전 광장이 새로 꾸며졌다. 시간은 교차로를 휘돌아 잠시 광장에서 소용돌이치다 궁 앞에 이르러 담장 안으로 고여 들었다.

오늘 밤에 뱀이 나올까? 그녀는 고개를 들어 궁의 담장을 올려다봤다. 밤하늘과 담장의 경계가 어슴푸레했다. 담장은 키를 훌쩍 넘었다. 그녀는 배낭을 열었다. 담장 아래서 목이 긴 장화로 갈아 신었다. 스네어 폴을 꺼내 길이를 조정하고 가죽 장갑을 꺼냈다. 뱀은 본래 온순한 동물이지만 적에게 공격당하면 치명상을 입히는 맹수로 돌변한다.

"누나, 내 어깨에 올라타."

후리가 벽에 바짝 붙어 쪼그려 앉았다. 그녀가 올라타자 일어서려 안간힘을 썼다.

"으, 으랏차……."

무릎을 펴기도 전에 다리가 휘청거렸다. 발목 부근에 달린 지퍼가 열려서 바지가 너풀거렸다. 헬스클럽에 있을 때만 해도 복숭아뼈에 착 달라붙는 트레이닝바지에 머리를 공들여 만진 모습이었다. D구역을 벗어나 시내로 오는 동안 머리는 헝클어지고 옷차림도 흐트러졌다. 땀범벅에 먼지를 뒤집어쓴 건 김도 마찬가지였다.

"아니, 담장에 기대 이렇게 서라고. 잘 좀 해봐. 아니, 열일곱 청춘이 이걸 못해. 키만 후리후리하면 뭐해. 휘청휘청인데."

그녀는 후리의 어깨를 밟고 일어섰다. 스네어 폴을 입에 물고 담장을 향해 팔을 뻗으려는 순간, 후리의 다급한 목소리가 들렸다.

"어, 어, 갑자기 그러면 어떡해! 잠시만……."

후리가 잔뜩 인상을 쓰며 가까스로 무릎을 폈다. 그녀는 하마터면 고꾸라질 뻔했다. 간신히 중심을 잡고 두 손으로 담장을 짚었다. 숨을 들이마시고 한쪽 다리를 담장 위로 들어 올렸다. 남은 다리를 얹고 뛰어내리기만 하면 된다.

"뭐 하는 거야? 그 위에서 밤 샐 거야?"

김이 재촉했다. 억지로 소리를 삼킨 탓에 빈 바람이 악을 쓰는 것처럼 들렸다. 머리 위로 보름달이 떴다. 밤의 궁을 지키는, 몇 안 되는 등이었다. 그녀는 밤의 궁으로 뛰어들었다.

그녀가 떨어진 곳은 나무들이 듬성듬성 있고 돌 조

각상이 서 있는 화단이었다. 발목은 무사했다. 어제 내린 비로 땅이 축축했다. 뒤이어 후리가 담장 위에서 떨어졌다. 동시에 김의 비명이 들렸다. 녀석은 담장 너머를 가리키며 어깨를 으쓱해 보였다.

"담장을 넘으려면 뭐라도 밟아야 해서……. 어차피 아저씨는 담장을 못 넘을 거야. 그나저나, 그 전각이 어느 쪽이더라?"

후리가 사방을 두리번거렸다. 궁은 막막한 어둠이었다. 가로등이 드문드문 전각 근처에 서 있을 뿐, 사방은 겨우 움직이는 형체만 구분할 수 있을 정도였다. 선불리 발을 뗄 수 없었다.

엄마는 그런 것을 알고 있었을까. 롱롱이 밤을 산책할 때 어디로 다니는지, 어디에 숨어 사람들을 지켜보는지. 그 모든 것을 알고 집을 떠난 것일까.

자라는 동안 그녀는 머릿속에서 수도 없이 접시를 꺼내 보았다. 아무것도 놓여 있지 않은 접시다. 오른쪽 관자놀이에서 롱롱의 머리를 잡아당긴다. 한참이나 잡아 뺐는데도 롱롱의 몸은 끝이 보이지 않았다. 할 수 없이 롱롱의 머리와 몸통 일부만 접시 위에 올려놓았다. 미처 꺼내지 못한 몸통은 관자놀이에 매달고 있어야 했다. 반대쪽 관자놀이에서 엄마를 꺼냈다. 엄마는 접시 위로 폴짝 뛰어내렸다. 그다음엔 혼자 견딘 시간들을 어디에 놓아야 할지 몰라 두부를 작게 썰어서 롱롱 위에도, 접시 위에도 하얗게 덮었다. 롱롱과 엄마와 시곗바늘은 두부샐러드처럼 보였다. 다음에 뭘 꺼내야 할지 곰곰이 생각하는 사이, 머릿속에 켜켜이 쌓인 접시가 와르르 쏟아졌다. 할 수 없이, 손에 집히는 것부터 다시 접시에 담으려고 했지만 롱롱이 빠르게 기어가고, 엄마는 롱롱의 아가리 속으로 들어가려고 더 빨리 기어갔다. 마지막에는 빨간 새처럼 불꽃이 후드득 날아올랐고, 새 떼가 되어 주위를 훨훨 날았고, 결국엔 모든 것이 불길에 휩싸였다. 그녀는 식은땀을 흘리며 벌떡 일어나 애써 늘어놓은 접시를 몽땅 던져버렸다. 시곗바늘만 남아 똑딱똑딱 자르고 똑딱똑딱 다졌다. 몸속 어딘가에 웅크리고 있던 롱롱이 조각난 시간을 날름날름 집어 먹으며 살쪄갔다. 결국, 그녀의 몸속엔 살찐 뱀 한 마리만 남았다.

"생각났어. 누나, 이쪽이야. 그쪽으로 가면 안 돼. 아궁이가 한두 개가 아니라고. 이쪽으로 가면……, 헉!"

후리가 얼어붙었다.

"저, 저기……."

그녀의 눈에 분수대 물이 일렁이는 게 보였다. 물은 양감을 가진 물체처럼 부풀어 올랐다 가라앉았다. 물결이 느릿느릿 움직였다. 한 줄기 물길이 분수대 밖으로 기어 나와 저 혼자 흘렀다. 뱀이었다. 물빛을 일렁이며 뱀이 분수대 바닥에서부터 천천히 물 밖으로 기어 나오고 있었다.

"어, 어……."

후리가 제자리에서 버둥거렸다. 쉿. 그녀는 후리의 어깨를 짓누르고 몸을 납작 숙였다. 바닥에 엎드린 후리가 거칠게 숨을 몰아쉬었다.

분수대 바닥에 몸뚱이를 서너 번 돌려 똬리를 틀고 있던 터라 뱀이 분수대 밖으로 완전히 빠져나오기까지는 시간이 걸렸다. 분수대의 물은 반 넘게 넘쳤다. 엄청난 크기의 뱀이 꿈틀대는 모습은 물줄기가 굽이치는 것처럼 보였다. 뱀의 앞을 가로막는 것은 없었다. 궁의 주인다웠다. 숨 쉬는 것들 중 궁의 가장 오래된 주인은 뱀일지 모른다. 뱀의 몸에 잔물결이 일었다. 물기를 끌고 흐르는 동안 뱀은 한결같은 흐름으로 도도했다. 뱀의 움직임을 따라 그녀의 몸이 일렁였다.

"어, 어디 가⋯⋯, 앉아."

이번엔 후리가 그녀를 주저앉혔다. 뱀은 느릿느릿 분수대 주변을 벗어났다. 그녀는 후리의 손을 조용히 뿌리쳤다. 후리의 손이 맥없이 그녀의 팔목을 풀었다. 둘은 늙은 시녀처럼 조심조심 뱀의 뒤를 따랐다.

뱀은 후원 쪽으로 갔다. 후원에는 불탄 전각이 겨우 흔적만 남아 있었다. 소실된 전각들 중 한두 채만 원형을 복원했을 뿐 대부분의 전각들은 아궁이 터만 덩그러니 남았다. 어느 전각 앞에 이르러 뱀이 기둥을 감고 지붕 위로 올랐다. 지붕의 용머리가 위태롭게 흔들렸다. 뱀은 용마루 위에서 몇 번 몸을 틀더니 움직이지 않았다. 뱀의 몸에 어두운 녹색이 감돌았다.

"아, 알았어, 알았다고. 여기에 롱롱이 있다는 걸 알았으니까, 내 말이 거짓말이 아니란 걸 알았으니까, 이제 됐어. 그, 그러니까 가자."

말과는 달리 후리는 한 발짝도 떼지 못했다.

뱀이 기둥을 타고 내려왔다. 비늘 아래 근육이 덩어리째 울근불근 움직였다. 생고기가 몸에 닿은 것만 같아 그녀는 진저리 쳤다. 끝이 보이지 않을 것 같은 기다란 뱀의 몸통이 뜰 아래로 이어졌다. 뱀은 전각 아래로 기어들어 갔다. 아홉 칸의 방과 마루, 방과 방을 잇는 복도까지, 이 모두를 떠받치고 있는 네 개의 기둥 아래 아궁이가 있었다. 뱀이 안으로 꼬리를 감추자 아무것도 보이지 않았다. 아궁이가 입을 꾹 닫아버린 것처럼.

"누, 누나, 그냥 가. 잡아머, 먹히지 않은 것만도 다, 다행이야……."

후리의 얼굴은 창백하다 못해 핼쑥했다.

그녀는 땅바닥에 엎드려 아궁이 속을 들여다봤다. 깊은 곳에서 어둠이 회오리쳤다. 검은 덩어리가 한데 엉켜들었다. 발을 디디면 푹 빠져버릴 것 같은 어둠이었다.

"제발 그냥 가자니까. 몰라, 몰라, 몰라! 죽든지 살든지 나 혼자 갈 거야. 후회하지 마. 분명히 말했어."

후리가 후들거리는 다리를 질질 끌고 담장 쪽으로 갔다.

스스스슥.

깊은 곳에서 소리가 기어 나왔다. 뱀이 제 몸을 비비는 소리 같기도 하고 흙을 파 내려가는 소리 같기도 했다. 혀를 날름거리는 소리 같기도 했다. 그녀는 발을 한발 앞으로 내디뎠다. 아궁이가 입을 와락 벌렸다.

"정말 미치겠네. 제발, 아 미치겠네, 제발 가자. 혼자 서는 담장을 못 넘어. 나 혼자 가버리면 누난 어쩔 거야."

후리가 멀찍이 떨어져 발을 동동 굴렀다.

스스스, 스스스스스.

소리는 끊어지지도 더 커지지도 않고 일정한 크기로 그녀를 끌어당겼다. 소리에 발목을 잡힌 것처럼 그녀는 흙바닥에 납작 엎드려 아궁이 속으로 머리를 집어 넣었다.

"누나, 왜 이래!"

후리가 뛰어와 그녀의 어깨를 움켜쥐었다.

"저 안에 뱀이 도사리고 있다고!"

아랑곳하지 않고 그녀는 안으로 기어들어 가기 시작했다.

"에라, 모르겠다. 아무래도 누나 이상해. 미친 거 같아."

다급해진 후리가 그녀의 등에 올라타 바닥에 머리를 짓눌렀다.

"누, 누나 이러다 진짜 다쳐. 그, 그만해."

그녀가 후리를 뿌리쳤다. 후리는 바닥에 나동그라졌다.

아궁이 깊은 곳에 뱀이 보였다. 표정 없는 뱀의 눈. 눈동자를 덮은 투명한 비늘이 푸르게 빛났다. 컴퍼스를 대고 그린 것처럼, 정가운데를 송곳으로 찌르고 펜을 삥 돌려 그린 것 같은 동그란 눈이었다.

소용돌이 같은 눈이 그녀를 향해 다가왔다. 그녀가 길게 손을 뻗었다. 뱀의 역삼각형 머리가 검은 아궁이에서 연기처럼 흘러나왔다. 뱀이 혀를 날름거려 냄새를 맡았다. 그녀가 손을 뒤로 빼자 뱀의 머리가 따라왔다. 발을 뒤로 빼자 뱀의 몸이 따라왔다. 그녀는 스네어 폴을 한 손에 쥔 채 천천히 뱀을 유인했다.

"어어어억……!"

뱀의 머리가 나타나자 후리가 스프링처럼 튀어 올랐다. 뒤로 나자빠지며 머리카락이 우산처럼 활짝 펼쳐졌다.

"빠, 빨리, 다, 다시, 너, 넣어허억……!"

후리는 허우적허우적 팔다리를 뒤로 저었다. 뱀의 머리가 후리를 향했다. 배 비늘을 움직여 앞으로 뻗어나갔다. 후리가 미친 듯이 팔다리를 팽팽 저었다. 긴 팔과 긴 다리가 쭉쭉 늘어났다.

"움직이지 마! 뱀은 움직이는 것을 쫓아가!"

그녀가 소리쳤다. 뱀은 눈 아래쪽에 있는 신경세포로 사물의 움직임을 추적한다. 가만있으면 알아채지 못한다.

"도, 도망갈 데도 없다고오오…… 제발 이것 좀 치워우어억……!"

후리가 담벼락에 바짝 붙어 울먹였다. 숫제 눈을 꾹 감았다. 후리가 멈추자 뱀도 멈췄다. 순간적으로 목표물을 놓친 뱀은 앞을 가로막은 담장을 타고 오르기 시작했다. 그녀는 뱀의 몸에 올라탔다. 뱀 비늘이 타일처럼 차가웠다. 비늘을 발로 밟자 몸통과 비늘 사이가 벌어졌다. 한 손으로 비늘을 움켜잡고 후리를 향해 다른 손을 뻗었다. 후리가 마지못해 그녀의 손을 잡고 뱀 위에 올랐다. 궁을 빠져나가려면 다른 수가 없었다. 돌기를 밟을 때마다 몸서리를 쳤다. 뱀이 꿈틀대며 담장을 넘었다.

"사, 살려줘……."

후리가 세상에서 가장 느린 롤러코스터를 타고 비명을 질렀다.

그녀는 네 개로 갈라진 턱뼈 끝에 스네어 폴을 걸었다. 막대에 달린 로프를 힘껏 당기자 뱀이 아가리를 짝 벌렸다. 팔꿈치로 뱀의 목덜미를 꽉 누르고 다리를 구부려 놈의 몸통을 단단히 휘감았다. 바지가 위로 올라가며 발목이 드러났다. 적갈색과 검푸른 색이 뒤엉킨 허물 사이로 누런 진물이 흘렀다. 어둠 속에서 그녀의 허물과 뱀의 몸통은 하나로 보였다. 뱀이 담장 아래로 흘러내렸다.

3

뱀은 사거리를 건널 때까지 궁의 담장을 벗어나지 못했다. 길이는 족히 80~90미터, 두께는 1미터쯤, 몸무게는 1톤을 훌쩍 넘을 것 같았다. 고대 열대우림지역에서나 볼 수 있을 법한 크기였다. 이렇게 큰 뱀이 도심에 서식할 수 있었던 건 오래 전 궁이 폐쇄됐기 때문일 것이다. 궁이 불탄 건 100여 년 전이다. 전각은 거의 소실됐지만 수백 년 된 정원수가 여전히 자라고 있다. 단절된 생태계는 야생동물에게 좋은 피난처다.

뱀이 발견된 아궁이는 수십 개 땅굴로 연결돼 있을 가능성이 높았다. 쇠락한 궁에 오랫동안 사람들의 발길이 닿지 않는 동안 아궁이에 숨어 몸을 부풀렸을 것이다. 비늘의 모양이나 색, 몸통의 길이까지 그녀가 아는 어떤 뱀과도 달랐다. 구렁이도 아니고 비단뱀과도 달랐다. 아나콘다는 더더욱 아니었다. 이렇게 크고 단단한 용골돌기는 본 적 없다. 배 비늘도 정교하고 뾰족했다. 항문과 꼬리 사이의 꼬리 비늘 모양으로 봐서 독사는 아닌 것 같았다. 독사는 꼬리 비늘이 한 줄로 나란하지만 독이 없는 뱀은 두 줄이다. 청록색을 띤 비늘은 피부가 각화된 것이라기보다 거친 가죽에 가까웠다. 이 뱀이 정말 롱롱일까?

뱀이 궁에서 완전히 빠져나온 뒤 그녀는 스네어 폴 대신 로프를 뱀의 목에 걸었다. 맹수용 특수 로프였다. 밀착력이 좋아 여간해선 벗겨지지 않는다. 목줄을 건 후에도 뱀은 몸을 잔뜩 도사렸다. 방심하면 치명상을 입기 십상이다. 반대로, 긴장하고 있다는 걸 뱀에게 들켜서도 안 된다. 그랬다간 순식간에 위험에 빠진다. 그녀는 로프를 단단히 조인 채 배 부분을 들어 천천히 쓰다듬었다. 사육장에 새로 들여온 뱀을 다루는 방법이었다. 낯선 환경에 처한 뱀은 운동량이 급속히 줄고 먹이를 거부하기도 한다. 방치했다간 며칠 후 은신처에서 싸늘하게 죽어 있는 걸 발견하게 된다. 이 시기 사육사에게 가장 중요한 일은 뱀을 안심시키는 것이다. 적이 아니며 동시에 먹잇감도 아니라는 것을 알게 해줘야 했다. 다행히 뱀이 점차 경계를 푸는 사실이 느껴졌다. 냄새와 체온에 익숙해지게 만든 후 조심스럽게 목줄을 당겼다. 뱀은 그제야 스르르 똬리를 풀고 따라왔다.

"얘는 서커스단에서 온 뱀 같아. 사람을 잘 따라. 목줄을 쥐고 있으면 꼼짝도 못 하네."

김이 짐짓 여유를 부렸지만 여전히 겁에 질린 목소리였다.

"눈동자가 보름달처럼 커지면 밤이고, 초승달처럼 쪼그라들면 낮이라는 거지? 저 긴 몸뚱이가 밤하고 낮을 얼마나 많이 잡아먹었을까?"

세상에서 가장 아찔한 롤러코스터에서 내려온 후리였다. 후리는 뱀을 똑바로 보지 못하고 흘끗흘끗 훔쳐보며 멀찍이 떨어져 왔다.

새벽에 가까운 시간이었다. 도심은 비어 있었다. 방역 버스가 길게 꼬리를 물고 주차해 있었다. 스무 대는 넘어 보였다.

"이런 시간이면 방역대도 철수를 하나……?"

후리가 안을 기웃거렸다. 아무도 없었다.

"누나, 우리 어디로 가?"

그녀는 말없이 걷기만 했다. 오랫동안 롱롱은 그녀에게 어떤 생각의 덩어리였다. 머릿속으로 그린 구불구불한 곡선은 몇 시간이고 이어지곤 했다. 붓에 쓸려 나오는 먹처럼 길고 축축한 몸뚱이. 롱롱을 어딘가로 이끌어야 한다는 건 처음부터 '어떤 생각'의 일부였다.

"롱롱이 진작 아궁이에서 나와 허물을 벗었으면 우리가 허물 때문에 이 고생은 안 했을 텐데……. 대체, 왜, 어째서 여태껏 아무도 뱀을 꺼내지 못한 거야?"

김은 다른 누가 아닌, 하필 자신이 이 밤에 벌벌 떨면서 뱀을 따라가고 있다는 사실이 믿기지 않는 듯했다.

"아무도 발견 못 한 게 아니라, 발견 즉시 모조리 잡아먹힌 건 아닐까?"

후리가 별생각 없이 말했다가 저 혼자 놀라 부르르 진저리 쳤다. 아닌 게 아니라, 뱀을 처음 본 사람들은 백발백중 잡아먹혔을 것이다. 뱀이 움직이는 것을 쫓아간다는 걸 미리 알았더라도 틀림없이 죽을힘을 다해

달아났을 것이다.

"괜히 데리고 나왔나 봐."

김이 잔뜩 겁을 집어먹고 목을 움츠렸다.

"이제 와서 그딴 소리 집어치우라고요. 무조건 꺼내서 롱롱이 허물을 벗는 걸 봐야 한다고 우겼던 사람이 누군데? 허물을 다 같이 벗자고 바람 잡은 게 누구냐고요."

죽다 살아난 후리가 눈을 부라렸다. 김이 슬그머니 화제를 돌렸다.

"내 말은…… 그, 그게…… 롱롱은 영물인데 이렇게 함부로 꺼내도 되냐는 뜻이지. 그나저나, 뱀은 뭘 먹여 키우나?"

김의 시선이 뱀의 머리부터 꼬리까지 따라갔다.

뱀의 목줄을 쥐고 그녀가 말했다.

"프로틴."

4

그들이 멈춰 선 곳은 D구역 초입이었다. 허름한 건

물들은 실제보다 부풀어 보였다. 안 그래도 다닥다닥 붙어 있다시피 한 건물들이 어둠에 묻혀 윤곽이 흐려졌기 때문이다. 건물 속 낡은 난방 파이프가 딱딱 몸서리를 쳤다. 이 구역의 침입자를 경계하듯이.

"여기까지 왔는데 어쩔 수 없지. 서커스단에서 데려왔다고 하지 뭐."

후리가 네온사인이 꺼진 헬스클럽 간판을 올려다봤다. 척에게 칭찬은 못 듣겠지만 어쩔 수 없었다. 후리가 앞장서자 김이 뒤이어 터덜터덜 비상계단을 올랐다. 그녀가 뱀의 목줄을 잡고 따라갔다. 좁은 골목을 꽉 채운 뱀은 검은 길처럼 보였다.

그녀가 이곳으로 뱀을 끌고 온 이유는 2층에 있는 사우나 때문이었다. 뱀을 사육하려면 큰 수조가 있고 일정한 온도가 유지되는 곳을 찾아야 했다.

1층 슈퍼마켓은 셔터가 내려져 있었다. 2층에 오르자 물비린내가 훅 끼쳤다. 24시간 사우나는 아직 영업 중이었다. 그녀는 목줄을 쥐고 계단을 올랐다. 얌전히 따라오던 뱀이 갑자기 천장을 향해 머리를 쳐들었다. 사우나 입구를 들이받을 기세였다. 그녀의 두 발이 공중으로 붕 솟구쳤다. 하마터면 계단 난간에 부딪힐 뻔했다.

"꽉 잡아!"

후리가 팔을 뻗어 그녀를 잡았다.

"쉿! 이러다 사람들 다 깨겠어. 방역대가 알면 롱롱을 포획해 갈 거야."

김이 야단스레 손사래를 쳤다.

그녀가 목줄을 힘껏 조였다. 후리는 두 팔로 그녀의 허리를 단단히 감았다. 딸려 가지 않으려 까치발로 버티던 후리가 중심을 잃을 찰나, 뱀이 머리를 천천히 돌렸다. 날름거리는 혀가 그녀의 뒤통수를 아슬아슬하게 비껴갔다.

3층에 다다랐을 땐 세 사람 모두 기진맥진했다. 헬스클럽 문을 두드리자 잠이 덜 깬 얼굴로 척이 나왔다. 맨 앞에 있는 후리, 다음에 김, 그 뒤에 있는 그녀에게로 척의 시선이 차례로 옮겨갔다. 점점 더 어리둥절한 표정이 되더니 급기야 뱀의 머리를 보자 할 말을 잃었다. 그 틈을 비집고 다짜고짜 후리가 밀고 들어갔다. 김이 뒤를 따랐다. 마지막으로 그녀가 뱀을 끌고 들어갔다. 입구에 서 있던 척은 얼결에 뒷걸음질쳤다. 새벽에 들이닥친 세 사람은 그렇다 쳐도, 계단에 축 늘어져 있는 거대한 뱀을 발로 찰 수는 없는 노릇이었다.

뱀은 느릿느릿 헬스클럽을 장악하기 시작했다. 플라이와 벤치프레스 사이로 기어들어 가더니 스무 대의 트레드밀과 열 대의 사이클 사이에 똬리를 틀었다. 척이 어쩔 수 없이 운동기구들을 한쪽으로 끌어냈다. 뱀은 때때로 머리를 치켜들고 혀를 날름거렸다. 축 늘어진 몸통은 이지러진 삼각형으로 보였다.

김과 후리는 매트리스에 벌렁 드러누웠다. 그녀도 뱀의 목줄을 비상계단 난간에 동여맨 후 숨을 골랐다. 벽시계가 새벽 5시를 가리켰다. 싸늘한 표정으로 지켜보던 척이 다가왔다.

"무슨 생각으로 뱀을 이리 끌고 온 겁니까."

플라스크나 비커 같은, 실험실의 계측기들이 맞부딪치는 소리 같았다. 김이 후리의 옆구리를 쿡쿡 찔렀다. 후리가 마지못해 입을 열었다.

"미안해, 형. 허물 벗을 때까지만 신세 질게. 세상 허물이 다 벗겨질 때까지만 좀 봐줘."

"그런 터무니없는 말을 믿고 이런 뱀을 주택가로 데려오다니, 다들 정신 나간 거 아닙니까?"

척이 세 사람에게 차례로 시선을 옮겼다. 한동안 노

려본 후 굳은 표정으로 위층으로 올라갔다.

"사실, 뱀이 커도 너무 크잖아. 뱀 한 마리 꺼내 오는 일이 이렇게 큰일이 될 줄은 나도 몰랐다고. 형, 내 말 좀 들어봐."

무시하는 척을 따라가며 후리가 주절주절 변명을 늘어놨다.

"성질머리 더럽게 꺼칠꺼칠하네. 자기도 방역 센터에서 그만큼 당했으면서. 롱롱이 허물을 벗으면 다 같이 좋은 거지, 우리만 좋나? 미친 척 받아주면 좀 좋아?"

김이 매트리스에 벌렁 누워 몇 마디 중얼거리나 싶더니 금세 곯아떨어졌다. 적잖이 피곤한 모양이었다.

그녀는 뱀에게 다가갔다. 뱀은 두 줄기로 갈라진 검푸른 혀를 날름거렸다. 주변의 공기를 입천장에 있는 후각기관으로 보내 냄새를 확인하는 것이다. 잔뜩 경계하고 있다는 뜻이었다. 사육사의 냄새를 맡게 해주며 안심시켜야 했다. 그녀가 천천히 다가가자 눈꺼풀도 없는 뱀의 눈이 그녀를 응시했다. 조명 탓에 뱀의 눈은 실처럼 가늘어졌다. 그녀가 손을 내밀었다. 뱀이 혀를 날름거리며 천천히 다가왔다. 그녀는 난간에 묶

어놓았던 줄을 풀었다. 팔을 뻗은 채 뱀을 기다렸다. 핸들링은 처음이었다. 동물원의 주인만이 핸들링을 할 수 있었다. 뱀이 그녀를 허락할까. 주인으로 받아들일까. 뱀이 머리를 바짝 치켜들었다. 공격 신호다.

"난 네 먹이가 아냐!"

그녀가 뱀의 목줄을 꽉 조였다. 뱀이 고통스럽게 몸을 뒤척였다. 은색 바벨들이 우르릉 굴러떨어졌다. 뱀의 몸은 천장을 후려치고 바닥을 내리쳤다. 그녀는 목줄을 손목에 칭칭 감았다. 사정을 두지 않고 더 힘껏 목줄을 당겼다. 지금 완전히 제압하지 않으면 틈틈이 사육사를 노릴 것이다. 뱀이 머리를 치켜들자 팔이 딸려 올라갔다. 발이 허공에서 버둥댔다.

"힉! 뭔 일이래?"

김이 매트리스에서 벌떡 일어났다. 뱀이 그녀의 몸통을 감고 강한 근육으로 심장을 압박했다. 벗어나려 안간힘을 썼지만 역부족이었다. 가슴이 답답하고 의식이 점차 흐려졌다. 이대로 있다간 심장마비로 죽는다. 칭칭 감긴 새끼 가젤처럼 뻣뻣하게 굳을 것이다. 벗어나려 버둥댈수록 힘이 빠졌다. 뱀이 아가리를 벌리고 다가왔다.

"살려줘!"

김이 창가로 달려가며 괴성을 질렀다. 여차하면 창밖으로 뛰어 나갈 태세였다.

뱀을 향해 몸을 날리는 사람이 있었다. 척이었다. 뒤따라온 후리는 계단 중간에 풀썩 주저앉았다. 척은 뱀의 용골돌기를 움켜잡고 그녀를 향해 기어올랐다. 깍지 낀 두 손으로 뱀의 머리를 힘껏 내리쳤다. 압박이 느슨해진 사이, 칭칭 감긴 그녀를 빼내려 했지만 한쪽 팔이 빠져나오지 않았다. 오른손이 로프에 단단히 묶여 있었다.

"손을 놔!"

척이 소리쳤다. 그녀는 고집스럽게 줄을 놓지 않았다. 뱀이 사납게 요동쳤다. 그녀는 줄을 놓기는커녕 더 세게 조였다. 얼굴이 검게 변하고 핏줄은 터질 듯 부풀어 올랐지만 포기하지 않았다. 이대로 나가떨어지면 뱀은 사육사를 인정하지 않을 것이다.

"놔!"

척이 그녀의 손가락을 억지로 벌려 가까스로 줄을 벗겨냈다. 줄을 놓자마자 두 사람이 동시에 바닥으로 떨어졌다. 뱀도 똬리를 풀고 트레드밀 사이로 머리를 집어넣었다.

그녀는 바닥에 축 늘어졌다. 피돌기가 빨라지면서 경련이 일었다. 김과 후리는 숨조차 쉬지 못했다. 척의 거친 숨소리만이 가득했다. 사납게 날뛰던 뱀도, 지켜보았을 후리와 김도, 그녀조차도 마치 시간을 싹둑 잘라 주머니에 넣은 것처럼 아무런 움직임이 없었다.

"허물을 벗겨주는 건 저런 뱀 따위가 아니란 말입니다!"

척이 소리쳤다.

그녀는 입술을 달싹이려 했지만 벌린 입으로 더운 입김만 가까스로 빠져나갔다.

5

그녀가 눈을 뜬 곳은 척의 침대였다.

"그대로 있어요. 어지러울 겁니다. 잠깐 정신을 잃었습니다. 일시적으로 뇌에 산소가 공급되지 않아 그랬을 겁니다."

척이 따뜻한 물을 건넸다. 그녀는 두 손으로 컵을 감

싸 쥐었다.

"뱀이 다시 공격성을 드러내지 않는다는 보장은 없습니다. 그땐 당신뿐 아니라 이 일대 주민 모두 위험해질 수 있습니다. 여긴 주택가예요. 위험에 노출된 사람은 수십, 수백 명이 될 수 있습니다. 뱀을 사육할 수 있는 환경이 아닙니다. 지금이라도 뱀이 살던 곳으로 데려가요."

목소리는 나지막했지만 그는 처음보다 더 완강히 뱀을 거부했다.

"아궁이로 들어가 허물을 벗는다면 저 뱀이 진짜 롱롱인지 아닌지 확인할 수 없어. 롱롱은 밖으로 나와 허물을 벗어야 세상의 허물을 벗길 수 있어. 뱀이 아궁이로 들어가면 다시 찾을 수 없을 거야. 아궁이가 얼마나 깊은지, 어디로 통하는지 아무도 몰라."

허물 쓴 사람들은 도시에 있다. 아궁이 속이 아니라. 그 이유 하나만으로도 뱀은 이곳에 있어야 했다.

"뱀이 언제 허물을 벗는지는 알고 있습니까?"

"눈이 희뿌옇게 변하는 블루 현상이 보이고 움직임이 둔해지면 때가 왔다고 짐작할 뿐이야. 저 뱀은 내가 사육했던 뱀들과는 달라. 저렇게 큰 뱀은 보고된 적이 없어. 가장 긴 뱀으로 기록된 개체는 50미터야. 저 뱀은 거의 두 배야. 용골돌기 모양도, 강도도 달라. 비늘의 색이나 무늬도 특이해. 이제껏 발견된 적 없는 새로운 종이야. 여기서 발견된 건 우연이 아닐지 몰라. 이 지역에만 허물이 생기고, 이 지역에서만 롱롱의 전설이 내려오고 있어. 어쩌면 전설은……."

그녀는 다른 사람을 설득하려 애쓴 적이 없었다. 긴 문장으로 말을 잇는 일도 드물었다. 하지만 소용없었다. 말을 끝맺기 전 척은 실소를 터뜨렸다.

"신화와 전설이란 그런 겁니다. 인간은 해결할 수 없는 문제에 맞닥뜨렸을 때 상상력을 발휘합니다. 그런 터무니없는 이야기가 현실의 문제를 해결할 수 있다고 생각합니까? 최소한, 설명이라도 할 수 있을 것 같습니까? 막연한 희망이 허물을 벗겨줄 거라고 정말 믿는 겁니까? 뱀을 계속 여기에 두면 헬스클럽은 문을 닫아야 할 겁니다. 방역대도 곧 들이닥치겠죠. 그다음 벌어질 일을 책임질 수 있습니까?"

"넌 방역대가 두려운 거야. 뱀이 아니라."

그녀는 척의 눈을 똑바로 바라봤다. 지금 척에게 중요한 일은 방역대의 주의를 끌지 않는 것이다. 어쩌면 그 서류 때문인지도 모른다. 그는 방역 센터와 무슨 계약을 한 것일까.

"내가 왜 뱀을 끌고 온 사육사에게 모든 걸 말해야 합니까?"

설명할 순 없지만, 그녀는 느낄 수 있었다. 그도 그녀를 기억하고 있다. 방역 센터에서 그녀가 자신을 외면했던 순간을 분명히 기억하고 있다. 그녀가 척에게서 자신의 수치를 보았듯이, 그도 그녀에게서 같은 걸 떠올리는지도 몰랐다. 절망이나 무력감, 어쩌면 분노일 수도 있었다.

"더 이상 말하지 않겠습니다. 당장 뱀을 데리고 나가요."

척은 끝내 외면했다.

"뱀이 여기 존재한다는 것은 틀림없는 사실이야. 전설이나 신화가 아니야. 뱀이 허물을 벗고 무사히 아궁이로 돌아갈 때까지 난 뱀을 지켜야 해. 내가 사육사라는 것은 틀림없는 사실이니까."

그녀는 척의 방을 나왔다.

6

운동기구들은 제자리에서 밀려나거나 뒤집어졌다. 크고 작은 덤벨들은 아무 데나 굴러다녔다. 뱀이 보이지 않았다. 후리와 김도 사라졌다. 두 사람이 뱀을 끌고 간 걸까? 그게 아니라면 뱀이 그들을 공격해서……. 그녀는 헬스클럽을 나와 계단을 뛰어 내려갔다.

2층이 습기로 자욱했다. 활짝 열린 사우나 문을 통해 증기가 무럭무럭 빠져나오고 있었다. 대기실엔 아무도 없었다. 젖은 수건이 사방에 널렸고 사물함이 함부로 열렸다. 비누와 로션, 짝이 맞지 않는 신발이 바닥에 나뒹굴었다. 대욕장 밖으로 뱀의 꼬리가 나와 있었다. 뿌연 수증기 속에서 그녀는 뱀의 몸통을 따라갔다. 온도가 너무 높았다. 뱀의 사육 온도는 30℃, 시원한 곳은 25℃ 내외다. 사우나 안의 온도는 적어도 60℃ 이상은 될 것 같았다.

뱀은 타일 바닥에 똬리를 틀고 머리를 탕 속에 늘어뜨린 채 물속 깊숙이 잠겨 있었다. 자욱한 수증기 속에서 김의 목소리가 들렸다.

"우린 각질 제거 중이야. 어, 어, 이쪽으로 고개 돌리

지 마. 알몸이라고. 뱀이 자꾸 사우나로 들어오려고 하
잖아. 그래서 문을 열어준 거야. 아무리 안 된다고 해
도 뱀이 사람 말을 알아먹을 리 있어? 문을 부수기 직
전이었다고. 덕분에 탕 안에 있던 사람들이 홀딱 벗고
도망갔지 뭐야."

사람들이 사우나에서 뛰쳐나갔다면 방역대가 오는
건 시간문제였다.

"어때? 훨씬 편해 보이지? 뱀 말이야."

후리의 목소리도 들렸다. 녀석은 한가롭게 휘파람까
지 불었다. 그녀는 소리 나는 쪽으로 갔다. 시야가 흐
렸다.

"흐힉! 뭐 하는 거야!"

코앞까지 와서야 김과 후리가 그녀를 알아봤다. 그
들은 급한 대로 서로를 바짝 껴안았다. 두 개의 엉덩이
가 햄버거 빵처럼 겹쳤다.

"뱀에 손대지 마."

그녀가 경고했다. 사육사가 아닌 사람이 섣불리 뱀
을 다루는 것은 목숨을 건 일이다.

"화난 거야? 미안해. 하지만 우리도 뱀을 어떻게 할
수가 없……."

안 그래도 벌겋게 익은 김의 얼굴이 새빨갛게 달아올랐다. 어디까지나 뱀이 한 일인데, 본인은 잘못이 없는데 얼떨결에 사과하고 있어서 유감이라는 거였다. 알몸 앞에 멀쩡한 여자가 눈 하나 깜짝 않고 서 있다는 사실도 몹시 당황스러웠다. 김이 주춤주춤 후리의 등 뒤로 돌았다.

"우, 움직이면 어떡해……."

후리가 기겁해서 김이 도는 방향을 따라 돌았다. 두 개의 햄버거 빵이 엉거주춤 돌았다.

"이, 이거 무슨 냄새야?"

김이 코를 싸쥐었다. 욕탕 안에 역겨운 냄새가 진동했다.

뱀이 탕 안에서 몸을 뒤틀고 있었다. 진득한 토사물이 입에서 뿜어져 나왔다. 몸을 뒤틀기만 할 뿐 배 비늘이 타일에 미끄러져 탕 안을 빠져나오지 못했다. 엄청난 양의 토사물이 바닥에 흘러넘쳤다.

"저, 저러다 죽는 거 아냐? 왜, 왜 토하는 거야? 대체?"

후리가 김을 꽉 껴안은 채 뒷걸음질쳤다.

뱀이 똬리를 틀더니 괴로운 듯 몸통을 비틀었다. 후

리와 김은 누가 먼저랄 것도 없이 입구 쪽으로 뛰었다. 뱀은 잠시도 가만있지 않고 격렬하게 움직였다. 머리를 치켜들었는가 싶었는데 순식간에 바닥에 축 늘어졌다. 입에서는 울컥울컥 토사물이 쏟아졌다. 몸속에 거대한 해일이 이는 것 같았다. 탕 안에서 빠져나오려 몸부림쳤지만 타일 위에서 미끄러지기만 했다. 뱀은 도망치기 전 먹은 것을 토해내기도 한다. 식도가 몸길이의 3분의 1이나 되고, 위장도 내장의 대부분을 차지할 만큼 길기 때문에 위를 비워내면 몸이 가벼워져 빨리 달아날 수 있기 때문이다. 사막에 사는 뱀이 아닌 이상 이렇게 높은 온도에서는 견디기 어렵다. 습도도 지나치게 높다. 은신처가 없다는 것도 뱀에겐 스트레스가 됐을 것이다. 뱀은 이곳을 벗어나려 한다. 이대로 두면 위험하다. 동물원에선 소화불량 때문에 폐사한 개체가 여럿 있었다. 그녀는 토사물로 가득한 탕 안을 손으로 더듬어 배수구를 열었다. 탕 안의 물이 빠지는 사이 수건을 닥치는 대로 가져와 바닥에 깔았다. 목줄을 조심스럽게 당기자 뱀은 수건 위로 느릿느릿 배 비늘을 움직여 탕에서 빠져나왔다.

그녀는 사우나의 문과 창문을 열어 온도를 낮췄다.

천장의 조명도 한두 개만 남기고 껐다. 탈진한 뱀을 부드럽게 마사지하며 온욕을 시키고 토사물을 씻어냈다. 머리부터 꼬리까지 비늘 사이사이 그녀의 손가락이 부드럽게 미끄러졌다. 뱀은 그녀의 손길을 편안하게 받아들이며 서서히 안정을 되찾았다. 뱀의 눈이 보름달처럼 부풀었다. 그녀는 뱀을 향해 천천히 손을 뻗었다. 뱀이 서서히 그녀의 몸을 타고 올랐다. 묵직한 무게감이 그녀의 온몸을 부드럽게 조였다. 뱀은 그녀의 목을 감싸고 가슴을 휘감은 뒤 손목을 향해 갔다. 그녀는 손으로 이리저리 방향을 바꿔 길을 만들었다. 뱀은 거리낌 없이 머리 위로, 다리 사이로, 배와 가슴을 가로질렀다. 그녀는 뱀과 조용히 교감했다. 완전히 자신을 받아들일 때까지.

그녀는 비늘을 손으로 쓸다 흠칫 놀랐다. 손톱에 벗겨진 허물 조각이 걸렸다. 습기를 잔뜩 머금은 비늘은 부드러웠다. 피부에 단단히 밀착해 있던 허물이 가벼운 접촉에도 쉽게 밀려났다. 그녀는 뱀의 눈동자를 들여다봤다. 뿌옇게 흐려졌다. 블루가 뜨려는 조짐이다. 지금, 바로 지금인지도 모른다. 습기를 충분히 머금은 뒤 뱀은 허물을 벗는다. 건조한 비늘에 습기를 주기 위해 본능적으로 물을 찾아 온 것인지도 모른다.

그녀는 뱀의 목줄을 잡고 창가로 이끌었다. 목줄을 놓자 뱀은 머리부터 서서히 아래로 내려갔다. 3층 높이를 내려가 머리가 바닥에 닿았다. 길고 어둡고 몸이 꽉 끼는 곳으로 뱀을 데려가야 했다. 그녀는 적당한 장소를 알고 있었다. 그곳에서라면 뱀은 스스로 허물을 벗을 것이다.

III

◆

프로틴

1

날이 밝았다. 뱀의 눈동자는 초승달처럼 날카로워졌
다. 뱀은 거침없이 앞으로 나아갔다. 꽃집 앞의 양동이
든 간판 가게의 사다리든 가리지 않고 밀어붙였다. 소
화전에 부딪힐 때마다 펑펑 물이 솟았다. 물줄기가 분
수처럼 뿜어져 나왔다. 길에도, 길이 아닌 곳에도 물이
흘러넘쳤다. 뱀은 물줄기보다 빨리 움직였다. 뱀을 따
라가려면 100미터 달리기 주자처럼 골목과 골목 사이
를 뛰어야 했다. 목줄은 좀처럼 손에 닿지 않았다. 금
방이라도 닿을 것 같았지만 번번이 헛손질이었다. 뱀

은 할인점 주차장을 지나 주유소에 들어가 여섯 대의 주유기들을 휘감은 후 8차선 도로를 유유히 가로질렀다. 당황한 교통경찰이 의미 없는 수신호를 보냈다. 패밀리 레스토랑 앞에 서 있던 입간판이 뱀의 몸통에 깔렸다. 레스토랑 간판에는 모델이 깜짝 놀란 얼굴로 파스타를 포크에 감아 들고 있었다. 모델의 머리 위에서 반짝이던 팝업이 '팝' 소리와 함께 꺼졌다. '놀라운 경험!'

뱀은 어디서나 잘 보였다. 타일 같은 뱀 비늘이 햇살을 받아 쩽 빛났다. 그녀는 눈으로 뱀을 쫓으며 뛰었다. 뱀이 카페며 주유소를 휘감을 때마다 거리의 시민들이 비명을 질렀다. 요란한 사이렌과 함께 방역 버스가 나타나 빠른 속도로 뱀의 앞을 가로막았다. 뱀은 버스 지붕을 타 넘었다. 버스가 좌우로 흔들렸다. 뱀이 지난 후에야 방역대원들이 마취 총과 포획용 투망 총을 들고 밖으로 나왔다.

그녀는 뱀의 목줄을 향해 쉼 없이 손을 뻗었다. 방역대원보다 먼저 잡아야 했다. 방역대에 포획되면 비단뱀처럼 죽을 것이다. 숨이 턱까지 차올랐다. 아무리 높이 뛰어도 줄은 손에 닿지 않았다. 그녀는 근처 건물

계단으로 뛰어 올라가 2층 창문에서 뱀을 향해 뛰어내렸다. 맞은편 건물에서 구경꾼들이 환호성을 질렀다. 그녀는 용골돌기를 단단히 움켜쥐었다.

방역대가 마침 총을 발사했다. 주삿바늘이 그녀의 머리를 스치고 뱀의 몸통에 박혔다. 후두두두…… 연달아 마침 총이 발사됐다. 흥분한 뱀은 단단한 근육에서 추진력을 얻어 엄청난 속도로 나아갔다. 순간속력이 시속 11킬로미터에 달한다는 블랙맘바보다 훨씬 빠른 것 같았다. 투망 총이 발사되고 포획 망이 날아왔다. 뱀을 덮치기엔 터무니없이 작았다. 그녀는 뱀에 박힌 주삿바늘을 빼냈다.

도심을 벗어나 고속도로에 진입한 직후 뱀의 움직임이 둔해졌다. 마취제가 혈관을 타고 퍼지기 시작한 것 같았다. 손에 닿는 주삿바늘은 빼냈지만 어디에 얼마나 더 박혔는지 알 수 없었다. 그녀는 목줄을 쥐고 땅으로 뛰어내려 달리기 시작했다. 다행히 뱀은 잠들지 않고 따라왔다. 고속도로를 벗어나 샛길로 방향을 틀었다. 방역 버스는 요란한 경고 방송을 내보낼 뿐 따라오지 못했다. 진출입 도로가 없으니 고속도로를 벗어날 수 없었다.

D구역 끝에 다다랐을 즈음 시의 경계를 알리는 표지판이 나타났다. 그녀는 손아귀에 목줄을 감고 가파른 길로 내려가 얕은 시내를 따라 뛰었다. 그사이 마취에서 깬 뱀은 다시 제 속도로 따라왔다. 들판을 흐르던 개울물이 작은 동네로 흘러들어 개천으로 이어졌다. 그녀는 잡풀을 헤치며 뛰었다. 방역 버스는 시야에서 사라지고 없었다.

흙먼지가 풀풀 날리는 황무지가 펼쳐졌다. 작물을 재배한 흔적이란 없었다. 모처럼 손님이 찾아와도 오래전 부도로 문을 닫은 공장 부지에 뒤늦게 도착한 채권자 같은 기분이 될 것 같았다. 건질 거라고는 녹슨 나사못 하나뿐이라 해도 전혀 놀랍지 않았다. 그곳에 벽을 세우고 기초를 세운 건물은 다 쓰러져가는 재생타이어 가게 하나뿐이었다. 김의 가게였다.

3층 높이의 재생타이어 가게는 굵은 쇠파이프로 기둥을 세우고 철판으로 바닥을 대서 흡사 대나무로 얼기설기 세워 놓은 것처럼 보였다. 매장 안에서부터 외벽을 타고 이어진 계단엔 층층마다 수십 개의 타이어가 차곡차곡 쌓여 있어 뼈와 장기가 구불구불 드러난 엑스레이사진처럼 보였다. 세로로 겹겹이 쌓아 놓은 타이어 중엔 직경이 1.5미터는 돼 보이는 것도 있었다. 가게가 처음 생겼을 때만 해도 전시 효과를 노렸을 테지만, 지금은 적재된 타이어가 비바람을 피할 수 없다는 단점만 뚜렷이 부각됐다.

뱀이 도심을 가로지르는 동안 김은 가게로 돌아와 영업 준비를 하고 있었다. 타이어를 층층이 쌓아올리다 엄청난 속도로 직진해 오는 뱀을 발견하곤 얼결에 손을 번쩍 들었다.

"구…… 굿모닝?"

그녀는 타이어가 줄줄이 이어져 있는 계단 쪽으로 뱀을 이끌었다.

"왜, 왜 이리로, 이, 이리로 데려오면 어, 어떡해……!"

가벼운 인사를 했을 뿐인데 뱀이 제집처럼 기어들어오자 김은 울상이 됐다.

뱀은 겹겹이 쌓여 있는 타이어들 속으로 꼬치를 꿰듯이 줄줄이 들어갔다. 외벽을 타고 1층에서 3층까지, 3층에서 매장 안으로 줄줄이 이어진 타이어를 타고 쇼윈도 안쪽에 전시된 타이어까지 다 꿰고도 머리와 꼬리가 밖으로 드러났다. 뱀이 타이어 밖으로 혀를 날름거리자 김은 서둘러 새 타이어를 가져와 뱀의 머리 앞에 굴려 놓았다. 매장 안을 절반 넘게 차지하고 나서야 뱀은 타이어 안으로 몸을 완전히 감췄다.

그녀는 뱀이 들어간 타이어 동굴 안으로 머리를 집어넣었다. 검은 동굴 저쪽에서 뱀의 눈동자가 보름달처럼 떴다. 타이어 동굴은 아궁이와 비슷했다. 어둡고, 길고, 몸이 꽉 끼었다. 뱀을 품고 있는 타이어는 그 자체로 구불구불한 뱀처럼 보였다.

"하, 할 수 없지 뭐. 어차피 허물을 벗는 걸 봐야 한다면, 내 집에서 느긋하게 기다려도 좋겠지 뭐."

체념과 긍정이 뒤범벅된 표정으로 김이 말했다.

"이건 대형 화물차 타이어. 일반 타이어에 비하면 꽤 크지? 25인치나 되는 것도 있으니까 뭐. 항공기 타이어에 비하면 이건 큰 것도 아니야. 밖에 전시해 놓은 거 봤지? 엄청 큰 거. 국도 변인 데다 멀지 않은 곳에 고속도로도 있어서 화물차가 꽤 다녀. 가게 입지는 괜찮은 편이지. 여기 타이어 이 부분, 도로에 맞닿는 데 보이지? 이게 트레드야. 타이어 원단은 케이싱이라고 불러. 타이어를 재생할 때는 오일만 있으면 돼. 간단하지."

그는 오랫동안 타이어와 생계를 같이해 왔다. 서른을 훌쩍 넘기도록 데이트 한번 못해 봤다는 김은 자신의 인생에서 타이어가 유일하게 믿을 만한 구석이라고 했다.

그녀는 뱀에게서 눈을 떼지 않았다. 타이어 안에 들어간 뱀은 꼼짝하지 않았다. 온전히 '중단'이나 '중지' 같은 의미를 드러내려고 거기 있는 것 같았다.

"에어컨 꺼. 온도가 너무 낮아."

가게 안은 서늘했다. 뱀이 장시간 머무르기엔 지나치게 낮은 온도다. 기온이 내려가면 겨울이 아니어도 뱀은 동면에 들어갈 수 있다. 허물을 벗지 않고 동면에 들어간 뱀은 허물에 갇혀 죽는다. 더구나 블루가 뜬 뱀에게는 치명적이다.

"알았어. 알았다고."

김은 군말 없이 따랐다. 사우나에서 혼쭐난 뒤로 그게 최선이란 걸 알았다. 에어컨 전원을 끈 뒤 무심코 쇼윈도 쪽을 돌아보던 김이 화들짝 뒤로 물러났다.

"흐익! 저게 다 뭐야?"

수십 개의 손바닥들이 편형동물의 주황 빨판처럼 쇼윈도에 다닥다닥 붙었다. 바짝 들이댄 눈동자에는 공포와 그만큼의 호기심이 잔뜩 들어찼다.

"설마…… 전부 타이어를 사려고 온 사람들은 아니겠지……?"

김은 얼빠진 얼굴로 물끄러미 쇼윈도를 바라보다 뭔가 깨달은 듯 손뼉을 딱 쳤다. 잠시 후, 큼지막한 종이에 글자를 써 쇼윈도에 붙였다.

'롱롱이 잠들어 있는 타이어 팝니다!'

2

뱀은 타이어 안에서 눈을 뜬 채 모든 일의 중심에 있었다.

쇼윈도 밖에 있던 사람들이 하나둘 용기를 내 가게 안으로 들어왔다. 한두 사람이 쭈뼛쭈뼛 발을 들여놓더니 어느 순간 한꺼번에 몰려들었다. 가게 안은 발 디딜 틈이 없었다. 재생타이어 가게가 문을 연 이래 이렇게 많은 사람들로 북적인 적은 없었다.

"세상에, 저렇게 큰 뱀이 정말 있었네."

사람들은 숨을 삼켰다. 감탄사 뒤엔 조심스러운 목

소리가 섞여 들었다. 방역대에 신고해야 하지 않느냐는 거였다. 곧장 반대파의 목소리가 흘러나왔다. 무슨 소리냐, 예로부터 뱀을 영물로 섬겼다는 걸 모르느냐. 반대파의 목소리는 반대파의 반대파의 목소리를 불러왔다. 그런 헛소리를 입 밖으로 냈다가는 뱀보다 당신이 먼저 출석 통지서를 받을 걸. 그렇다고 선뜻 방역대에 신고하는 사람도 없었다. 그러기에는 뱀이 정말 어마어마하게 컸다. 사나운 개나 번식기 고양이를 처리하는 것처럼 섣불리 건드릴 일이 아니었다. 중구난방 이어지던 토론은 살모사 같은 건 새끼를 낳고 구렁이는 알을 낳는다, 햇볕을 좋아하는 뱀과 싫어하는 뱀이 다르다, 뱀은 변온동물이다, 냉혈동물이다, 둘 다 그게 그거다, 등등 잡다한 지식 자랑으로 이어졌다. 그러는 사이, 호기심을 이기지 못한 몇이 슬금슬금 뱀 가까이 다가갔다.

"혹시 죽은 거 아냐? 겨울잠 자는 건가?"

"겨울이 지난 지가 언젠데 그딴 헛소리를 해? 조금 전 타이어에 들어가는 거 못 봤어?"

"롱롱, 정말 롱롱이 나온 게 아닐까?"

그들 중 하나가 겁도 없이 타이어 안으로 얼굴을 쑥

118

들이밀었다. 다른 사람은 타이어를 발로 툭툭 찼다. 급기야 손가락으로 브이 자를 그리고 기념사진을 찍는 이도 생겼다. 현실감 없이 큰 뱀 앞에서 사람들은 점차 현실감을 잃기 시작했다. 보다 못한 김이 줄넘기를 가져와 뱀과 사람들 사이를 갈라놓았다.

"어허, 이 줄 너머로는 가지 말아요. 책임 안 져요. 저건 서커스단의 뱀이 아니란 말요. 어허!"

뱀이 긴 혀를 날름거리며 타이어 밖으로 머리를 내밀었다. 두 갈래의 날카로운 혀끝이 타이어를 휘감았다. 그제야 사람들은 서커스 관람 중이 아니라는 사실을 퍼뜩 깨달았다.

"움직이지 마요. 뱀은 빠르게 움직이는 것을 따라간단 말요! 뱀은 눈이 나빠서 신경세포로 추적……, 이런 제길!"

아무도 김의 말을 귀담아 들을 여유가 없었다. 가게 안은 혼비백산한 사람들로 아수라장이 됐다.

갑자기 사람들이 몰려드는 통에 뒤로 밀렸던 그녀가 날쌔게 튀어나와 뱀의 목줄을 쥐었다. D구역이라면 적어도 뱀을 혐오하지 않으리라 짐작했지만 이 정도로 이목을 끌 줄 몰랐다. 조용히 뱀의 탈피를 기다리려던 계획은 포기해야 했다. 그녀는 목줄을 당겨 타이어 동굴 안으로 뱀을 유도했다.

"접근 금지!"

방역대장이었다. 그의 뒤로 스무 명이 넘는 방역대원들이 방역 마스크를 쓰고 정렬해 있었다. 고속도로를 따라 멀리 돌아오긴 했지만 그들은 뱀을 포기하지 않았다.

방역대장이 지휘봉을 휘두르자 방역대원들이 사람들을 거칠게 밖으로 밀어냈다. 사람 위로 사람이 넘어졌다. 상황이 진정되기는커녕 더 혼란스러워졌다. 방역대장은 아랑곳하지 않고 이 사태의 주모자를 찾아 눈을 번뜩였다. 마침내 그녀에게 시선을 꽂았다. 겁도 없이 건물 창에서 뛰어내려 악착같이 뱀에 매달리고, 믿을 수 없는 속도로 뱀을 끌고 잡풀 속으로 뛰어들던 여자가 드디어 사정권 안에 모습을 드러냈다.

"또 당신이군."

방역 마스크 안에서 목소리가 웅웅 울렸다. 그는 D구역 우물에서 비단뱀을 죽이지 말라고 난동을 부리던 사육사를 기억하고 있었다. 이번엔 뱀의 목줄을 쥐고 도시를 가로지르다니.

"뱀을 이런 데서 키울 수 없다는 걸 모르나?"

"생물보호법 32조. 적절한 사육 공간을 갖추고 파충류 사육사 자격증을 가진 사람이 뱀을 사육하는 것은 불법이 아니야. 뱀의 크기와는 상관없이."

그녀는 새로 개정된 생물보호법을 처음부터 마지막 조항까지 빠짐없이 외우고 있었다. 사육사 자격증을 취득하기 위한 필수과목이었다. 사육사의 입에서 법 조항이 나오자 방역대장이 멈칫했다. 그 틈을 비집고 김이 끼어들었다.

"그, 그렇지, 이분은 전문 파충류 사육삽니다. 그, 그렇지 않아도 지금 당장 사육장을 만들 참이었습니다. 걱정하지 마십시오. 뱀은 절대적으로, 안전하게, 사육될 겁니다. 전혀 불법이 아니죠. 합법적인 취미 생활이란 말입니다."

방역대장에게 김은 관심 밖이었다. 거슬리는 건 사육사였다.

"이 도시엔 방역법이란 게 있소. 재난 특별법에 의해서, 특별법은 일반법에 우선한다는 원칙에 따라, 즉시 뱀의 포획을 집행한다!"

방역대장이 명령했다. 방역대원들이 일사분란하게

김과 그녀를 둘러쌌다.

"아, 아니, 이런 법이 어디 있냔 말이오! 글쎄, 아, 글쎄!"

김이 끌려가지 않으려 버둥댔다. 이리저리 몰려다니며 밀치고 밀려나는 사이, 가게 안에 있던 사람들까지 한꺼번에 뒤엉켰다. 그 와중에, 김이 쳐놓은 줄넘기 앞으로 나와 납작 엎드리는 노파가 있었다.

"신령님, 신령님, 미욱한 것들을 용서하십사이다. 용서하십사이다……."

수상쩍은 노파에게 시선이 쏠렸다.

"신, 신이라고요?"

정말 전설 속 롱롱이 저 뱀이란 말이야? 저 뱀이 신이라고? 세상의 허물을 벗긴다는 그 뱀? 사람들이 술렁였다.

"신을 노하게 하면 평생 허물을 쓰고 죽을지어다!"

노파가 사람들을 향해 매섭게 쏘아붙였다. 그것도 잠시, 굽은 허리로 쉬지 않고 절을 하며 손바닥을 비볐다. 손등이 소라나 고둥의 패각 같았다. 스카프를 머리에 뒤집어쓰고 긴 옷을 휘장처럼 감았지만 손등까지 가려지진 않았다.

122

사람들이 바닥에 풀썩 엎드렸다. 평생 허물을 쓴다는 말은 사나운 뱀이나 방역대보다 훨씬 더 두려웠다. 공포의 피와 살로 살아가는 자들이, 자신의 피와 살을 혐오하는 자들이 신 앞에 무릎을 꿇었다.

"용서하십사이다…… 용서하십사이다……."

노파의 갈라진 입술 사이로 기도가 연기처럼 피어올랐다. 재생타이어 가게는 뿌연 주술로 가득 찼다. 방역대원들조차 뻣뻣이 서서 지켜보기만 했다. 뱀은 타이어 안에서 고요했다.

"즉시 뱀을 포획한다!"

방역대장이 다시 명령했다. 그제야 방역대원들이 노파의 팔을 잡고 끌어내기 시작했다.

"신령님 앞이시다!"

차돌 같은 소리가 날아왔다. 깊숙이 눌러쓴 스카프 속에서 안광이 번득였다. 기세에 눌려 방역대원들이 노파에게서 손을 뗐다.

"신은 세상의 모든 허물을 벗기기 위해 오셨다!"

노파가 선언했다.

"그럼, 저 뱀이 진짜 롱롱이란 말인가요? 롱롱이 허물을 벗으면 세상의 모든 허물이 벗겨진다는 그 전설의 롱롱 말인가요?"

누군가 물었지만 노파는 대꾸하지 않았다. 허리를 굽혔다 폈다 하는 사람들의 군무는 점점 속도가 빨라졌다. 어느새 김도 무리에 합류해 맹렬히 손바닥을 비볐다. 내쫓겼던 사람들이 다시 가게 안으로 들어왔다.

그녀는 뱀을 위한 신당을 차리고 싶지는 않았다. 뱀의 탈피를 기다리면 될 일이었다. 적당한 온도와 습도, 어둡고 좁은 공간, 적절한 먹이 외에 필요한 것은 아무것도 없었다. 기도 따윈 필요치 않았다. 하지만 사람들을 막을 도리가 없었다. 저들의 기도는 처절한 몸부림처럼 보였다. 응답받지 못한 기도는 어디에 버려질 것인가, 두렵기까지 했다.

상황을 제압하지 못하는 것은 방역대장도 마찬가지였다. 스무 명 남짓한 방역대원들은 거꾸로 포위당한 꼴이 됐다.

"신령님 앞이시다! 그 흉측한 거 벗지 못해!"

노파가 가리킨 것은 방역대가 착용하고 있는 방역마스크였다. 노파는 당장이라도 벗겨낼 것처럼 손을 뻗었다. 방역대원들이 흠칫 뒤로 물러났다.

"벗어. 벗으라고!"

엎드린 사람들이 우우 고개를 쳐들었다. 당장이라도 방역 마스크를 홀렁 벗기고 티셀 바이러스를 분무기로 흠뻑 뿌릴 기세였다. 신 앞에선 평등하게 죄인이 돼야 마땅했다. 몇몇은 자리에서 일어나 적의에 가득 찬 눈으로 방역대원을 노려보기까지 했다.

"집행 정지! 철수!"

상황이 심상치 않게 돌아가자 방역대장이 명령했다. 뱀 한 마리 포획하려다 소요 사태를 부를지 몰랐다.

방역대원들이 일사분란하게 방역 버스로 돌아간 뒤 방역대장이 그녀에게 서류를 내밀었다.

"이후 이곳에서 벌어지는 일은 전적으로 당신에게 책임이 있다는 걸 명심하시오."

뱀의 사육을 책임지고 안전을 보장하겠다는 확인서였다. 어길 시엔 어떤 처벌도 달게 받겠다는 맹세도 적혀 있었다.

사육사가 서명하는 동안 방역대장은 헛기침을 했다. 절대, 압박에 굴한 것이 아니다. 사육사의 말에도 일리가 있다. 뱀은 동물원에만 있는 것은 아니다. 시민들이 사적공간에서 애완용으로 키우기도 한다. 크기가 좀 크긴 하지만 그게 생물보호법에 저촉된다고 볼 수 없

다. 뱀은 난동을 부리지도 않았다. 소요 중에도 특이
사항은 없었다. 사육사의 적절한 통제 아래 있는 것으
로 보였다. D구역 주민들을 자극하지 않고 병력 손실
없이 사태를 수습하는 게 최선이다. 뱀이 아무리 크다
고 해도 기껏 파충류일 뿐이다.

　방역대장은 타이어 가게를 떠나기 전 사육장이 설치
됐는지 반드시 확인하러 오겠다는 말을 남겼다.

3

　노파는 본격적으로 뱀을 위한 집회를 열었다. 열기
가 최고조에 이를 무렵 기도에 응답하듯 타이어 동굴
안에서 느릿느릿 뱀의 머리가 나타났다. 두 줄기로 날
름거리는 혀가 노파의 귀를 스쳤다. 노파는 털썩 주저
앉았다. 무너진 두 다리 위에 상체를 꼿꼿이 세운 채
소리쳤다.

　"시……, 신을, 신을 굶길 작정이냐! 신에게 바칠 제
물을 가져와! 어서!"

　졸지에 뱀의 먹이까지 책임지게 된 김이 허둥댔다.

"뭐…… 뭘 내놓으라는 거야? 먹다 남은 치킨 같은 걸로 끝나지 않을 거 아냐. 갑자기 뭘 내놓으라는 거야? 타이어 가게에 뱀의 먹이가 있을 리 없잖아."

그녀는 다급히 가게 안을 둘러봤다. 굶주린 뱀이 맹수로 돌변하는 것은 시간문제였다. 사람들을 공격할 것이다. 뭐든 먹이가 될 만한 것을 찾아야 했다. 뱀의 위장은 먹이를 삼켰을 때 무게가 두세 배는 늘어난다. 소화가 다 될 때까지 며칠이고 움직이지 않는다. 가게 안을 둘러봤지만 살아 있는 닭이나 토끼가 있을 리 없었다. 궁에서 뱀을 꺼낸 후 미처 사료를 구할 틈이 없었다. 동물원의 뱀은 일주일이나 열흘 간격으로 먹이를 주기 때문에 막연히 미뤄뒀던 게 잘못이었다.

"프로틴! 프로틴을 준다고 했잖아. 뱀한테."

김이 창고에서 뭔가를 끌어왔다. 20킬로그램짜리 T-프로틴 포대였다. 뱀에게 주는 프로틴 사료는 돼지고기나 소고기, 생선을 갈아 만든 것이다. 동물용 사료와는 단백질 함량이나 성분에서 차이가 나겠지만 이것저것 가릴 때가 아니었다.

그녀는 프로틴 가루에 물을 섞어 동그랗게 반죽을 빚었다. 알 반죽에선 초콜릿 향과 계란 비린내가 뒤섞인 냄새가 났다.

"T-프로틴은 피부가 깨끗해지라고 먹는 거니까, 혹시 알아? 이걸 먹고 뱀이 허물을 깨끗하게 벗어버릴지."

'허물 예방과 치료를 동시에!' 김이 포장지에 찍힌 광고 문구를 가리켰다.

그녀는 뱀을 향해 프로틴 반죽을 굴렸다. 아가리 속에서 한 쌍의 날카로운 이빨이 보였다. 뱀은 놀라운 반응 속도로 반죽을 낚아챈 후 느릿느릿 삼켰다. 공포와 안도의 탄성이 어수선하게 교차됐다. 뱀이 먹잇감을 칭칭 감고 숨통을 끊어놓거나 피 튀기는 승부 끝에 상대를 제압하지 않았어도 사람들은 이 모든 것을 한꺼번에 본 것처럼 오싹한 기운을 느꼈다.

집회가 끝난 후 김이 철물점에서 알루미늄 파이프를 여러 개 사왔다. 사육장을 만들기 위해서였다. 방역대장에게 약속하기도 했지만 사람들의 안전을 위해서라도 꼭 필요했다. 뱀이 워낙 커서 케이지 형태로는 어림없었다. 고심 끝에, 뱀의 머리가 들락거리는 입구 쪽에 파이프를 천장까지 세워 공간을 분리하고 작은 문을 냈다. 매장 밖으로 이어진 꼬리 쪽은 알루미늄휠로 구멍을 막았다.

"어차피 뱀은 후진 못 한다며. 오로지 전진. 머리 쪽만 막으면 되겠지."

김은 능숙한 솜씨로 용접불꽃을 일으켰다.

그녀는 깨끗한 모래를 구해 와 햇볕에 말려 소독한 다음 사육장 바닥에 깔았다. 타이어가 있으니 뱀의 은신처는 따로 필요 없었다. 수조에 물을 대주기만 하면 사육 공간은 대강 갖춰진 셈이었다.

"근데, 그쪽은 허물 벗은 사람을 본 적이 있는 거요? 방역 센터에서 벗는 거 말고."

용접 마스크를 벗으며 김이 노파에게 물었다. 노파는 집회가 끝난 뒤에도 타이어 가게에 남았다. 밤낮으로 신을 모시기 위해서였다.

"멸망의 씨앗은 의심이라!"

노파가 날카롭게 대꾸했다. 그 바람에 스카프가 벗겨져 얼굴의 허물이 드러났다. 노파의 허물은 허물 위에 허물이 몇 겹으로 자라난 것처럼 보였다. 김이 질겁했다.

"내 눈으로 똑똑히 봤다. 사람이 스스로 허물을 벗는 것을."

계집애는 물소리에 잠이 깼다. 부엌 쪽에서 들린 것 같았다. 부엌은 마당의 작은 화단을 지나 서너 발짝 더 대문 쪽으로 가야 했다. 계집애는 더듬더듬 신발짝을 찾아 신고 마당에 내려섰다. 화단에서 지붕까지 이어 놓은 줄을 타고 나팔꽃 줄기가 성했다. 달빛 아래 나팔 꽃은 아가리를 꼭 닫고 시치미를 떼고 있었다. 전날 아침 엄마는 계집애의 앞니를 뽑아 지붕 위로 올렸다. 나 팔꽃이 여우처럼 아가리를 짝 벌리고 이빨이 촘촘히 박힌 수술과 암술을 쭉쭉 뻗쳐 서로 이를 갖겠다고 아 우성쳤다.

끈덕지게 달라붙는 졸음에 홀떡홀떡 벗겨지는 신발 을 질질 끌고 계집애는 마당을 가로질러 부엌으로 갔 다. 부엌문을 가만히 밀었다. 엄마의 등이 보였다. 커 다란 플라스틱 통에 들어앉아 있었다. 통 안에서 더운 김이 모락모락 피어났다. 뭔가 비밀스러운 일이 일어 나고 있었다. 계집애는 문 뒤에 숨었다. 인기척을 느낀 엄마가 뒤를 돌아봤다. 계집애는 폭삭 무너졌다.

엄마의 얼굴에 자잘한 거품 같은 게 수도 없이 일어 나 있었다. 작은 거품은 어깨와 팔까지 번져 있었다.

계집애는 숨을 참고 몸을 오그라뜨렸다. 엄마는 계집애를 발견하지 못하고 다시 등을 돌려 몸을 씻었다. 자세히 보니 몸을 씻어내는 것이 아니었다. 카스텔라에 붙어 있는 유산지를 벗기듯 조심스럽게 피부를 벗겨냈다. 바닥엔 반투명한 허물이 이미 여러 겹이었다. 계집애가 문고리를 쥐고 달달 떠는 바람에 문이 흔들렸다. 엄마가 획 뒤돌아봤다. 눈이 딱 마주쳤다. 계집애는 방으로 달아나 이불을 뒤집어썼다. 가만가만 삽으로 화단을 파헤치는 소리가 났다.

한동안 화단 근처엔 얼씬도 하지 않았다. 나팔꽃이 소란스러운 밤 계집애는 기어코 화단으로 갔다. 나팔꽃 때문이었다. 나팔꽃은 소문을 내고 싶어 안달을 했다. 화단의 흙은 단단히 다져져 있었다. 흙 속에서 나온 것은 타다 남은 허물이었다. 나뭇가지로 허물을 들어 올렸다. 달빛이 허물을 뚫고 들어와 일그러진 육각형을 얼굴에 덧씌웠다. 계집애는 허물에 불을 놓았다. 화르륵 불꽃이 손등에 튀었다. 불붙은 허물을 화단에 던졌다. 불길이 줄을 타고 지붕으로 달려갔다. 이빨을 드러낸 나팔꽃들이 달아나지 못하고 아우성쳤다.

계집애는 방으로 뛰어들어 와 이불을 뒤집어썼다.

천장의 갈라진 틈으로 길고 빨간 불꽃이 달려가는 게 보였다. 불붙은 허물을 달고 빠르게 기어가는 뱀처럼 보였다. 불똥이 떨어져 이불에 불이 붙었다. 뜨거워, 뜨거워, 엄마.

꽝. 방문이 나가 떨어졌다. 용마루가 내려앉은 마루를 불붙은 이불이 쏜살같이 뚫고 나갔다.

계집애는 이불에 싸인 채 마당에 내팽개쳐졌다.

4

수십 개의 구멍마다 까만 소용돌이가 휘도는 것 같았다. 검은 구멍은 서너 개의 타이어를 체인으로 연결한 타이어 동굴이었다. 그것들은 타이어 적재를 위해 설치한 구조물을 지지대 삼아 벌집처럼 쌓였다. 곧 무너질 것 같으면서도 절묘하게 균형을 유지했다. 고무의 마찰력과 제동력을 높이기 위한 타이어 홈이 아니었다면 벌써 무너지고 말았을 것이다. 타이어 동굴 속에는 허물 입은 사람들이 들어가 웅크렸다. 뱀이 언제 허물을 벗을지 모르니 곁에서 대기하는 사람들이었다.

안에는 이불과 스펀지, 나무판자를 가리지 않고 요령 껏 채워 넣어 머물기 편하도록 해놓았다. 마른 사람은 마른 사람대로, 몸피가 큰 사람은 큰 사람대로, 각자 체형에 맞는 타이어를 어떻게든 구해 와 벌집 구조물 을 키워갔다.

김은 타이어 동굴을 철거하려 했지만 그들은 동굴 안에서 나오지 않는 것으로 거부 의사를 분명히 했다. 사람들을 몰아내려면 뱀부터 쫓아내야 할 판이었다. 궁의 아궁이에서 뱀을 꺼내자고 한 것도, 저만치 다가 오는 뱀에게 손을 들어 인사한 것도 김 자신이었다. 무 엇보다, 창업 이래 최대 집객 효과가 있는 것도 사실이 었다. 매장이 복잡해지는 것쯤 감수해야 했다.

가게 문이 벌컥 열렸다. 후리였다.

"신제품이야. 헬스클럽에서 파는 것 좀 가져왔지. 요 즘 다양한 신단백질을 첨가한 신제품이 쏟아지거든. 누나랑 아저씨도 챙겨 먹으라고."

후리는 T-프로틴 캔 한 상자를 바닥에 내려놨다. 헬 스클럽은 쉬는 날이라고 했다. 자정 무렵 영업이 끝나 는 통에 짬이 없었다고 했다.

"우리 먹을 프로틴이 어딨어? 뱀이 다 먹어 치우는

133

데."

　가게 안팎을 드나들며 타이어 재고를 파악하던 김이 시큰둥하게 말했다.

　집회가 열리면 김은 볼링공만 한 프로틴 반죽을 잔뜩 쌓아 놓고 사육장 안으로 반죽을 굴렸다. 그녀가 횟수를 엄격하게 제한했지만 뱀의 머리가 나타나면 겁부터 집어먹고 날쌔게 반죽을 굴렸다. 노파는 신의 음식이 파충류 사료란 걸 알고 벌떡 일어나 발로 걷어찼다. 모를 수 없었다. 썩은 단백질 냄새가 코를 찔렀다.

　"신 앞에 감히 미물의 먹이를 가져와?"

　노파는 코를 싸쥐고 기세등등하게 그녀를 노려봤다. 그녀는 노파의 비난을 무시했지만 얼마 버티지 못했다. 도시에서 유일했던 동물원이 사라진 뒤로 사료 판매상들이 줄줄이 문을 닫았다. 결국 그녀는 김의 창고에서 T-프로틴을 꺼낼 수밖에 없었다.

　후리가 활짝 열어놓은 문 안으로 누군가 사뿐히 들어왔다. 인터넷방송 BJ라고 했다. 꽃무늬 반팔 원피스에 꽃무늬 스카프, 꽃무늬 장갑을 낀 차림이었다. 온몸에 활짝 피어난 수천 개의 꽃송이만큼이나 호기심이 많아 보였다.

"안녕하세요? 줄루랄라TV가 드디어 찾아왔습니다. 지금 실시간으로 여러분을 만나고 있습니다."

BJ가 분홍색 입술을 반짝이며 발랄한 목소리를 쏟아냈다. 타이어 동굴에서 투숙 중인 사람들은 슬금슬금 안으로 모습을 감췄다. 방송에 허물을 드러내 봤자 좋을 게 없었다.

"여기 파충류 전문 사육사가 계시다고 들었는데. 아, 그쪽이군요?"

긴 장화를 신은 것만 봐도 누가 사육사인지 알 수 있었다.

"몇 가지만 질문할게요. 괜찮죠? 당신이 뱀을 이곳으로 데려왔나요? 괴수를 도심 한가운데 방치한다는 우려의 목소리가 있는데 사육사로서 어떻게 생각하나요?"

BJ의 질문이 쏟아지자 공중에서 날갯짓하는 수천 마리 나비가 그녀의 시야를 가리는 것 같았다.

"여기 모인 시민들이 프로틴 복용을 거부하고 대신 뱀에게 바친다는데 사실인가요? 방역 지침에 어긋난다는 일부 지적에 대해 어떻게 생각하나요?"

두 번째 질문에도 대답이 돌아오지 않자 BJ가 울상

135

을 지었다. 화창한 꽃밭에 우기가 닥친 것 같았다.

김이 허둥지둥 마이크 앞에 나섰다. 방역대가 들이 닥친 게 불과 일주일 전이었다. 방역 지침을 어기면 벌금 같은 걸로 끝나지 않는다. 방역대장이 내민 확인서에는 문제가 생기면 책임이 분명 이쪽에 있다고 쓰여 있었다. 불길한 잉크 색까지 선명하게 기억났다.

"그건, 프로틴이 아니면 먹이를 구할 수 없어서, 그럼 사람들이 위험해질지도 모르기 때문에…….."

"누가 그래요, 프로틴 복용을 거부한다고? 오늘 내가 한 상자나 가져왔는데."

후리가 프로틴 상자를 머리 위로 번쩍 들어 올렸다. 깜짝 놀란 BJ가 서둘러 마무리 멘트를 했다.

"지금까지 보신 대로 이곳에는 괴수를 정신적 지주로 모시며 방역 지침을 거부하는 레지스탕스들이 모여 있습니다. 시는 시민의 안전을 위협하는 레지스탕스들을 더 이상 방치해서는…….."

"레지스탕스라니!"

무시무시한 표정으로 타이어 안에서 뛰쳐나온 건 노파였다. 꽁꽁 싸맸던 스카프가 공중에 날리며 카메라에 얼굴이 클로즈업됐다. BJ가 비명을 질렀다.

5

뱀의 몸통은 오래된 지도 같았다. 비늘 사이 푸른 이
끼들을 따라가면 고대도시에 이를 것 같은 착각을 불
러일으켰다. 윤곽을 흐리는 카메라 필터 효과는 뱀을
더욱 신비롭게 했다. 뱀의 몸에 켜켜이 쌓인 시간들이
경계를 풀고 있었다.

살아 있는 화석의 나이를 추정하는 것은 무의미한 일입
니다. 이 신비한 생명체는 얼마나 많은 시간을 지나왔을까
요. 뱀의 피부는 이 지역의 오랜 풍토병을 연상시킵니다.
거대 파충류가 도시를 공포로 몰아가는 가운데 방역 센터
는 공식성명을 통해 시민들에게 접근을 자제할 것을 당부
했습니다.

계산대 위엔 중고 텔레비전이 놓였다. BJ가 다녀간
후 하루도 빠짐없이 뱀에 관한 뉴스가 나왔다. 사람들
은 하나둘 타이어 동굴을 비웠다. 여간한 강심장이 아
니고서야 집요하게 계속되는 방역 센터의 경고를 무시
하기 힘들었다. 게다가 뱀은 매일 엄청난 양의 프로틴

을 삼킬 뿐 허물을 벗을 기미가 없었다.

"왜 저리 호들갑이야. 뱀은 타이어 안에서 꼼짝도 안 하는데."

뾰족 수염이 빈 타이어 동굴을 공연히 탕탕 걷어찼다.

"뱀을 꺼내자고 할 땐 언제고, 어디서 뭐 하다 이제 나타났어요?"

김은 프로틴 포대를 탈탈 털어 세숫대야에 붓고 알반죽을 빚었다.

"뱀을 꺼내 왔으면 나한테 연락을 줬어야지. 여태 뭐 한 거야!"

뾰족 수염은 방송을 보고서야 알았다며 오히려 큰소리쳤다.

"흥! 솔직히 겁났죠? 이제야 찾아온 건 뱀이 타이어 안에서 꼼짝 안 하고 있다는 걸 알고 온 거고. 느긋하게 허물이 벗겨질 날만 기다리면 되니까. 내 참……."

김은 뒤늦게 나타난 뾰족 수염을 못마땅해했지만 속마음은 그 반대였다. 사람들이 썰물처럼 빠져나간 뒤라 뾰족 수염이 나타나자 반갑기까지 했다.

"천만에. 레지스탕스니 뭐니 그런 얘기가 도니까 쓸

데없는 오해를 살까 그랬지."

"그럼 끝까지 코빼기도 뵈지 말지 여긴 왜 왔어요?"

"너희들 같은 얼간이들이 레지스탕스란 게 말이 되
냐?"

"얼간이요? 진짜라면 어쩔 건데요? 시커먼 굴속에
기관총 같은 게 들어 있으면 어쩔 건데요?"

"쳇!"

뾰족 수염은 콧방귀를 뀌고 사육장 앞으로 가 길게
목을 뺐다. 그는 틈만 나면 뱀을 살폈다. 뱀이 게으르
다느니, 프로틴을 그렇게 먹여도 보람이 없다느니, 투
덜댔다. 그러다 노파의 노여움을 사 쫓겨나기도 했다.
아무리 강퍅한 뾰족 수염이라지만 노파가 허물을 쓰고
죽는다느니, 죄에 깔려 숨통이 막힌다느니, 저주를 퍼
부으면 슬그머니 자리를 떴다. 노파가 등에 업은 것은
신의 뜻이었지만, 뾰족 수염이 업은 것은 허물 등딱지
였기 때문이다.

"그나저나, 아직도 뱀은 기별이 없어? 사육사 양반,
엉?"

"……."

그녀는 뱀을 지켜볼 뿐 아무 말도 하지 않았다.

"아, 사람이 말을 했으면 뭐라고 대답을 해야지, 원……. 숨기는 거라도 있나?"

뾰족 수염이 미심쩍은 눈길을 보내다 휑하니 밖으로 나갔다.

그녀는 뱀의 탈피에 사람들의 관심이 집중될수록 말을 아꼈다. 상태가 알려지면 그때그때 사람들이 민감하게 반응할 테고, 혼란만 더해질 것이다. 사육환경을 관리하면서 참을성 있게 기다리는 수밖에 없었다. 수조엔 물이 충분했다. 사육장을 만든 직후 넓고 깊은 수조를 넣어줬다. 뱀이 헤엄치기엔 턱없이 작은 크기였지만 아쉬운 대로 몸을 적실 수 있었다. 실내 온도도 일정하게 유지됐다.

뱀은 지금쯤 허물을 벗었어야 했다. 헬스클럽에서 나올 때 눈동자가 뿌옇게 흐려진 걸 봤다. 블루가 뜨려는 조짐이었다. 하지만 그게 전부였다. 타이어 동굴에 들어간 후 허물은 오히려 단단해지고 블루는 사라졌다. 뱀에 따라 간혹 탈피가 중단됐다 다시 진행되는 경우도 있지만 극히 드물었다. 온욕을 시키면 대개 순조롭게 허물을 벗었다. 뱀은 움직임이 거의 없다가도 때로 몸을 뒤틀었다. 정상적인 상태라고 보긴 어려웠다.

수의사에게 보였지만 스트레스 반응일 거라며 일단 지켜보라고 했다. 악화되면 항생제를 투약하라는 게 전부였다. 모두 잠든 밤이면 그녀는 사육장에 들어가 핸들링을 했다. 천천히 뱀의 몸을 쓸어주며 안정시켰다. 뱀은 힘없이 그녀의 손길을 타고 기어오르다 이내 타이어 동굴 속으로 되돌아갔다.

"넌 언제까지 그림만 그릴 거야?"

김이 후리를 향해 소리쳤다. 그는 프로틴을 빚을 때면 부쩍 예민해졌다. 프로틴은 매일 모자랐다. 방역 센터에서 나온 후 다시 허물을 쓰지 않기 위해 창고에 차곡차곡 모아뒀던 것도 뱀의 입으로 들어간 지 오래였다. 발끝부터 스멀스멀 허물이 올라오기 시작했다. 뱀이 허물을 벗지 않으면 꼼짝 없이 다시 방역 센터로 들어갈 판이었다.

일손을 보태라고 잔소리하던 김은 후리가 달라붙어 있는 벽을 물끄러미 쳐다봤다.

"대체 롱롱이 어디가 무섭다는 거야?"

타이어 동굴을 철거하고 드러난 벽엔 허물을 날개처럼 펼친 롱롱이 하늘을 날고 있었다. 허물의 끝자락엔 스프레이를 든 후리가 반짝이는 무늬를 그려 넣고 있었다. 심심풀이로 빈 벽에 그림을 그리기 시작하더니 요즘엔 수시로 찾아와 벽에 붙어살다시피 했다.

"그렇게 시간이나 죽이고 있을 거야?"

사다리에 올라 벽화를 그리는 후리에게 김이 퉁명스럽게 말했다.

"모르시는 말씀. 예술은 시간을 초월한다네."

후리의 말은 차표 같은 거였다. 차장에게는 새로울 게 없는, 남녀노소가 다 내미는 지루한 통행증 같은 말. 김은 팔을 휘휘 저었다. 귀찮으니 빨리 지나가라는 수신호였다.

"누나, 어때? 보면 볼수록 감동이 밀려오지 않아?"

그녀는 후리의 스프레이가 지날 때마다 그림 속 롱롱에 생기가 더해지는 걸 지켜봤다. 롱롱은 압도적인 기세로 벽을 타고 천장까지 장악하려는 참이었다. 허물을 벗어버리고 D구역 하늘을 날고 있었다. 몸통의 절반은 하늘에 있고 절반은 허물을 매단 채 땅에 닿았다. 롱롱의 황금색 비늘과 초록색 허물은 광채에 휩싸였다. 스프레이에서 분사된 미세한 방울방울이 섬세하게 롱롱을 감쌌다. 허물에 손가락이 살짝 닿기만 해도 손목이 휘감겨 하늘로 딸려 올라갈 것만 같은 기세였

142

다. 초록빛 허물이 D구역 하늘 위로 평화롭게 드리워졌다. 그녀는 그런 허물을 상상해본 적이 없었다.

"어때, 멋있지? 한때 그라피티 아티스트로 활약했거든. 벽만 보이면 샤샤샥 눈 깜짝할 새 명화를 남기고 후다닥 튀었지."

거의 천장 가까이 올라간 후리가 그녀를 내려다보며 자랑스레 떠벌렸다.

"재물손괴죄라고 아냐? 경범죄는 알아? 니가 한 짓이 뭔 자랑이냐? 그나저나, 방역대장인가 뭔가 하는 작자가 사육장을 설치했는지 확인하러 온다고 하지 않았나? 그 뒤엔 얼씬도 하지 않네. 매일 괴수라는 둥, 뭐라는 둥, 떠들면서 통 움직임이 없는 거 보면 좀 수상하지 않아?"

김은 방역대가 언제 들이닥칠지 몰라 남몰래 마음을 졸이고 있었다.

"헬스클럽 형 말이, 뱀을 당장 포획하지는 않을 거라던데요. 공포를 조장하면서 적당한 때를 노려 뱀을 없앨 거라던데."

후리가 스프레이 뚜껑을 닫고 돌아갈 채비를 했다.

"뱀을 없앤다고……?"

김이 불안한 눈동자를 굴리는 중에도 그녀는 그림을 올려다봤다. 허물 아래로 낡은 지붕이 까마득하게 내려다보였다. 지붕 위에 손톱만 한 사람이 허물을 잡으려고 두 팔을 활짝 벌리고 서 있었다. D구역 사람치고 허물을 벗고 훨훨 날아보고 싶지 않은 사람이 있을까. 롱롱이 허물을 벗고 날아오르는 저 그림을 모두가 볼 수 있다면…….

　"저 사람, 왜 저렇게 이쪽을 뚫어져라 쳐다보지? 뱀을 보고 싶은 모양인데……. 들어오라고 할까? 아니면, 염탐이라도 하는 거야?"

　김이 쇼윈도 쪽을 가리켰다. 그녀도 밖을 내다봤다. 얼굴이 하얀 백발의 남자였다. 김의 말대로 가게 안을 지켜보고 있었다. 의도를 알 순 없지만, 뱀을 주시하고 있다는 것만은 분명했다. 집요한 눈빛에서 차가운 욕망이 섬뜩하게 느껴졌다.

　"어디, 어디?"

　사다리 위에서 어렵사리 방향을 튼 후리가 손에 든 스프레이를 떨어뜨렸다.

　"공, 공 박사야……!"

6

헬스클럽엔 척 혼자 남아 있었다. 후리는 휴일이면 타이어 가게에서 종일 벽화를 그렸다. 그녀는 매트리스에 앉아 척이 내미는 프로틴 캔을 받아 들었다. 바지가 올라가 다리의 허물이 드러났다. 허물은 이제 감출수 없을 만큼 자랐다. 겉으로 보기에 척의 피부는 깨끗했다. 그녀는 바짓단을 내려 허물을 가렸다.

"조만간 당신이 찾아올 거라 짐작했습니다. 공 박사는 사육사 혼자 상대할 수 있는 존재가 아니니까요."

척의 말에 그녀는 묘하게 안심이 됐다. 뱀에게 관심이 있다는 뜻이었다. 실은, 방역 센터에 관심이 있는 거겠지만.

"공 박사가 쇼윈도 밖에서 뱀을 지켜보다 돌아갔어."

공 박사는 왜 방역대를 보내 뱀을 포획하지 않고 직접 찾아왔을까. 어째서 지켜만 보다 그냥 돌아간 걸까. 후리는 척이 뱀에 관해 물은 적이 있다고 했다. 방역 센터가 공포를 조장하다 뱀을 죽일 거란 말도 들었다고 했다. 그녀는 척에게서 직접 듣고 싶었다. 하지만 그 서류가 마음에 걸렸다. 척의 방에서 본 계약서. 그는 방역 센터와 모종의 계약을 맺고 있었다. 그를 믿어도 될지 망설였다. 하지만 지금 누군가를 믿어야 한다면, 척 말곤 생각나는 사람이 없었다. 단번에 그녀의 가장 밑바닥 감정에 닿은 사람. 수치를 건드려 눈을 뗄 수 없게 한 사람.

"당장 뱀을 죽이진 않을 겁니다. 공포를 부추길수록 프로틴 판매량도 폭발적으로 증가하고 있습니다. 하지만 결국엔 죽일 겁니다. 언제까지나 방치할 수는 없을 테니까요. 그 전에 공포를 최고조로 끌어올릴 겁니다."

숭배의 대상이었던 뱀이 어떻게 하루아침에 공포의 대상이 됐는지 그녀는 잘 알고 있었다. 고집스럽게 타이어 동굴을 지키던 사람들이 갑자기 빠져나간 이유를 모를 리 없었다. 하지만 사육장에 있는 뱀을 이용해 공포를 부풀리는 이유가 고작 프로틴을 팔기 위해서라니. 납득하기 힘들었다.

"공포는 방역 센터가 시민을 통제하는 도구입니다. 허물을 퇴치하기 위해 세금을 걷고 수십 종의 프로틴을 출시해 점점 가격을 올리고 방역대를 도심에 주둔시키고 있습니다. 시민들은 아무런 저항도 하지 않습니다. 허물을 입는 것이 두렵기 때문입니다. 허물에 대한 공포는 시민 한 사람 한 사람의 일상을 지배합니다. 전설 따위에 기대 당신은 이런 현실을 외면하고 있는 겁니다."

그녀는 아니라고 말하고 싶었다. 현실을 외면한 적 없다고. 허물을 벗겠다는 욕망만큼 지극히 현실적인 것은 없다고.

"뱀을 지켜야 해. 허물을 벗을 때까지만이라도. 지금 뱀에게 가장 현실적인 위협은 공 박사야."

"말했을 텐데요. 난 뱀한테 관심이 없습니다."

현실을 외면하는 건 척이었다. 그녀가 아니라. 역시, 그 계약서 때문이다.

"계약서를 봤어. 네 방에서. 계약 내용을 이행하지 않으면 방역 센터 지분을 회수한다고 쓰여 있었어."

척이 당황했다.

"대체……, 당신 정체가 뭡니까? 야생 뱀을 끌고 나와 시민들을 동요시킨 이유가 뭡니까?"

척은 오히려 그녀를 의심했다. 그녀는 물러서지 않았다. 여기서 물러서면 정말 적이 될 수도 있었다.

"지금 계약서에 대해 말하지 않으면 D구역 사람들

에게 알리겠어. 네가 방역 센터와 맺은 계약이 D구역에 위협이 되지 않는다고 장담할 수 없으니까. 방역대가 뱀을 죽이기라도 하면 사람들이 널 가만 놔두지 않을 거야."

그녀는 척이 방역 센터 협력자라고 생각한 적은 없었다. 하지만 아니라는 증거도 없었다.

"내게 그런 협박이 통할 것 같습니까?"

척은 감정을 억누르려는 듯 주먹을 꽉 쥐었다. 온 힘을 다해 그녀를 밀어내지 않으면 그 자신이 분노의 무게에 깔릴 것처럼 보였다.

"협박이 아니야. 뱀을 지키려는 거야."

뱀을 지키겠다는 그녀의 말은 거짓이었던 적이 없었다. 척은 그녀의 눈을 똑바로 응시했다. 그녀도 피하지 않았다. 두 사람이 서로의 눈을 깊숙이 바라본 건 처음이었다. 거기엔 그녀의 수치도, 그 자신의 분노도 없었다. 진실을 알아내려는 절박함만이 또렷이 존재했다.

"방역 센터 스파이가 되느니 뱀의 조력자가 되는 편이 낫겠죠."

척이 벤치프레스에 걸터앉았다.

"그 서류는 내 것이 아닙니다. 공 박사의 것입니다.

죽은 아버지의 것이기도 하고."

척의 아버지는 제약 회사의 영업 사원으로 일했다. 허물에 효과가 있다는 약이면 뭐든 잘 팔렸다. 기업도시로 개발이 확정되고 방역 센터가 들어서면서 영업 사원들은 모두 해고됐다. 약의 유통 방식이 방역 센터 독점으로 바뀌었기 때문이다. 그들은 이미 상당량의 재고를 떠안고 있었다. 아버지는 동료들과 함께 부당 해고 철회를 요구했다. 방역 센터는 협상을 거부했다. 해를 넘기자 동료 대부분이 손을 뗐다. 그는 홀로 해고 무효 확인소송을 준비했다. 소송자료를 모으면서 방역 센터가 단순히 풍토병 퇴치를 위한 컨트롤타워가 아닐지도 모른다는 의심을 품게 됐다.

7년이 흐르는 동안 그는 블랙리스트에 올랐고 나이보다 훨씬 늙어 보였다. 허물이 자라자 아내와 어린 아들을 두고 D구역으로 이주해 스스로를 격리시켰다. 허물 안에 갇혀 물만 조금씩 마셨다. 마침내 썩은 나무둥치처럼 쓰러질 때까지.

두꺼운 허물 때문에 관이 작았다. 어머니는 이를 앙다물고 칼로 아버지의 허물을 벗겼다. 가슴께를 뜯어내자 그 안에서 소송자료들이 쏟아졌다. 척이 아홉 살

때였다.

어머니가 죽고 척은 D구역으로 들어왔다. 아버지가 죽을 때까지 머물렀던 D구역에서 어떤 일이 일어나는지 알아야 했다. 방역 센터에 입소해 증거를 찾으려 했지만 오히려 임상시험 대상자가 돼 목숨마저 위협받았다.

"방역 센터 안에서 임상시험은 사실상 강제적으로 이뤄지고 있습니다. 임상시험 동의서에 사인하는 사람은 당장 돈이 필요한 사람들입니다. 허물 쓴 사람들 중 거부할 수 있는 사람이 몇이나 되겠습니까? 임상시험 동의서엔 연구 내용에 관해 피상적인 내용만 기술돼 있습니다. 부작용에 대한 보상도 허술합니다. 일반적으로, 임상시험에 모두 통과해 시판이 허가되는 신약은 10%밖에 안 됩니다. 그게 무슨 뜻이겠습니까? 시험 중인 신약의 90%는 인체에 해롭다는 겁니다."

몸에 꽂히는 주삿바늘 중 열에 하나만이 안전하다. 그녀의 몸에 수없이 꽂혔던 주삿바늘은 이제 흔적도 없이 사라졌다.

"몸에 이상을 느껴 도중에 거부 의사를 밝혔지만 받아들여지지 않았습니다. 그들은 시험에 들어간 비용과

위약금까지 부담하라고 요구했습니다. 그렇지 않으면 뚜렷한 부작용 증거가 있어야 하는데 환자 혼자 그걸 입증하기란 거의 불가능합니다. 그들은 계약 이행을 집요하게 요구했습니다. 끝까지 거부하자 강제로 투약했습니다."

척이 끌려가는 걸 눈앞에서 봤을 때도 그녀는 강제 임상시험을 섣불리 확신할 수 없었다. 사실이라기엔 너무 끔찍했다.

척은 위층으로 올라가 서류 봉투를 꺼내 왔다.

"장례식에 온 누군가 아버지가 죽기 전까지 이걸 지키려 했다더군요. 줄곧 생각해봤는데, 아닐 겁니다. 지킬 생각이 있었다면 스스로 굶어 죽진 않았겠죠. 아버지는 허물에서 나올 생각이 없었던 겁니다. 방역 센터는 너무 거대하고 동료들은 떠나고 가족도 없이 버티는 생활이 힘겨웠겠죠. 허물의 공포에 자신을 던진 겁니다. 매일매일 스스로 공포를 부풀려 허물을 더욱 단단하게 만들었겠죠. 공포가 크면 클수록 무책임하게 도망쳤다는 비난은 줄어들 테니까. 그러다 정말 허물에 갇혀 빠져나올 수 없었을 겁니다."

허물 안에서 자살한 척의 아버지와 허물처럼 아이를

벗어 두고 도망간 그녀의 엄마. 척의 가장 밑바닥에 있
는 것은 그녀와 같았다. 부모에게 버려진 아이의 마음
속에 무겁게 가라앉은 수치심. 척에게 허물을 벗는 것
은 수치를 벗는 일인지도 모른다. 그는 자신의 허물뿐
아니라 세상의 허물을 전부 벗겨내려 한다.

척은 계약서를 펼쳐 보았다.

"공 박사는 제약 회사로부터 압박을 받고 있었던 것
같습니다. 유감스럽게도, 계약 내용에 대해서는 자세
히 나와 있지 않습니다. 별도 서류로 작성했겠죠. 신약
개발과 관련됐다는 정도만 알 수 있습니다."

신약이라면, 방역 센터 치료실에서 들었던 말과 관
련이 있을지 몰랐다. 초파리 떼가 어지럽게 날아다니
며 옮겼던 단어들.

"뭔가 개발 직전이라는 말을 들었어. 방역 센터 치
료실에서."

'공 박사'란 말 외에 그녀가 기억 속에서 가까스로
건져 올린 문장이었다.

"티셀 바이러스 백신은 아닐 겁니다. 인구 50만의
도시에서만 팔리는 약은 시장성이 없습니다."

척이 잘라 말했다.

"티셀 바이러스 백신이 아니라고……?"

방역 센터 운영을 위해 시는 매해 막대한 예산을 책정했다. 예산 대부분이 티셀 바이러스 백신과 치료제 개발을 위해 쓰인다고 홍보하고 있었다. 다른 곳에 쓰인다는 건 생각할 수조차 없었다.

"방역 센터가 백신과 치료제를 개발하고 있다는 말은, 말 그대로 언제까지나 개발하고 있다는 뜻입니다. 개발을 멈춰도 안 되고, 개발에 성공해서도 안 되는 것이죠. 이 도시의 생산 동력은 시민들이 허물을 입고, 허물을 벗는 데서 나옵니다. 백신이 개발되면 이 도시는 생산 동력을 잃게 되는 겁니다."

허물에서 파생되는 경제 부양의 효과가 없다면 시의 발전은 불가능했을 것이다. 갖가지 방역 업체가 성업을 이루고 피부과와 피부 관리실, 피부보호제와 약, 향초, 피부 보호 기능을 첨가한 갖가지 생활용품까지 비싼 값에 팔리고 있었다. 단기간에 도시가 성장할 수 있었던 게 허물 때문이란 걸 모르는 사람은 없었다. 시가 허물과 전쟁을 벌이고 있다는 구호는 부인돼선 안 되기 때문에 진실이 됐다.

"이 도시에서 공포는 거짓을 진실로 뒤바꾸는 알리

바이입니다. 공포가 실재하니까 거짓은 없다는 논리입니다. D구역은 이 거대한 알리바이의 중심에 있습니다. D구역 없이 이 도시는 존재할 수 없습니다. 백신이 개발되면 D구역도 사라집니다. 방역 센터가 공들여 만든 시스템을 제 손으로 무너뜨릴 리 없습니다."

척의 말은 모두 사실이었다. 하지만 사실과 그 사실을 믿는다는 것은 다른 문제였다.

"공 박사가 개발 중인 신약, 짐작 가는 게 있어?"

신약의 실체를 알면 공 박사의 의도를 짐작할 수 있을지 모른다.

"차차 드러날 겁니다."

척은 담담한 얼굴로 한발 뒤로 물러났다.

"시간이 지나면 저절로 드러난다는 뜻이야?"

척은 대답하지 않았다. 대신 화제를 바꿨다.

"공 박사가 약속한 기한 내에 신약 개발에 실패했다는 것은 확실합니다. 계약서에 적혀 있는 기한은 지금으로부터 1년 전입니다. 기한을 1년이나 넘겼지만 성과를 내지 못한 겁니다. 공 박사가 여전히 방역 센터에 남아 있는 걸 보면 계약이 연장됐을 가능성이 큽니다. 내용을 수정했을 수도 있고, 다른 조건을 추가했을 가능성도 있죠. 분명 제약 회사의 압박은 더 심해졌을 겁니다. 뱀의 출현에 공 박사가 예민한 반응을 보이는 건 당연합니다. 시민들이 뱀을 숭배하면 공포 시스템이 전처럼 작동하지 않을 테니까요. 그의 입지도 더 불안해지겠죠."

척은 오랫동안 이 문제에 집중해온 것 같았다.

"어쩌면, 공포를 희망으로 바꿀 수 있을지 몰라."

그녀는 주머니에서 손바닥 크기로 접힌 종이를 꺼냈다. 후리의 스케치였다. 벽화의 밑그림이 그려져 있었다.

"뱀이군요."

"시민들이 원하는 건 하나야. 허물의 공포에서 벗어나는 거. 공포가 부풀려질수록 소망도 꼭 그만큼 부풀려지기 마련이니까."

"그게 이 그림과 무슨 관련이 있습니까?"

척은 여전히 뱀이 못마땅한 듯했다.

"롱롱은 허물을 날개처럼 펼치고 자유롭게 하늘을 날고 있어. 롱롱은 공포가 아니라 희망이야. 이 그림을 시민 모두가 볼 수만 있다면, 방역 센터가 아니라 뱀에게 소원을 빌게 될 거야."

그렇게만 된다면 방역 센터도 섣불리 뱀을 죽이지 못할 것이다. 하지만 척은 그림을 제대로 보려고도 하지 않았다.

"이건 그냥 그림에 불과해요. 이걸 보고 잠시 동안 희망을 가질 수는 있겠죠. 폭발력에는 한계가 있습니다. 이 도시 시스템 자체를 바꾸지는 못합니다."

"롱롱이 두렵지 않았다면 공 박사가 뱀을 공포의 대상으로 만들 필요도 없었어. 이 도시에서 공 박사만큼 영향력을 가진 건 롱롱이야."

척을 설득하면서 그녀는 더욱 확신이 생겼다. 하지만 척은 전설 같은 건 여전히 믿지 않았다.

"롱롱이 사람들의 허물을 벗길 수 있어. 이런 프로틴이 아니라!"

그녀는 답답한 나머지 손에 쥔 프로틴 캔을 우그러뜨렸다. 척이 미간을 좁히며 구겨진 캔을 바라봤다.

"프로틴이면 어떨까요……?"

그는 자신이 쏜 화살이 어느 과녁에 적중할지 가늠하는 눈빛이었다.

"시민들이 롱롱의 전설만큼 믿는 게 또 하나 있습니다. 프로틴이죠. 프로틴이 허물을 막아준다고 믿고 있습니다. 롱롱과 프로틴, 이 둘을 결합시키면 무슨 일이 벌어질까요?"

그녀는 척의 다음 말을 기다렸다.

"롱롱에게 바코드를 입히는 겁니다."

"롱롱에게 바코드를?"

"바코드가 붙은 롱롱은 더 이상 전설로만 존재하지 않을 겁니다. 신용카드에 숫자로 찍히고 정산되고 기록될 겁니다. 어쩌면 롱롱은 스스로 몸을 부풀려 도시를 장악할 겁니다."

바코드만큼 도시에서 확실한 존재감을 가지는 건 없다. 롱롱이 환상에 불과하다고 말하는 사람들도 바코드가 붙은 롱롱은 받아들일 것이다. 척은 전에 없이 흥분한 모습이었다.

"프로틴은 허물로부터 자신을 지키는, 이 도시에서 거의 유일한 대안입니다. 그리고 롱롱의 전설을 모르는 사람은 없죠. 타이어 가게에 있는 뱀은 그 전설의 실체라고 할 수 있습니다. 롱롱프로틴은 반드시 성공할 겁니다. 뱀은 다시 숭배의 대상이 될 겁니다."

척은 확신에 차 있었다.

"이 도시에서 판매되고 있는 프로틴 제품은 T-프로

틴이 유일합니다. 방역 센터에서 공급하고 있죠. 다른 회사에서 프로틴이 출시된 적은 있지만 모두 실패했습니다. 허물에 관한 한 방역 센터는 독보적인 지배력을 가졌습니다. 롱롱프로틴이라면 가능성이 있어요. 시장의 판도를 뒤흔들 겁니다. 틀림없습니다."

척이 모르는 것이 있었다. 그녀는 봤지만 척은 보지 못한 것. 집회에 모여든 D구역 사람들의 기도는 무서우리만큼 집요한 것이었다.

"뱀은 언젠가 허물을 벗을 거야. 만일 뱀이 허물을 벗고도 아무 일도 일어나지 않는다면? 롱롱이 아니라면, 뱀은 어떻게 되는 거지?"

기도를 배반한 뱀은 처참하게 버려질 것이다.

"이 뱀이 진짜 롱롱인지, 아니면 그저 거대한 뱀에 지나지 않는지, 그건 중요치 않습니다. 중요한 건, 사람들이 그렇게 믿는 겁니다. 진실을 밝히는 것은 뱀의 몫이 아니라 사람의 몫입니다. 위험을 감당하지 않을 거라면 답은 한 가지뿐입니다. 뱀은 조만간 방역대에 포획돼 죽게 되겠죠. 현실은 아무것도 변하지 않을 겁니다."

뱀을 위험에 빠뜨릴 수는 없었다. 롱롱이든, 롱롱이

아니든, 사실이 밝혀지면 그것을 받아들이면 될 것이
다. 지금 척은 전설에 자신의 바람을 불어넣고 있었다.
전설을 믿으라 하는 건 그녀가 아니라 척이었다.

그녀가 망설이자 척은 뒤돌아섰다. 목덜미 부근에
검은 버섯 같은 작은 반점이 자라나 있었다. 허물과는
달랐다. 진물도 흐르지 않았고 각질이 일어나지도 않
았다. 검고 불길한 양감을 가진 그것에서 그녀는 눈을
떼지 못했다.

"롱롱프로틴을 만들 방법이 있어."

짧은 침묵 끝에 그녀가 말했다.

IV

◆

롱롱프로틴

1

"우리 회사는 롱롱과 운명을 같이할 각오입니다."

남자의 등과 가슴팍에는 빳빳한 와이셔츠가 펼쳐 있었다. 입고 있는 와이셔츠만큼이나 표정이 반듯했다. 남자는 개나 고양이 같은 애완동물용 간식을 가공해 파는 회사의 공장장이었다. 그곳에서 그녀는 캔을 밀봉하는 아르바이트를 한 적이 있었다. 프로틴 캔은 그녀가 수도 없이 밀봉했던 캔과 크기까지 비슷했다. 그녀의 전화를 받은 남자는 다음 날 타이어 가게로 찾아왔다. 그녀와 김이 남자를 맞았다.

"미리 말씀드리는데, 이것만은 분명히 했으면 좋겠습니다. 이쪽에서 먼저 제안한 것이긴 하지만 결론적으로는 제 아이디어라는 것을요. 실은, 승진을 앞두고 있는데 평가 점수가 좋질 않아서……."

그녀의 전화를 받은 후 남자는 고민에 빠졌다. 상사를 깔끔하게 설득할 자신이 없었다. 애완동물 간식을 가공해 파는 회사에 생뚱맞은 제안이 아닐 수 없었다. 하지만 남자는 긍정적으로 생각하기로 마음먹었다. 매주 월요일 열리는 주간 회의에서 매번 입을 다물고 있기란 쉬운 일이 아니었다. 결론은 의외로 빨리 나왔다. 개껌이든, 프로틴이든, 어쨌든 캔에 담으면 된다는 쪽으로 의견이 모아졌다. 남자의 회사는 내리막길을 걷고 있었다. 적자를 계속하다 이대로 고사하느냐, 모험을 통해 기사회생하느냐, 선택의 여지는 없었다. 남자는 기획안을 올렸고 프로젝트의 책임자가 됐다.

"어쨌든 기계를 마냥 놀릴 수도 없는 입장이고, 캔에 뭐라도 넣으면 되는 거니까요. 물론, 기계를 약간 손보긴 해야겠지만요. 원료는 프로틴 가공 공장에서 공급받으면 됩니다. T-프로틴 성분을 분석해봤는데 피부재생에 필요한 신단백질을 이것저것 첨가했더군요. 별거 아니란 소리죠. 원료 공급이 어려우면 T-프로틴 캔이라도 까서 새 캔에 담으면 되는 거니까요. 흠흠. 전문가들은 상표 갈이라고 부릅니다만. 아니, 말이 그렇단 말입니다, 말이. 하하. 상품은 주로 도시 안에서 소비되니까 물류 걱정은 안 해도 된다는 게 큰 매력이죠."

남자는 명함을 김에게 주어야 할지, 그녀에게 주어야 할지, 결정을 못 내리고 애매한 위치에 손을 내밀었다. 김과 그녀 사이에 부유하는 명함을 그녀가 받아 들었다. 김이 헛기침을 했다.

"대충 얘기를 듣긴 했지만, 방역 센터에서 나오는 T-프로틴이 시장을 독식하고 있는데 신제품이 통할까? 묘하게 짝퉁 분위기가 나는 것도 같고⋯⋯."

"그건 모르시는 말씀입니다. 원래 라이벌이 있으면 시장의 규모가 커지기 마련입니다. 파이가 커지는 거죠. 게다가 우리 회사는 전폭적인 프로모션을 펼칠 계획입니다."

남자는 착실하게 고지를 하나씩 하나씩 밟아 올랐다.

"롱롱프로틴은 '소원'을 콘셉트로 프로모션을 진행할 겁니다. 시민들은 롱롱을 위해 프로틴을 사고, 또 스스로 먹기도 할 겁니다. 롱롱도 좋고, 시민들의 몸에도 좋고, 승진과 진학에도 좋고, 가지가지 다 좋단 말입니다. 건강과 사랑, 행운과 돈, 그럴듯한 건 다 갖다 붙여야죠. 프로틴이 뭡니까? 단백질 아닙니까? 깨끗한 피부를 유지하기 위해서 먹는 거란 말입니다. 소원도 들어주고, 피부에도 좋고, 시민들은 막연한 두려움 대신 롱롱을 사랑하게 될 겁니다. 롱롱의 호감도가 쑥쑥 올라가면 매출도 쑥쑥 올라갈 거란 말입니다."

"소원? 소원이라면 여기 찾아오는 사람들이 지겹도록 빌고 있소만……."

지금껏 롱롱을 찾아오는 사람들은 거의 없지만 굳이 그것까지 말할 필요는 없었다. 협상은 협상이니까.

"롱롱이 허물 벗는 모습을 시뮬레이션으로 반복해 노출할 겁니다. 각질을 제거하는 이미지와 겹쳐지도록 말입니다. 아시다시피, 시민들은 매일 각질을 제거하죠. 그리고 프로틴을 먹습니다. 앞으로는 프로틴을 먹으면서 자동적으로 소원을 빌게 될 겁니다. 이무기의 소원이 허물을 벗고 승천하는 것 아닙니까? 하! 하! 하!"

남자는 득의만만한 미소를 지었다. 입술 끝에 거품이 물렸다. 거품이 부글부글 흘러나와 와이셔츠를 흠뻑 적실 것 같았다.

"우리 회사로서도 사활을 걸고 있습니다. 모든 수단을 동원해 프로모션에 최선을 다할 겁니다. 롱롱프로틴은 반드시 성공할 겁니다!"

남자는 주먹을 불끈 쥐었다.

"방역 센터가 가만히 있을까? 라이벌의 존재를 방치하진 않을 거 같은데……."

남자가 기세등등할수록 김은 서서히 전의를 상실했다.

"원, 순진하시기는. 롱롱이 뭡니까. 좀 크기는 해도 그저 파충류에 불과합니다. 라이벌이 다 뭡니까? 그저 이미지일 뿐입니다. 이미지요! 방역 센터가 그걸 모를 거 같습니까?"

남자의 눈동자가 활활 불탔다. 반대로, 김은 점점 알쏭달쏭한 얼굴이 돼갔다. 남자는 핑퐁 게임을 하듯 상대의 반응에 따라 순발력 있게 탁구채를 휘둘렀다. 남자는 김의 손에 얼른 명함을 쥐여 줬다.

"일이 잘되면 그쪽도 손해 보는 게 없을 겁니다. 일단 롱롱은 공짜로 프로틴을 맘껏 먹게 될 겁니다. 존경과 사랑을 한 몸에 받게 될 거고요. 롱롱의 인기가 올라가면 자연스럽게 여기 타이어도 불티나게 팔려 나가 겠죠. 명함에 적힌 연락처로 전화 주십시오."

탁구공이 네트를 살짝 넘어 김의 탁구대에 톡 떨어졌다.

남자가 돌아간 뒤 후리가 타이어 동굴에서 기지개를 켜며 나왔다. 후리는 어젯밤 늦게 가게에 와서 새벽까지 그림을 그리다 잠들었다.

"어쨌든, 희망은 넘칠수록 좋잖아. 롱롱도 많이 먹을수록 좋고. 롱롱의 사료를 대는 것도 만만치 않은데."

후리는 타이어 위에 걸터앉아 허물을 긁어 살살 벗기는 데 열중했다. 진물이 흐르면서 표피 속 진피가 떨어져 나왔다. 순식간에 핏방울이 맺혔다.

"이리 보여 봐. 상처 소독해야 돼. 세균이라도 옮으면 어쩌려고. 너 프로틴 꼬박꼬박 먹은 거 맞아?"

김이 항생제 연고를 꼼꼼히 쥐어짰다. 있는 힘껏 쥐어짜도 연고는 나오지 않았다. 그녀는 약상자를 뒤져 다른 연고를 찾아왔다. 만성 피부 질환에 효과가 있다고 쓰여 있었다. 허물에도 효과가 있는지는 알 수 없었다. 김은 그녀가 내민 연고를 앞뒤로 살피더니 일단 쥐어짜기 시작했다.

"난 프로틴을 먹어도 소용없나 봐요. 허물을 유니폼처럼 걸치고 방역 센터를 내 집처럼 드나들었으니 그럴 만도 하죠."

후리는 다섯 번이나 허물을 벗고도 또 허물이 생겼다.

"허물은 소량의 약물로도 쉽게 벗겨진다고 하지 않았어? 방역 센터에서 네가 그랬잖아. 소량이면 정확히 얼마나 필요하단 거야?"

김은 후리의 몸 구석구석 연고를 발랐다.

"하루에 최소한 5밀리 정도는 몸속으로 흘러 들어갔을 걸. 매트리스에 주삿바늘을 꽂기 전 머리 위에 매달린 약병에 치료제가 얼마나 남았나 봐뒀거든. 내 몸속으로 들어간 약물은 꼼꼼히 계산해뒀단 말이지. 그래야 허물이 언제쯤 벗겨질지 대충 알 수 있거든. 다른 사람들이 40밀리를 하루에 네 병씩 맞은 거에 비하면 맞은 것도 아니지. 난 누가 얼마나 맞는지 전부 보고 있었거든."

그녀가 짐작했던 것보다 훨씬 적은 양이었다. 치료 기간은 일반적으로 8주였다. 40밀리의 약물을 하루 네 번 투입한다고 하면 총 8960밀리. 후리는 16주 만에 퇴소한 적도 있었다고 했다. 가장 긴 기간으로 계산해도 투약한 약물의 총량은 560밀리. 보통 사람이 8960밀리를 투약한 걸 감안하면 턱없이 적은 양이었다. 어떻게 그게 가능했을까?

"그렇게 조금만 필요하다면, 어디서 구할 방법은 없을까? 암시장 같은 거."

김이 쥐어짤 대로 쥐어짠 연고를 쓰레기통에 던졌다. 방역 센터에서 훔쳐 내오지 않는 한 치료제를 손에 넣는 건 불가능했다.

"롱롱프로틴이 나오면 소원을 빌어봐야죠. 아아, 하늘에 매달린 구름이 링거 팩이라면 내리는 비가 치료제가 될 텐데."

후리가 남의 일처럼 말했다.

"힝! 롱롱프로틴을 먹고 소원을 비는 것은 자유지만, 취직을 시켜달라느니, 신용카드 빚을 탕감해달라느니, 가출한 딸을 찾게 해달라느니 하는 소원은 전혀 현실성이 없다고. 그게 말이 되냐? 은근짜 그 작자가 아무리 헷갈리게 말해도 그건 변하지 않는 현실이지. 사실이라고. 진실!"

김은 공연히 타이어를 탕 걸어찼다. 주름 하나 없는

와이셔츠를 보란 듯이 걸쳐 입은 남자는 김의 한마디에 엉큼한 속내를 지닌 은근짜가 됐다.

후리가 가방 속에서 새 스프레이를 꺼내 시험 삼아 타이어에 쉭쉭 분사했다. 후리가 그림을 그리는 동안 김은 곰곰이 은근짜의 말을 되새겼다. 불안해서 프로틴을 먹었을 뿐인데, 시와 방역대는 프로틴을 팔아 몸을 불려왔다는 거였다. 이제부터 시민들은 '불안'이 아닌 '소원'을 먹게 될 거라고 했다. 프로틴이 프로틴이 아닌 다른 무엇이라는 말부터가 요상했다. 화장지를 사거나 소시지를 먹는 것과는 뭔가 다른 느낌이었다. 김은 타이어 위에 벌렁 누워버렸다. 천장에 후리가 그린 롱롱이 보였다. '불안'이든, '소원'이든, 어쨌든 프로틴은 프로틴이다. 롱롱은 롱롱이고. 김의 결론은 그랬다.

2

롱롱프로틴은 출시한 첫날부터 반향을 불러왔다. 캔의 라벨에는 초록색 허물을 날개처럼 활짝 펼친 롱롱이 그려졌다. 후리의 벽화에서 영감을 얻어 디자인된 것이었다. 초록 허물을 날개처럼 펼친 황금색 롱롱은 지역방송과 인터넷, 거리의 광고판과 슈퍼마켓에서도 볼 수 있었다. 황금색 통통한 몸통엔 비늘마다 알알이 큐빅이 박혔다. 마트에 진열된 프로틴 캔을 고르는 동안 시민들의 머릿속에는 황금색 롱롱이 꼬물거렸다. 시민들은 롱롱의 몸에 쉼 없이 소원을 불어넣었다. 헬륨 가스로 몸을 부풀린 롱롱은 초록 허물을 길게 펼치고 도심 위로 둥실둥실 떠다녔다.

현실에서 소원은 쉽게 이뤄지는 것이 아니었으니, 발목을 잡는 적의 출현은 필연적이었다. 방역 센터에서 생산하는 T-프로틴의 심벌은 왕관을 쓴 긴 머리 T였다. T는 라이벌의 등장에 즉각 대응했다. 도심 사거리 전광판에 뱀 허물이 느질거렸다. 사방연속무늬 반투명 육각형이 느질느질 다가와 화면을 뿌옇게 덮으면 사람들은 허물이 제 면상에 척 달라붙은 것 같은 불쾌감에 몸서리를 쳤다. 그때가 T의 등장 타이밍이었다. T는 허물을 입바람으로 후 불어 날리고 산뜻하게 윙크했다.

'날 믿어요, T-프로틴!'

롱롱프로틴의 마케팅 콘셉트는 롱롱이 프로틴을 먹

고 힘을 키워 적에 맞서는 내용이었다. '롱롱은 프로틴을 먹고 소원을 이뤄준다네' 배경음악에 맞춰 롱롱이 리드미컬하게 하늘로 솟아오른다. 건장한 모델들이 트레드밀 위에서 손을 흔든다. 돌연 적이 나타나 롱롱의 몽실몽실한 날개에 불을 붙인다. 롱롱은 롱롱프로틴 캔을 들이켜고 순식간에 적을 제압한다. 윙크를 찡긋, 클로징 멘트를 날린다.

'롱롱, 프로틴 파워가 필요해!'

롱롱의 전투 장면은 척의 헬스클럽에서 촬영됐다. 광고 시리즈가 거듭될수록 롱롱은 롱롱프로틴을 먹고 힘이 세졌다. 초록색 허물을 벗고 몽실몽실한 날개를 용골돌기에 장착했다. 광고 콘티는 매번 달랐지만 프로틴 파워가 필요하다고 윙크를 날리는 엔딩 컷은 일치했다. T와 롱롱은 원투펀치를 주고받았다. 어차피 이미지뿐이었으니 링에 드러누울 실체는 존재하지 않았다. 언제까지나 잽을 피하고 훅을 날리는 식이었다.

타이어 가게 앞에는 긴 줄이 늘어섰다. 성급하게 가게 안으로 들어온 사람들은 뒷사람의 핀잔을 듣고서야 구불구불 휘어진 줄을 타고 문밖으로 나가 한참 걸은 후 멈춰 설 수 있었다. 오랫동안 매달리고 있는 시간의 끝을 보게 해달라고, 병에서 낫게 해달라고, 끈질기게 달라붙는 두려움에서 벗어나게 해달라고, 사람들은 저마다 제 속에 똬리를 틀고 있는 것을 끄집어냈다.

그들은 롱롱프로틴이 없으면 소원을 빌지 못했다. 소원을 빌어도 소용없다고 여겼다. 롱롱이 진짜 영물인지, 정말 소원을 이뤄주는지, 속 시원히 밝혀지진 않았다. 하지만 제 손으로 롱롱에게 프로틴을 바치며 비는 소원만은 누가 뭐래도 진실이었다. 그리고 또 한 가지 부인할 수 없는 진실이 존재했다. 롱롱은 타이어 동굴 안에 살아 있었다. 롱롱이 무시무시한 이빨을 드러내고 프로틴을 꿀꺽 삼키면 저절로 머리를 조아릴 수밖에 없었다.

타이어 가게로 사람들이 몰려들자 가장 바빠진 사람은 노파였다.

"신령님. 어리석은 중생들의 소원을 들어주십사이다……, 주십사이다……. 미천한 것들이 너무 오래 신을 잊고 살았습니다."

프로틴 반죽을 굴리고 노파의 기도가 시작되면 고개를 숙였던 사람들이 한꺼번에 머리를 바짝 치켜들었다. 그들의 입에서 하나같이 알아들을 수 없는 소리가 흘러나왔다. 누구에게나 소원은 늘 하나쯤 가지고 다니는 프로틴 캡슐처럼 뒤지다 보면 나오는 거였다.

롱롱에게 소원을 빌러 오는 사람 중엔 D구역이 아닌, 다른 구역 사람들도 섞여 있었다. 그들은 방역 마스크에서 방역복까지 철저하게 개인 방역 장비를 챙겨왔다.

"신의 허물이 두려워 그것을 뒤집어썼느냐!"

어김없이 노파의 호통이 날아왔다. 그래도 벗지 않으면 D구역 사람들의 비난이 쏟아졌다.

"D구역엔 얼씬도 않다가 신의 자비를 뻔뻔하게도 나눠 가지려 하다니!"

노파는 그들이 마지못해 벗어 놓은 방역 마스크를 되돌아갈 때 직접 씌워줬다. 노파의 손이 닿았던 마스크가 영 꺼림칙했지만 신의 대리인에게 대놓고 불쾌한 티를 내는 사람은 없었다.

집회를 주관하는 사람은 노파지만 집회를 관리하는 사람은 김이었다.

"자, 자, 질서를 지킵시다. 질서를. 각자 간단하게 소원을 빌고, 다음에 또 오시고. 뒷사람들 생각들 좀 하시고, 자자, 뒤로 가세요. 다음!"

김은 저녁 어스름이 되면 가게 밖에서 기다리고 있는 사람들에게 번호표를 나눠 줬다. 다음 날 번호표를 내밀면 우선적으로 입장이 됐다. 나중엔 번호표를 쥔 사람들이 너무 많아 해산시킬 수밖에 없었다. 그때마다 작은 실랑이가 벌어졌다.

"젠장맞을, 저리 비키지 못해! 번호표 치워! 허물 벗는 데 순서가 어딨어?"

뾰족 수염은 사람들을 마구잡이로 떠밀어 사육장 가까이 자리를 잡고 나서야 소란을 멈췄다.

아침에 눈을 뜨면 같은 일이 반복됐다. 사람들은 기도를 쉬는 법이 없었다. 타이어도 덩달아 팔려 나갔다. 주문을 받으면 김은 롱롱의 꼬리 쪽에서 타이어를 하나씩 빼서 팔았다. 사람들은 자동차 지붕 위에 화물차 타이어를 얹고 조심조심 떠나갔다. 부적처럼 간직하기 위해서였다.

후리도 헬스클럽을 제쳐 두고 아예 타이어 가게에서 먹고 자며 일을 도왔다.

"자, 자, 소원을 비는 데 프로틴 캔 한 개요. 특별히 더 시간이 필요하신 분은 두 개, 한 포대 가져오시면 손바닥에 불을 지필 때까지 비비셔도 됩니다. 소원을 빌든지, 맡기든지, 찾아가든지, 그건 마음대로 하시고, 일단 롱롱프로틴 한 개 받습니다!"

후리가 돌아다니며 외치는 사이, 김은 긴 줄을 정리하다 말고 주변을 둘러봤다. 여느 때 같으면 먼지가 풀풀 날리는 길가에 아침 댓바람부터 나와 있어야 할 아이가 보이지 않았다. 딱지처럼 굳은 허물이 얼굴에 덕지덕지 달린 사내애였다.

녀석은 매일 코를 훌쩍이며 쇼윈도에 붙어 서서 시간 가는 줄 모르고 롱롱을 들여다봤다. 그러다 후리가 가게 밖으로 나오면 잽싸게 길 끝으로 펄쩍펄쩍 뛰어 달아났다. 눈에 띄면 머리통을 쥐어박히기 십상이었기 때문이다.

D구역 사람들 중 이 아이를 모르는 사람은 없었다. 아이는 아무 집이나 들어가 제집 안방인 양 누워 있다 밥상을 내오면 달려들었다. 허름한 집에 혼자 살았는데, 지능이 조금 떨어지는지 일곱 살인데도 말귀를 잘 못 알아들었다. 신기하리만큼 스스럼이 없었다. 집주인이 쫓아내려 하면 야생 원숭이처럼 꽥꽥대서 차라리 그냥 놔두는 편이 나았다. 사람들은 녀석을 두목 원숭이라 불렀다. 아닌 게 아니라, 타이어 더미 위에서 펄

174

쩍쩍 뛰어다니는 모습이 꼭 야생 원숭이 무리의 두목 같았다. 두목 원숭이는 가게 안으로는 들어오려 하지 않았다. 며칠 전에는 '들어와, 들어와서 너도 소원을 빌어 봐' 김이 손짓했지만 두목 원숭이는 홱 돌아 달아났다.

"저 녀석, 저기 있었네. 앞에 뭘 놓고 있는 거야?"

어디 아픈 건 아닐까, 은근히 걱정하던 차에 김은 두목 원숭이를 발견했다. 두목 원숭이는 쇼윈도 앞에 쪼그리고 앉아 있었다. 김이 뒷짐을 지고 어슬렁어슬렁 다가갔다. 녀석의 발치에는 빈 프로틴 캔이 놓였다. 동냥이라도 하는 모양이었다. 그런데 하는 짓이 남달랐다. 녀석은 행인들이 캔에 동전을 던져 넣으면 홱 뒤집어 동전을 털어냈다. 빈 캔을 들이대며 당당하게 요구했다.

"롱롱프로틴! 이런 거."

캔에 붙은 라벨에 손가락을 튕겼다. 맹랑한 녀석을 귀엽게 본 누군가가 주머니에서 롱롱프로틴 캔을 꺼내 줬다. 녀석이 캔을 쥐고 발딱 일어났다.

"집에 안 가냐!"

김이 녀석의 손목을 낚아챘다. 짐짓 화난 척했는데

175

도 두목 원숭이는 말간 얼굴로 쳐다봤다.

"롱롱은 프로틴을 먹고 소원을 들어드립니다!"

빰을 불룩하게 부풀린 채 입을 씰룩거렸다. 광고를 흉내 내는 거였다.

"얘야, 꼭 그런 것만은 아니야. 롱롱이 롱롱프로틴을 가져오라고 직접 말한 적은 없거든."

김이 타일렀다.

"롱롱프로틴, 파워 업 에너지!"

"롱롱이 그걸 먹고 진짜로 싸우는 건 아니야. 소원은 네 마음속에 있으니까 그걸 이룰 수 있는 사람은 너뿐이란다."

김이 두목 원숭이의 머리를 쓰다듬었다. 피노키오를 달래는 제페토 할아버지처럼.

"파워 업 에너지! 파워 업 에너지!"

두목 원숭이도 피노키오처럼 말을 안 들었다. 김은 고개를 절레절레 저었다.

"분명 프로틴은 프로틴이고, 롱롱은 롱롱인데……."

김이 입맛을 다시며 돌아서기도 전에 두목 원숭이는 펄쩍펄쩍 뛰어 길 끝으로 사라졌다.

　한밤중 은밀히 타이어 가게 문을 두드리는 소리가 났다. 사육장 앞에서 기도를 하고 있던 노파가 문을 열었다. 모자를 깊숙이 눌러쓰고 바지 주머니에 손을 찔러 넣은 사내였다. 노파는 아무 말도 묻지 않고 사내를 롱롱 앞으로 데려가 바닥에 꿇렸다.

　"이런 꼴로는 낮에 돌아다닐 수 없어서 부득이 이 밤에…… 방역복을 입고 오면 내쫓긴다기에……"

　사내가 기어들어 가는 목소리로 말했다. 그는 A구역에서 왔다고 했다.

　"어서 용서를 빌어."

　노파가 재촉했다. 신을 찾아왔으면 일단 죄를 자백하는 게 정해진 순서였다.

　"뭘 빌어요? 내가 뭘 잘못했는데요?"

　사내가 어리둥절한 얼굴로 되묻자 노파가 타일렀다.

　"허물이 생겼으니 용서를 빌어야지."

　노파는 멀뚱히 앉아 있는 사내를 뚫어져라 바라봤다. 마치 안구 뒤편을 쏘아보는 것 같았다. 사내가 마른침을 삼켰다.

"시, 실은, 허물이 널리널리 퍼지게 해달라고 기도를 한 적이 있습니다. 그, 그래야 보험이 잘 팔리니까요……. 솔직히 말하면, 매일 빌었습니다. 예, 매일 빌었다고요……. 밤에는 허물이 퍼지게 해달라고 기도하고, 낮에는 보험상품을 팔았습니다. 예, D구역에도 팔았습니다. 허물 때문에 노동력을 완전히 상실했을 때를 대비한 상품이죠. 상반기 히트 상품입니다. 약관을 확인해보시면……. 근데, 이 도시에 그런 사람이 저 하나뿐입니까, 네? 딱 한 번 보험왕이 된 적이 있지만 다 지난 얘기라고요."

"신이 네 기도를 들어주신 게야. 네 소원대로 네 몸에 허물을 입혀주신 게지. 신은 영험하시다."

전직 보험왕이 항의했다.

"제가 허물을 퍼뜨린 게 아니란 말입니다. 보험산업에 종사한 것뿐이라고요."

"어리석은 중생아, 여기가 어딘지 몰라?"

노파가 허물이 켜켜이 쌓인 얼굴을 사내에게 바짝 들이댔다. 전직 보험왕이 뒤로 나자빠졌다.

"D구역이다. D구역은 허물을 숨길 필요가 없는 곳이지. 거짓말도, 변명도 안 통한다."

전직 보험왕은 모든 걸 들켜버린 표정이었다. 떨리는 손으로 모자를 벗자 허물로 뒤덮인 얼굴이 드러났다. 눈꺼풀도, 귀도, 입술에도 허물에 싸였다. 가려움을 참을 수 없었는지 아예 양말까지 벗고 뒤꿈치를 긁기 시작했다.

"보험 영업이란 게 말입니다, 실은 불안을 퍼뜨리는 일입니다. 허물에 대한 불안을 수치로 증명하고, 만일에 대비해 보험에 가입해야 한다고 고객을 설득하죠. 허물이야말로 이 도시에 존재하는 제일 큰 불안이지 뭐겠습니까. 하지만 이젠 그것도 할 수 없는 처지가 됐습니다. 허물이 있는 걸 들켜서 일찌감치 포기했어요. 방역 센터로 갈까 했지만, 아시다시피 개인 등록카드에 기록이 남으면 다시 일하긴 어렵습니다. 어떻게든 제 힘으로 허물을 벗어보려고도 했죠. 진짜 독한 맘먹고 감자 칼로 긁어도 보고 피부 질환에 좋다는 유황목욕도 해봤지만 소용없었어요……."

겁에 질린 목소리가 타이어 홈을 타고 기어들어 와 그녀의 귓바퀴를 타고 돌았다. 그녀는 타이어 동굴 안에서 몸을 웅크렸다.

"매일 고객들과 만나 무슨 얘기를 하겠습니까? 미

래에 대한 불안이죠. 열심히 일하다 보니 불안에 대해 더 많이 얘기해야 하고, 그러다 보니 진짜 불안해지고 그런 거죠. 허물에 대한 불안은 말할 것도 없죠. 건강에 좋다는 제품이 나올 때마다 사들이지 않으면 못 견뎠습니다. 음식이나 약, 가전제품도 마찬가지였습니다. 방역 센터에 유전자 정보를 등록하고 심장박동수와 스트레스 반응을 체크하는 인공지능 패치도 몸에 부착했죠. 체내 이상 반응이 감지되면 방역 센터 컴퓨터가 경고 신호를 보냅니다. 패치엔 시도 때도 없이 경고음이 울렸습니다."

유전자 정보 등록과 인공지능 패치는 방역 센터에서 내놓은 방역 대책 중 하나였다. 방역 센터는 유전자 정보를 난치병 치료와 예방의학 등에 활용한다고 했지만 보험회사에 데이터베이스를 팔아 수익을 내고 있다는 건 공공연한 비밀이었다. 보험회사는 유전자 정보를 활용해 특정 질병 위험군을 가려냈다. 위험군은 할증보험료를 내고 보험에 가입하거나, 가입을 거부당했다. 전직 보험왕은 주먹으로 눈물을 훔쳐냈다.

"사는 게 치사하고 더러워서 신발장에라도 매달리고 싶었던 밤이 하루 이틀이 아닙니다……."

전직 보험왕은 신발장 대신 노파에게 매달렸다.

"신이 네 죄를 사했다. 이제 소원을 빌어."

노파는 전직 보험왕을 다독이며 등을 떠밀었다. 그는 비칠비칠 일어나 사육장 앞으로 가다 말고 노파에게 물었다.

"딱 하나만 물어봐도 될까요? 뱀이 허물을 벗는 것은 어디까지나 뱀의 신진대사와 관련된 일이지, 제 허물과는 상관없는 일 아닐까요? 뱀이 허물을 벗으면 정말 제 허물도 벗겨질까요?"

"허물은, 벗으면 영생의 표식이요 벗지 못하면 죽음의 증표야. 허물을 제때 못 벗으면 허물에 갇혀 죽지. 허물을 벗고 새 세상을 보여주지 않는 신은 신이 아니다."

전직 보험왕은 좀 더 과학적이고 실용적인 방법을 원했다.

"그, 그야 그렇겠지요. 그래도 말입니다, 허물을 벗는 방법이 정말 그것밖에는 없나요……?"

노파가 길게 숨을 내쉬었다. 이 의심 많은 한심한 중생아…….

"되도록 짜게 먹는 게 좋아. 뱀이 장독대 근처에서

허물을 벗는 건 삼투압 때문이야. 허물을 벗을 때가 되면 본능적으로 염도가 높은 곳을 찾아가. 염도가 높으면 허물이 헐거워지기 때문이지. 혹시 알아? 네 허물도 헐거워질지. 신이 세상에 나오셨으니 머잖아 허물을 벗으실 게야. 신이 허물을 벗으면 네 허물도 벗겨질 테니 타이어 안에 들어가 그때까지만 견뎌 봐."

애써 철거한 타이어 동굴은 롱롱프로틴이 출시된 후 눈 깜짝할 새 다시 늘었다. 몰려든 숙박 지원자를 관리하기 위해 김은 쿠폰을 만들어 타이어 가게 열 번 방문 시 일박을 허용했다. 한 번이라도 투숙했던 사람은 쿠폰이 아무리 많아도 거절당했다. 소원은 공평해야 하기 때문이었다. 숙박에 관해선 노파의 권한 밖이었다. 김은 세상모르고 잠들어 있었다.

"네, 네, 물론 그래야죠. 다음엔 꼭 그러겠습니다……. 그보다, 전 빨리 소금을 사러 가야 해서요. 그럼 전 이만……."

전직 보험왕이 자리를 뜨자 노파도 잠잠해졌다. 잠이 든 모양이었다. 정적은 오래가지 않았다.

"그런 건 아무 소용 없어요."

맞은편 동굴에서 나는 소리였다. 그녀는 타이어 동

굴 밖으로 얼굴을 내밀었다. 젖먹이가 딸린 여인이었다. 그녀는 방역 센터로 가는 버스에서 여인을 본 적 있었다. 다른 사람들처럼 여인 역시 다시 허물을 입었다. 거무스름한 얼굴에 허물이 군데군데 마른 밥풀처럼 붙어 있고 하얗게 변한 각막이 부풀어 올랐다.

"소금 말이에요. 근거 없는 민간요법에 지나지 않아요. 사람의 체액은 이미 0.9%의 염도를 포함하고 있거든요. 소금을 더 먹는다고 혈중 염도가 한없이 높아지진 않아요. 과도한 나트륨은 물과 함께 소변으로 배출되죠. 부종이 일어나고 혈압이 올라가 고혈압으로 죽을 확률만 높아질 뿐이에요. 간호조무사로 일해서 조금은 알아요."

여인은 나트륨 중독 때문에 온몸이 퉁퉁 부은 환자를 본 적 있다고 했다. 잠시 뜸을 들이더니 깊은 숨을 내쉬었다.

"병원에서 일했으면 뭘 해요. 남편이 죽기 직전까지 아무 눈치도 못 챘는데."

그녀는 동굴 안에 엎드려 있다 상체만 겨우 일으켰다. 고무 타이어에 팔꿈치 상처가 닿아 쓰라렸다. 재활용 쓰레기장에서 쿠션 같은 걸 가져와 채우면 견디기

나을지 모른다.

"그 사람은 키도 작고 뼈도 얇고, 참 볼품없는 체구를 가진 남자였어요. 그래도 다리만큼은 청어처럼 싱싱했죠……. 원래 달리기가 빠른 사람이었어요. 학창 시절 육상부에서 뛰었다니까요. 무릎 아래 유선형으로 쭉 뻗은 장딴지가 꼭 두 마리의 싱싱한 청어 같았어요. 청어 두 마리가 나란히 트랙 위를 첨벙첨벙 달리는 모습이 떠올랐죠."

아이가 잠에서 깨 보채기 시작했다. 여인은 젖무덤을 헤쳤다.

"음식점이든 백화점이든, 뭐든 배달을 위탁받는 대행업체에서 일했어요. 빨리 뛰니까 다른 사람보다 실적이 좋았죠. 늘 정신이 반쯤 나간 것처럼 보였어요. 그이는 청어 같은 다리로 물이 바짝 마른 트랙 위를 뱅글뱅글 뛰었던 거예요. 나도 병원에서 교대근무를 하니 우린 얼굴 보기도 힘들었어요. 내가 밤에 돌아오는 날이면 그이는 일찍 집에 오려고 더 빨리 뛰었겠죠. 속도가 점점 느려지더니 어느 날엔 픽 쓰러졌어요. 그 땐 이미 다리에 허물이 자라 두 마리의 악어가 돼 있더군요……."

깊고 좁은, 뱀의 기다란 배 속 같은 타이어 동굴이 여인의 몸을 칭칭 감고 있었다.

"남편이 죽고 나서 애가 생긴 걸 알았어요. 애만큼은 허물 없이 키우려고 안간힘을 썼는데……. 요즘 내가 무슨 소원을 비는 줄 알아요? 이 아이가 허물을 벗고 트랙 위에 다시 설 수 있게 해달라고 빌어요."

여인은 칭얼대는 아이를 달랬다.

"알아요. 언젠가 이 아이에게도 허물이 생길 거라는 거. 하지만 이 지옥에서 벗어날 다른 방법을 모르겠는걸요. 도무지 상상조차 되질 않아요. 고작 거기까지가 상상의 끝이라니……. 내겐 그 트랙이 세상의 끝이나 마찬가지예요."

여인에겐 상상의 끝이 세상의 끝이었다. 상상 없이 세상은 더 넓어지지 않았다. 아이가 맹렬하게 빈 젖을 빠는 소리가 들렸다.

타이어 동굴마다 숨소리가 들렸다. 숨소리에 검은 구멍들이 부풀었다 조용히 가라앉았다. 선잠을 깬 노파가 나지막이 기도하는 소리가 들렸다.

"저들은 아귀처럼 소망을 탐하나이다……."

4

헬스클럽이 습격당한 것은 예상치 못한 일이었다. 습격은 한밤중에 일어났다. 요란한 폭발음이 들렸다. 척이 밖으로 뛰쳐나갔을 땐 입구는 이미 불길에 휩싸여 있었다. 용의자를 찾는 사이 헬스클럽 안에서 불이 치솟았다. 소화전이 요란하게 울렸다. 상수도 급수관에 연결된 가압 송수 장치에서 물이 폭우처럼 쏟아졌다. 천장에 설치된 열감지기 때문이었다. 척은 쏟아지는 물줄기 아래 속수무책으로 서 있었다.

용의자는 다음 날 체포됐다. 세 명의 괴한이 CCTV에 얼굴까지 제대로 찍혀 있었다. 척이 습격이라 착각한 것은 폭죽 때문이었다. 건물 앞에서 한꺼번에 쏘아 올린 폭죽이 불꽃을 튀기면서 헬스클럽 창으로 날아들었다. 몇 개는 불량품이었는지 여러 발이 한꺼번에 불붙어 작은 폭발을 일으켰다. 괴한들이 혼비백산 흩어졌다. D구역 아이들이었다. 그중엔 두목 원숭이도 있었다. 아이들은 광고 속 롱롱과 T의 전투 장면을 흉내 낸 것이었다. '도와줘요, 파워 업 에너지!' 롱롱의 외침이 아이들에겐 예사롭게 보이지 않았다. 뉴스에 나온 아이들은 도시를 혼란에 빠뜨리는 레지스탕스가 돼 있었다.

소동은 거기에 그치지 않았다. 날이 밝으면 길가의 벽면에 롱롱이 하나씩 늘어났다. 눈부신 허물을 단 롱롱이 하늘로 솟구치는 그림이었다. 광고판에 설치된 T는 하룻밤 사이 얼굴에 검은 스프레이가 더해져 달마티안으로 둔갑해 있기도 했다. 그녀는 가끔 후리가 지친 얼굴로 새벽에 돌아와 타이어 안에서 잠드는 것을 모른 척했다.

한동안 지켜만 보던 김이 후리를 밖으로 불러냈다. 그녀는 사육장에서 수조를 꺼내 온 참이었다. 일주일에 한 번은 가게 뒤편에 있는 수돗가에서 말끔히 닦아야 했다. 김이 호스를 잡고 수조에 물을 대줬다.

"내가 우리 형 얘기를 했었나?"

김이 뜬금없는 얘기를 꺼냈다.

"아저씨한테 형이 있었어요? 처음 듣는 얘긴데?"

후리는 바닥에 튀는 수돗물을 피해 야단스럽게 발을 뒤로 뺐다.

"우리 형은 방역 버스를 타고 갔다 돌아오지 않았어. 방역 센터에 혹시 형이 살아 있을까, 찾으러 갔는데 막상 가니까 무섭더라고. 형을 찾기는커녕 벌벌 떨다 나왔지."

타이어가 유일한 기댈 언덕이라고 입버릇처럼 말해
왔던 김이었다. 가족에 관한 이야기는 그녀도 처음 듣
는 것이었다.

"아, 그래서 매일 안절부절못하고 있었던 거구나."

무언가를 쫓는 것 같기도 하고, 무언가에 쫓기는 것
같기도 했던 김을 그녀도 기억하고 있었다. 그녀는 마
른풀을 한 움큼 쥐고 수조의 얼룩을 닦아냈다.

"우리 형이 말이야, 재생타이어 공장에서 일했는데
말이야……. 이제 유황으로 재생타이어를 만드는 기술
을 기억하는 사람도 거의 없을 거야. 우리 형이 그 분
야에서는 일인자였지. 중학교를 졸업하자마자 일을 시
작했어. 난 틈만 나면 형이 일하는 공장으로 찾아갔지.
형은 능숙하게 헌 타이어에서 휠을 떼어내 케이싱을
벗겨 오일을 붓고 전면 재생을 하거나 발칸 재생을 했
어. 그게 내 눈엔 얼마나 멋져 보이던지……. 세 살밖
에 차이가 안 났는데도 훨씬 어른처럼 보였지. 내가 틈
틈이 설명해줬지? 케이싱을 만들 때 고무와 유황을 결
합시켜서……, 형을 졸졸 따라다니면서 어깨너머로 저
절로 알게 된 거야."

얘기에 열중하느라 김은 수조에 물이 넘치는 걸 알아채지 못했다. 후리가 얼른 수도꼭지를 잠갔다.

"돈도 얼추 모으고 늦장가라도 가면 되겠다 싶었는데 형이 낯선 사람들과 어울려 다니기 시작했어. 허물을 쓴 사람들이었어. 형한테도 팔다리에 덕지덕지 누런 더께가 앉았더라고. 엉망진창 갈라졌지. 얼마나 긁었던지 진물이 질질 흘렀어. 참혹했지. 아주, 몹시⋯⋯ 참혹했다고. 얼마 안 가 방역대에 체포됐어. 방역 센터 소유 차량을 점검하면서 일부러 타이어에 손상을 입혔다는 거야. 종종 알 수 없는 이유로 방역 버스 타이어가 펑크 나서 도로에 처박혔던 게 바로 우리 형 때문이라는 거야⋯⋯."

그녀는 방역 버스 전복 사고를 기억하고 있었다. 버스 다섯 대가 며칠 간격을 두고 연속해서 타이어가 빠져 전복되거나 갓길에 처박혔다. 사고는 모두 차고지를 벗어난 직후 일어났다. 그녀는 달리는 버스를 피해 먼 길을 걸어 동물원에 가곤 했다. 이듬해 보육원에서 나와 독립해야 했다. 그녀에게 그 사건은 세상이 불완전하다는 징표처럼 보였다.

"형은 돌아오지 않았어. 나중에 방역 센터에 격리됐

다는 통보만 받았지. 형이 사라졌다는 사실을 그 통지서가 유일하게 증명해준 셈이야……. 난 방역 버스가 백 대쯤 줄지어 돌아다녀도 상관없어. 형이 내 곁에 있는 게 훨씬 낫다고 생각해."

김이 마른 입술에 침을 바르며 후리를 쳐다봤다. 달마티안은 그만하면 됐으니 제발 가슴 졸이게 하지만 말아다오.

"정말 아저씨 형이 한 일이라고요?"

기대와는 달리 후리는 엄지를 번쩍 치켜들며 박수까지 쳤다. 더 얘기해달라고 조르는 통에 김은 후리를 설득하는 걸 포기했다.

"우리 형 말이, 방역 버스 배기가스 배출 장치가 개조된 거 같다고 하더라고. 딱 한 번 면회를 간 적 있었거든. 유치장에 있을 때."

버스 배출 장치가 정확히 어떤 기능을 하는지 그녀는 알지 못했다. 어떤 목적을 가지고 본래 기능과는 다르게 변형됐다는 말로 이해할 뿐이었다.

"배기가스? 대기가 오염될까 봐 그랬나?"

후리의 말에 김이 어이없다는 듯 피식 웃었다.

"배기가스 배출 장치란 게 본래 가스를 배출하는 장

치란 말이지. 조작했다면 둘 중 하나야. 가스 배출을 막으려는 목적이거나, 가스 말고 다른 게 배출되도록 하거나. 근데 버스 배기가스 배출을 막는 건 상식적으로 이해가 안 되는 일이고, 공해물질 줄이려고 개조했다면 그걸 비밀리에 하지는 않잖아? 그럼 뻔하지. 다른 걸 배출한 거야. 배기가스에 섞어서."

가스 말고 다른 것……. 그녀는 수조의 얼룩을 닦아내면서 입 밖으로 중얼거렸다.

"쉿!"

후리가 다급한 손짓으로 그녀의 입을 막았다. 건물 뒤편으로 발소리가 빠르게 사라졌다.

5

방역대가 타이어 가게 주변을 밤낮으로 감시했다. 방역 센터는 롱롱의 위험성을 알리는 경고의 횟수와 강도를 높였다. 이번엔 시민들도 롱롱을 쉽사리 포기하지 않았다. 롱롱프로틴에 불어넣은 소망도 만만치 않았기 때문이다. 공포는 밖에서 창을 세차게 흔들었지만 사람들은 조용히 뒷문을 열어 소망을 맞아들였다. D구역엔 터질 듯한 긴장감이 돌았다.

공 박사가 다시 찾아온 건 그 즈음이었다. 쇼윈도 밖에서 그녀를 정면으로 응시했다. 눈이 마주쳐도 피하지 않았다. 김은 프로틴 반죽을 굴리고 있었고, 다른 사람들도 집회에 열중하느라 이쪽을 눈여겨보지 않았다. 그녀는 문을 열고 밖으로 나갔다.

그녀가 다가오자 공 박사는 산책 나온 사람처럼 앞장서 천천히 걷기 시작했다.

"안심하게. 자네를 체포하진 않아. 난 그저 이야기를 나누고 싶어서 온 걸세."

혼자 찾아올 생각을 하다니. 지나친 자신감일까, 상대를 우습게 보는 것일까. 그녀는 공 박사가 자기 확신이 강한 쪽일 거라고 생각했다. 머릿속에 있는 것을 현실로 만들어낸 사람, 기업도시를 설계하고 시스템을 만들고 통제해온 사람이다. 시민들이 방역 센터가 아닌 롱롱에게 희망을 걸게 된 것은 그의 통제 밖에서 이뤄진 일이었다. 제 손으로 오점을 완벽히 지워내고 싶어 혼자 왔는지도 몰랐다.

"여기 온 게 처음은 아니라네."

밖에서 롱롱을 지켜만 보다 그대로 돌아간 걸 말하는 거라면, 그녀도 이미 아는 일이었다.

"과학자로서 호기심을 억누를 수 없었지. 보고만으로는 부족했네. 내 눈으로 직접 확인하고 싶었네. 과연 엄청난 놈이더군. 저렇게 큰 것은 생물학적으로도 매우 희귀한 경우야. 그런데 기껏 저렇게 엄청난 뱀을 손에 넣고 자네들 벌이는 짓이 허물을 벗겨달라고 엎드려 비는 것이더군."

공 박사의 목소리가 가늘게 떨렸다. 그의 분노는 육체적인 고통에 가까워 보였다.

"그게 그렇게 하찮은 짓이라면 왜 일부러 공포를 부추겨 롱롱을 괴물로 만든 거지?"

그녀의 말에 앞서가던 공 박사가 뒤돌아섰다.

"그럼 롱롱이 뭐가 되어야 한다고 생각하나? 허물을 벗겨주는 신? 이 도시에서 허물을 벗겨주는 존재는 방역 센터 하나뿐이야. 그래서 한 수 가르쳐준 거지. 그래, 가르쳐준 보람이 있었어. 롱롱프로틴을 만들었더군. '공포'에 대응해 '소망'을 들고나온 것은 박수쳐줄 만했다네. 하지만 멈출 때가 됐어. 그만하면 됐다네. 정도가 지나치면 화를 부르게 돼 있어. 쓸데없는 짓 그만두고 뱀을 넘겨. 뱀이 허물을 벗지 못해 괴로워하고 있단 걸 알고 있네."

그녀는 애서 당혹감을 감췄다. 롱롱의 정확한 상태를 아는 사람은 그녀가 유일했다. 노파조차도 신의 때를 기다리고만 있었다. 공 박사는 그걸 어떻게 알았을까. 건물 뒤편으로 빠르게 사라지던 발소리. 누군가 감시하고 있었던 걸까.

"빠르면 빠를수록 좋아. 뱀을 끌고 방역 센터로 오는 게 좋을 거야."

그녀에게 뱀을 끌고 오라는 건 롱롱을 강제로 포획하기엔 이미 늦었다는 걸 인정한 거나 다름없었다. 지금 롱롱은 거대한 뱀, 그 이상으로 부풀어 있었다.

"포획해 갈 수 있으면 그렇게 해."

그녀는 오던 길로 되돌아섰다. 상대의 패가 보잘 것 없다는 것을 확인했으니 더 들을 필요가 없었다.

"내가 뱀 한 마리를 어쩌지 못할 것 같은가? 그래서 자네한테 부탁이라도 하는 것 같아?"

그녀는 걸음을 멈췄다. 언제든 롱롱을 포획할 수 있지만 그러지 않았다는 말로 들렸다.

"롱롱이 허물을 벗지 못하면 어떻게 되겠나? 아니,

허물을 벗고도 아무 일이 일어나지 않으면 어찌 될지 생각해봤나? 이후에 벌어질 일을 감당할 준비가 돼 있나? 자네도, 롱롱도 무사하진 못할 거야. 그땐 진짜 공포가 뭔지 알게 될 테지."

그녀가 두려워하고 있는 게 뭔지 공 박사는 정확히 간파하고 있었다.

"이제 알겠나? 자네는 절대 꺼내서는 안 되는 것을 세상에 꺼낸 거야. 지금이라도 내게 롱롱을 데려오게. 적당한 때가 되면 방역 센터에서 롱롱이 허물을 벗다가 폐사했다고 발표하겠네. 그럼 롱롱의 전설은 거짓도, 진실도 아니게 되지."

"롱롱을 죽게 내버려 두지 않아."

분수대에서 평화롭게 유영하던 뱀에게 목줄을 걸었을 때부터 그녀는 어렴풋이 알고 있었다. 롱롱을 세상 밖으로 꺼낸 대가를 누군가 치러야 한다면, 그건 바로 그녀 자신이라고.

"자네가 미처 모르는 게 있어. 환상은 환상일 뿐이야. 헬스클럽이 불탄 것은 무엇을 의미한다고 생각하나? 시민들이 엉뚱한 상상력을 발휘하기 시작한 거야. 권투로 말하자면 헛스윙을 날린 거지. 앞으로도 그러지 말란 법이 있나? 환상은 스스로 몸을 부풀려 엉뚱한 괴물이 될 수도 있어."

그녀는 뒤돌아서 타이어 가게를 향해 똑바로 걸어갔다. 롱롱을 방역 센터로 데려오라는 협박에는 답할 가치가 없었다. 공 박사가 소리쳤다.

"자네들은 환상을 부풀린 대가를 반드시 치르게 될걸세. 멋대로 부풀린 환상 때문에 스스로 무너지게 될거야."

그는 끈질기게 요구했다.

"뱀을 살리고 싶다면 내게 데려와!"

6

타이어 가게에 밤은 일찍 찾아왔다. 국도 변을 오가는 자동차는 드물었고 허물 쓴 사람들은 기다리는 것 외에 할 일이 없었다. 타이어 동굴 숙박은 누구에게나 일박만 허락됐다. 오늘 밤 롱롱이 허물을 벗기를, 그들은 동굴 속에서 절망적으로 소망을 부풀렸다. 부풀 대로 부푼 타이어 동굴은 작은 불씨에도 폭발해버릴 것 같았다. 방역 센터도 심상치 않았다. 여전히 공포를 부추기는 한편, 레지스탕스를 체포하는 데 열을 올렸다. 방역대가 타이어 가게로 가는 길목을 지키고 있다 무작위로 잡아들인 사람들이었다. D구역엔 폭도란 새로운 죄목이 더해졌다. 낙관적인 조짐은 어디에도 없었다. 이 모든 것들은 밤이 되길 기다려 그녀를 덮쳤다. 그중 그녀를 가장 불안하게 하는 건 척이었다.

헬스클럽으로 찾아갔을 때 척은 운동기구들을 손보고 있었다. 화재 뒷수습에 매달리느라 몹시 지쳐 보였다. 그녀는 척을 도와 검게 그을린 트레드밀을 한쪽으로 옮겼다. 공 박사를 만났다는 말에 척은 잠시 숨을 골랐다.

"공 박사가 롱롱을 포획해 가지 않은 건 시민들의 반발을 우려해서가 아니란 말입니까?"

"뭔가를 기다리고 있어."

그녀가 트레드밀 데크를 바닥에 내려놓았다. 척은 데크를 열어 부품에 이상이 없는지 살폈다.

"뭘 기다린단 말입니까? 혹시, 롱롱이 허물을 벗는 걸 기다린다는 말입니까?"

그녀가 고개를 끄덕였다. 사람들이 롱롱에게 원하는

것이 있다면 하나였다.

"허물을 벗을 때까진 사육사에게 맡겨두는 편이 낫다고 판단했을 거다……? 그럴 수도 있겠군요. 뱀을 돌보는 건 사육사니까요."

척이 스패너를 쥔 채 그 자리에 털썩 주저앉았다.

"롱롱이 허물을 벗지 못하고 괴로워한다는 걸 알고 있었어. 더 기다릴 수 없어 찾아온 거야."

뱀을 살리고 싶다면 데려와. 공 박사의 마지막 말은 협박이 아니었다.

"대체 공 박사는 롱롱의 허물을 어디에 쓰려는 걸까요? 설마 전설을 믿진 않을 테고. 누구보다 도시가 허물로 뒤덮이길 원하는 사람 아닙니까?"

'세금 대신 허물을!' 방역 센터 곳곳에 비치된 홍보물엔 슬로건이 빠짐없이 적혀 있었다.

"어쩌면 공 박사가 원하는 게 허물이 아닐지도 몰라."

"그게 무슨 말입니까?"

"후리가 소량의 치료제만으로 허물을 벗었다고 했어."

허물이 생각보다 쉽게 벗겨진다는 후리의 말은 처음

부터 의미심장하게 들렸다. 방역 센터에 시민들을 8주나 머물게 하는 데는 다른 이유가 있을지 몰랐다.

"방역 센터에 머무는 8주가 치료 목적이 아니라 임상시험과 관련 있을지도 모른다는 말입니까? 그럴 수도 있겠군요. 1상 단계의 임상시험은 일반인을 대상으로 하니까 대상자를 선별하지 않아도 가능할 겁니다. 2상과 3상은 선별해야겠지만."

척의 이마에 땀방울이 맺혔다.

"속단할 순 없지만, 시민들의 허물을 벗기는 것만이 목적은 아니야. 롱롱도 마찬가질 거야."

"시험 중인 신약과 허물이 관계있는 걸까요?"

척이 가쁜 숨을 몰아쉬며 답답한 듯 목을 좌우로 움직였다. 검은 목덜미에 식은땀이 흘렀다. 땀에 젖은 셔츠가 피부에 달라붙어 회색빛으로 보였다.

그녀는 타이어 동굴 안에서 몸을 뒤척였다. 낮에 본 척은 힘겨워 보였다. 아픈 거냐고 물으면 자리를 피했다. 예감이 좋지 않았다. 검은 공간이 오그라들어 가슴을 죄는 것 같았다.

"이 사람의 죄올시다, 이 사람의 죄올시다……."

노파의 기도가 타이어 홈을 타고 빙글빙글 돌았다.

집회를 이끌 때면 노파는 사방으로 기를 뿜어내며 육신이 공중으로 솟아오를 것처럼 보였지만 집회가 끝나면 탈진해버렸다. 때로 새벽까지 사육장 앞에 홀로 남아 빌었다. 노파의 기도는 간절했다. 주름진 몸뚱이 저 밑바닥에 고여 있는 질기고 냄새나는 무엇, 끈질긴 기다림과 두려움, 믿음과 후회…… 그 모든 것을 오랜 시간 쏟아냈다. 삐걱삐걱……. 타이어 비틀리는 소리가 끼어들었다. 롱롱이 몸을 뒤트는 소리였다. 어둠 속에서 그 소리는 뱀의 신음처럼 들렸다.

"허물을 쓰고 죽은 어미의 한을 풀어주십사이다……. 못난 중생에게 속죄의 길을 열어주십사이다……."

모친에 대한 얘기였다. 노파의 모친은 스스로 허물을 벗었다 했다. 노파가 두 눈으로 똑똑히 봤다고 했다. 허물을 쓰고 죽다니? 노파가 거짓말을 한 걸까. 그녀는 타이어 동굴에서 기어 나와 사육장 앞으로 갔다.

"허물을 벗은 사람이 왜 허물을 쓰고 죽었다는 거지?"

노파가 그녀를 향해 비스듬히 고개를 돌렸다.

"허물을 벗은 뒤엔 다시 허물이 생겨나는 게야. 허

물이 생기고, 허물을 벗고, 또다시 허물이 생기는 건 타고난 숙명이지. 우리 모친은 죽을 때 허물을 쓰고 있었어."

그녀는 예기치 못한 곳에서 수렁을 만나 머리끝까지 푹 빠진 기분이었다. 허물을 벗은 후에 또다시 허물을 입는다면 방역 센터에서 벗는 것과 다를 바 없었다. 어째서 그녀는 스스로 허물을 벗은 사람은 다시 허물을 쓰지 않는다고 믿었을까.

"하지만 롱롱은 허물을 영원히 벗겨준다고, 전설에서⋯⋯."

"롱롱이 벗겨줬다고 하지 않았다. 모친이 스스로 허물을 벗는 걸 봤다고 했다."

그녀는 얼빠진 표정으로 노파의 주름진 입을 보고만 있었다.

"전설은 전하는 입마다 다르지. 자신이 믿고 싶은 것만을 다음 사람에게 전하기 때문이야. 믿음은 저절로 싹을 틔우는 것이 아니다. 무엇을 믿을 것인지 스스로 택하는 게야. 제 손으로 터를 파서 기둥을 세우고 지붕을 올려 집을 짓는 것이지. 너는 스스로 허물을 벗으면 마땅히 다시는 입지 않아야 한다고 믿었던 게

지."

노파의 말이 맞았다. 아무도 그녀를 속이지 않았다. 무른 터에 허술한 기둥을 세운 건 그녀 자신이었다. 이제라도 하나씩 짚고 넘어가야 했다.

"모친은 허물을 벗었는데 왜 당신은 허물을 벗을 수 없는 거지?"

노파의 눈동자에서 불똥이 후드득 떨어졌다.

계집애를 둘러메고 나온 것은 모친이었다. 마당에 내팽개쳐진 계집애는 불붙은 이불을 벗고 뛰었다. 불꽃이 모친에게로 달려들었다. 새된 비명이 마당과 지붕을 뒤흔들었다. 나팔꽃 아가리가 아니었다. 계집애의 가슴뼈에서 터져 나왔다. 빨간 불꽃이 모친을 잡아먹고 있었다. 팔다리를 먹어 치우고 등과 머리를 삼켰다. 혼잡한 불꽃 속에서 눈동자가 보였다. 애타게 계집애를 찾았다. 계집애는 까무러쳤다.

깨어났을 땐 마당에 검은 재가 소복이 남아 있었다. 옆에 타다 남은 이불이 있었다. 벗어버리고 달아난 허물처럼.

"허물을 입지 않으려 발버둥 쳤지. 모친의 눈꺼풀을 덮었던 바로 그 허물이 내 몸을 덮는다는 건, 끔찍했다. 하지만 결국엔 나도 두꺼운 이불 같은 허물에 덮였다. 모친과 달리 난 허물을 벗을 수 없었어. 프로틴을 먹으라는 대로 먹고, 따뜻한 물에 사흘 내내 들어앉아도 보고, 굵은 소금을 피가 나도록 문질러도 봤다. 왜 나는 허물을 벗을 수 없을까. 벌을 받은 게야. 다시는 이불을 벗어 던지고 달아나지 못하게 말이다."

"프로틴? 혹시, 모친도 프로틴을 먹었어?"

"말도 안 되는 소리! 모친이 죽었을 때 방역 센터도, 프로틴도 없었다."

발에 차인 돌멩이가 까마득한 골짜기로 떨어지는 소리가 이명처럼 들렸다. 어째서 한 번도 프로틴을 의심하지 않았을까. 방역 센터에서 그토록 집요하게 강요하는 프로틴을.

삐걱삐걱……. 롱롱이 몸을 뒤트는 소리가 들렸다. 노파가 그녀의 눈을 지그시 바라봤다.

"롱롱은 틀림없이 허물을 벗을 게다. 뱀은 허물을 벗기 직전 움직임이 둔해지고 예민해지는 법이야. 그때가 제일 위험한 때다. 느리고 둔해 보인다고, 죽은 것처럼 보인다고 만만히 보다가는 단번에 잡아먹히거든. 콱!"

게슴츠레 뜬 노파의 눈이 달빛에 번들거렸다. 비현실적인 광채였다.

7

척이 타이어 가게로 옮겨 왔다. 하루가 다르게 쇠약해졌기 때문이다. 보다 못한 후리가 짐을 싸서 끝다시피 데려왔다. 척은 타이어 동굴에서 거의 나오지 않았다. 한 번씩 모습을 드러낼 때마다 안색이 더 어두워졌다. 근육도 몰라보게 줄어든 것 같았다. 김과 후리가 번갈아가며 괜찮냐고 물었지만 그때마다 고개만 끄덕였다.

그녀는 새벽부터 척의 타이어 동굴 앞에 서성였다. 밤새 신음 소리가 들렸다. 서서히 무너져가는 그의 육체를 지켜보는 것은 고통스러웠다. 그녀의 그림자를 보고 척이 힘겹게 타이어 밖으로 기어 나왔다. 두 사람은 바닥에 놓인 타이어 위에 나란히 걸터앉았다.

"그 뒤로 공 박사 쪽에서는 아무런 움직임이 없습니까?"

척은 지쳐 보였지만 목소리만은 평소처럼 정돈돼 있었다. 상대를 향해 성큼성큼 걸어오는 것 같은 눈빛도 여전했다.

"그 얘길 하려는 게 아냐. 넌 치료받아야 해."

"내 문젭니다."

척이 잘라 말했다. 개인적인 일이니 상관 말라는 걸까. 그녀는 할 말을 찾지 못했다. 존댓말과 반말을 제대로 쓸 줄 모르는 그녀는 마음의 거리를 가늠하는 데 미숙했다. 어쩔 수 없이 그 사실을 깨닫는 순간이 닥치면 자신이 심한 난독증 환자처럼 느껴졌다.

"T-프로틴이 수상해."

그녀는 노파에게서 들은 이야기를 꺼냈다. 아직 이른 시간이라 주변엔 아무도 없었다.

"노파가 허물을 벗지 못하는 건 T-프로틴 때문인지도 몰라. 방역 센터도, 프로틴도 없었던 시절, 모친은 스스로 허물을 벗었다고 했어."

척이 그녀에게 허락한 말은 허물과 방역 센터에 관한 게 전부였다.

"확인해봅시다."

척이 자리에서 일어났다. 망설일 시간조차 남아 있지 않은 사람처럼.

"공 박사의 연구실로 가자는 거야? 당장은 불가능해."

방역 센터에 가면 T-프로틴 성분을 알아낼 수 있을 것이다. 내부를 잘 아는 후리라면 가능할지 모른다. 지금 충동적으로 움직이는 건 무모한 짓이었다.

"그곳이 아닙니다."

"어디든, 나 혼자 가."

"난 괜찮습니다."

척이 그녀의 손을 잡아 일으켰다. 그녀는 멈칫했다. 손이 아니라 심장을 잡힌 것 같았다. 달아나려고, 심장이 빨리 뛰었다.

"날 믿어야 합니다. 롱롱을 믿듯이."

척의 마음이 그 말에 온전히 담겨 있는 것을, 그녀는 느낄 수 있었다. 숨을 내쉬고 들이쉴 때마다 폐가 부풀고 또 그것 때문에 심장이 뛰는 것이 분명한 사실인 것처럼.

은근짜의 사무실은 엉망으로 흐트러져 있었다. 테이블 위엔 서류 더미가 무너져 있고 캐비닛도 열려 있었다. 은근짜는 골머리를 싸매고 있다 두 사람이 들어오자 벌떡 일어났다.

"어이구, 무슨 일이십니까? 전화를 받고 깜짝 놀랐습니다. 근데 용건이……? 보시다시피, 회사가 좀 어수선합니다. 어제 세무조사를 받았거든요. 방역 센터가 경쟁회사를 압박하는 유치한 짓거리를 하는 거죠. 롱롱프로틴의 책임자가 저라서 여간 곤란한 게 아닙니다. 말도 마십쇼. 어제 회의 때도 호되게 당했어요."

그의 얼굴엔 피로가 거미줄처럼 드리워져 있었다.

"T-프로틴의 성분 분석표를 보고 싶어."

그녀가 앞뒤 설명 없이 요구하자 은근짜는 황당한 표정을 지었다.

"그걸 보여드리는 건 일도 아닙니다만……. 우리는 경쟁회사의 제품을 항상 연구하고 있으니까요. 근데 그걸 어디다 쓰려고 그러시나?"

이곳저곳에서 흠씬 당한 뒤라 은근짜는 방어막부터 쳤다.

"T-프로틴은 매달 신제품을 출시하고 있습니다. 경

쟁 제품의 성분을 알아야 이쪽에서도 대응을 할 거 아
닙니까."

척이 둘러댔다.

"그거야 저희도 알고 있는데요, 왜 그쪽에서 성분
분석표가 필요하냐는 거죠. 제 말은."

은근짜는 얼렁뚱땅 넘어갈 마음이 없어 보였다.

"롱롱프로틴 매출이 떨어지면 롱롱에 대한 관심도
줄어들게 될 테니까요. 관심을 가지는 게 당연하지 않
습니까?"

"그래서요? 생각해둔 거라도 있다는 말씀인가요?"

안 그래도 최근 T-프로틴이 고가 전략과 저가 전략
을 동시에 들고나와 대책 마련이 시급했다. 생각지도
못한 곳에서 아이디어가 나올지 몰랐다.

"성분 분석표, 봐야겠어. 지금 당장."

그녀는 더 기다릴 마음이 없었다. 역시 앞뒤 설명은
없었다. 은근짜는 움찔했다. 사육사의 부탁인데 더 이
상 깐깐하게 굴어선 안 될 것 같았다. 앞으로도 롱롱의
협조를 구할 일이 얼마나 생길지 모르는데.

은근짜가 책상 서랍을 뒤져 T-프로틴 성분 분석표
를 꺼냈다.

"회사 기밀은 아니니까 보여드려도 괜찮겠죠. 절대 다른 곳에 유출해선 안 됩니다."

분석표를 살펴보던 척이 손가락으로 낯선 단어를 가리켰다.

"이건 뭡니까?"

"아, 그거요? 신단백질은 신단백질인데, 연구원들도 모르겠다고 하더군요. 원래 신단백질이란 게, 아미노산의 염기서열을 재조합해 완전히 새로 설계하는 겁니다. 불치병 치료를 위한 신약은 물론이고, 건강식품과 분해되는 플라스틱 생산에 이르기까지 광범위하게 적용할 수 있는 첨단기술이란 말이지요. 웬만한 연구실에선 엄두를 못 내는 기술입니다. 이건 방역 센터에서 최근에 새로 조합한 신단백질인 모양인데……."

"신단백질이 어떤 역할을 하는지 몇 가지 실험을 해 봤으면 좋겠습니다. 신제품 개발에 아이디어를 얻을 수 있을 겁니다."

은근짜는 선뜻 받아들이기 어려웠다. 아무리 협력관계라지만 외부 사람에게 회사 내 연구실을 개방하는 일이었다. 협조문을 받고 상부 결재를 받아야 했다. 은근짜는 그녀를 슬쩍 곁눈질했다. 그녀는 연구실로 가기 위해 이미 복도로 나가 있었다.

"까짓것, 그럽시다. 연구실로 안내해드릴게."

어쨌든 미리미리 경쟁회사 제품의 성분을 분석해 신제품 아이디어를 내놓으면 누이 좋고 매부 좋은 일 아닌가. 이 정도는 프로젝트 책임자 선에서 전결 처리해도 되지 않을까.

실험은 간단했다. 모두가 지켜보는 가운데 연구원이 T-프로틴에서 신단백질을 추출해 허물 세포에 주입했다. 허물의 질감이나 색이 미묘하게 달라지는 게 육안으로도 관찰됐다. 연구원은 정확한 결과를 얻기 위해선 좀 더 정밀한 조직검사가 필요하다고 했다.

"결과가 나오면 바로 연락드릴게. 저희도 이만 업무를 봐야 해서 말입니다……."

은근짜는 신제품 아이디어를 쥐어짤 생각에 벌써부터 머리가 아팠다. 그는 불청객을 몰아내자마자 사무실로 바삐 걸어갔다.

척은 짧은 외출에도 힘겨워 보였다. 돌아오자마자 타이어 동굴 속으로 깊숙이 들어갔다. 그녀는 팔꿈치에 체중을 싣고 척의 동굴 속으로 느릿느릿 밀고 들어

갔다.

그녀는 말없이 그의 곁에 누웠다. 두 사람이 나란히 눕자 타이어 안이 꽉 찼다. 척이 등지고 눕자 그녀는 그의 윗옷을 들췄다. 목덜미에 작은 점으로 시작했던 반점은 이제 검은 담요처럼 등 전체를 덮고 있었다. 방역 센터에서 임상시험을 받았던 것과 관련 있을지 몰랐다.

"뭐 하는 겁니까?"

그가 밀어내도 그녀는 물러날 생각이 없었다. 방역 센터에 관한 한, 두 사람은 서로를 깊숙이 끌어들였다.

"치료받아. 색깔이나 형태가 일반적인 허물과는 달라."

그녀는 척에게 이 도시를 떠나라고 했다. 이곳에서 섣불리 몸을 드러냈다간 당장 방역 센터로 끌려갈 것이다.

"해야 할 일이 있습니다. 방역 센터 안에는 아직도 강제 임상시험을 당하고 있는 사람들이 있습니다. 그들을 밖으로 드러내야 공 박사가 무슨 일을 꾸미고 있는지 알 수 있습니다."

그가 힘겹게 옷을 추슬렀다.

"너도 강제 임상시험을 당했어. 내일이라도 시민들에게 알려. 그리고 다른 도시로 가."

"공 박사는 허물 치료제 부작용이라고 할 겁니다. 임상시험이 아니라. 방역 센터에서 죽은 사람들의 공식적 사인은 모두 그렇게 통보됐습니다."

"시간이 지나면 손을 쓸 수 없게 될지도 몰라."

"곧 끝날 겁니다."

어떤 말로도 척을 설득할 수 없었다. 그는 외로워 보였다. 그녀는 외로움을 견디기 위해 내부에 사육장을 짓고 뱀을 끌어들였다. 똑딱똑딱 시간이 잘리는 동안 뱀 한 마리만 남아 조각난 시간을 날름날름 집어 먹으며 살쪄갔다. 척이 지은 사육장 안에는 아무것도 없었다. 그의 방이 떠올랐다. 생활의 잔해들이 떠밀려온 버려진 해변.

그녀는 척의 검은 등을 어루만졌다. 조각난 뼈를 맞추는 것처럼, 그것들이 태어난 자리를 아는 것처럼. 척의 몸 안에 있는 이백여섯 개의 뼈와 크고 작은 근육들이 움직이는 것을 그녀는 온전히 느낄 수 있었다. 그녀의 손 안에서 제자리를 찾아가는 조각들처럼 그는 조용히 그녀가 다음 조각을 찾기를 기다렸다. 그의 팔이 마치 매달리듯이, 그녀의 몸에 감겼다. 쇳덩이를 매단 하이폴리의 손잡이를 힘껏 당길 때처럼 그의 몸 안에 있는 모든 뼈와 근육이 완전히 자신에게 몰두하리라는 것을, 그녀는 알았다. 그녀와 그의 움직임에 맞춰 타이어가 바닥에 마찰됐다. 좁은 틈새에 몸을 마찰시켜 허물을 벗는 뱀처럼 척의 몸이 그녀의 몸에 부딪쳐왔다. 두 사람은 시간을 들여 조금씩 옷을 벗어 내렸다. 그녀의 몸은 큐티클처럼 단단했다. 검은 담요에 덮인 척의 몸은 허물어질 것 같았다. 두 사람은 쉴 새 없이 서로의 다리를 감았다 또 풀었다. 두 사람의 숨소리가 타이어 안을 윙윙 떠다녔다. 어지러운 그의 체취와, 확신을 갖고 움직이는 그의 근육과, 따뜻한 숨이 흘러나오는 그의 입술 때문에 그녀는 서서히 잠 속으로 빠져들었다.

8

일주일 후, 은근짜가 타이어 가게로 찾아왔다. 김이 반갑게 손을 내밀었다. 은근짜는 카운터 파트너였던 김에게 간단히 목례만 하고 척과 그녀에게로 갔다. 머쓱해진 김은 입맛을 다시며 따로 볼일이 있는 것처럼 밖으로 나갔다.

"신제품 아이디어가 속속 나오고 있습니다. 소비자의 마음에 쏙쏙 파고들어 갈 기막힌 아이디어가 쏟아지고 있다니까요. 발랄하고 청순하고 시크한 매력을 가진 롱롱프로틴이죠. 상상이 가십니까? 하! 하! 지난번 그쪽에서 부탁한 그것도 있고 해서, 겸사겸사 왔습니다."

그녀와 척은 가게 뒤편 창고로 은근짜를 데려갔다. 어딘가 있을지 모를 감시자를 경계해야 했다.

은근짜가 가방에서 서류 봉투를 꺼내 척에게 내밀었다. 봉투 안에는 T-프로틴에 함유된 신단백질의 실험 결과가 담겨 있었다. 은근짜는 그런 것에는 관심 없었다. 어디까지나 경쟁사의 문제였다. 롱롱프로틴과는 전혀 상관없었다. 신제품 아이디어를 얻기 위해 연구원에게 분석을 의뢰하긴 했지만, 애초에 애완동물사료를 만들던 회사에서 T-프로틴을 흉내 내는 건 불가능했다.

"그리고 말입니다, 또 한 가지 말씀드릴 게 있어요.

신제품 광고 촬영이 예정돼 있어요. 당연히 롱롱이 등장할 겁니다. 아, 별도 촬영은 필요 없습니다. 지난번 크로마키로 찍어뒀던 걸 편집해서 쓰면 되거든요. 크로마키 아시죠? 블루스크린 앞에서 롱롱을 따로 찍어서 배경과 합성하는 겁니다. 이번에도 지난번처럼 롱롱의 모델료는 별도로 지급하지 않는다는 점, 미리 양해 말씀 드립니다. 아시다시피, 롱롱의 소유권이 딱히 사육사에게 있다고 말하기도 곤란하잖습니까? 롱롱은 공기나 바닷물처럼, 자연의 일부나 마찬가지니까요."

은근짜가 그녀의 반응을 살폈다. 그녀의 표정엔 별다른 변화가 없었다. 반대 의견은 생각지도 못한 사람에게서 나왔다.

"소유권은 아니지만 점유권은 있습니다. 현재 롱롱을 사육하고 있다는 점은 부인할 수 없는 사실입니다."

척이 은근짜의 말을 싹둑 잘랐다.

"그, 그야 그렇죠⋯⋯."

"한 가지 더 확실히 할 게 있습니다. 신단백질 실험에 관한 것은 함구해주십시오."

"다, 당연히 그래야죠. 연구원들에겐 비밀유지의무

가 있답니다. 그 정도는 비즈니스의 상식이니까요."

은근짜는 당황했다. 이자의 당당한 태도는 뭐람? 지난번 사무실에 예고도 없이 들이닥친 후 갑자기 점유권을 휘두르는 이 남자는 누구란 말인가? 롱롱의 매니저인가? 차라리 그 뚱뚱한 주인 남자에게 말해볼걸 그랬나? 그 사람이라면 얘기가 통할지도 모르는데…….

"어, 어쨌든, 롱롱의 현재 소유권…… 아니, 점유권자인 사육사님이 허락해주시면 광고는 예정대로 진행하는 걸로 하겠습니다. 이의 없으시면 그렇게 알고 돌아가겠습니다."

은근짜는 서둘러 가게를 나갔다. 오래 머물러서 좋을 게 없었다. 이만하면 회사 차원에서 성의는 보였으니 더 이상 사육사와 매니저가 가탈 부리지 않기를 바랄 뿐이었다.

화학기호와 도표들이 빼곡히 적혀 있는 실험 결과지는 모두 다섯 장이었다. 결론은 마지막 장에 나와 있었다. 허물 반응 실험 결과, T-프로틴에 함유돼 있는 성분 중 특정 신단백질이 표피세포의 조직 변화에 관여한다는 내용이었다. 신단백질을 허물 조직에 투여하자 허물과 피부의 밀착력이 50배 강화됐다는 결과도 덧붙어 있었다. 척은 마지막 문장까지 신중히 읽어 내려갔다.

"신단백질이 티셀 바이러스와 반응해 허물을 밀착시키는 역할을 한다는 결론입니다. 허물의 공포를 이용해 시민들에게 T-프로틴 복용을 강요하고, 허물을 벗지 못하게 한 겁니다."

그녀는 눈을 질끈 감았다. 이 도시는 잔인할 정도로 치밀하게 계획됐다.

"방역 버스의 배기가스 배출 장치가 조작됐다는 말을 들었어."

수조를 닦던 날 그녀는 김에게 물었다. 방역 센터가 배기가스 배출 장치를 조작해 배출하려던 게 무엇이냐고. 김은 건물 뒤편에서 나는 발소리에 신경을 곤두세웠다. 후리가 살펴보고 오겠다며 자리를 뜨자 김이 말했다. 티셀 바이러스가 아님 뭐겠어? 배출 팬을 강제로 작동시켜 티셀 바이러스를 함께 배출시키는 원리일 거야. 그 무렵 허물이 D구역 전체에 퍼진 게 우연이겠냐고.

"티셀 바이러스를 퍼뜨려 허물이 생기게 하고, 허물

이 저절로 벗겨지는 걸 막기 위해 신단백질을 섞은 T-프로틴을 유통시켰군요. 방역 센터만이 허물을 벗길 수 있도록."

척의 아버지가 품었던 의혹이 확신으로 굳어지고 있었다.

"신단백질 때문에 허물이 벗겨지지 않는 거라면, 복용을 중단하면 허물이 벗겨지지 않을까?"

T-프로틴 대신 롱롱프로틴을 먹은 사람들은 신단백질을 더 이상 먹지 않았다. 그녀는 사람들이 롱롱에게 품은 희망이 그렇게라도 이뤄지길 바랐다.

"신단백질은 배출되지 않고 체내에 축적된다고, 여기 나와 있습니다. 일정 기간 중단한다 해도 허물이 쉽게 벗겨지진 않을 겁니다."

척이 결과지를 펼쳐 보였다. 척이 가리키는 곳을 살펴보던 그녀가 갑자기 얼빠진 사람처럼 중얼거렸다.

"롱롱도 신단백질이 섞인 프로틴을 사료로 먹었어."

그녀의 눈동자는 강풍에 흔들리는 유리창처럼 산산이 부서질 것 같았다.

"뱀은 허물을 벗지 못하면 허물 안에 갇혀 죽어. 그래서 공 박사가 롱롱을 살리고 싶다면 방역 센터로 데려오라고 한 거야. 공 박사는 롱롱이 허물을 벗지 못할 걸 알고 있었어."

허물을 벗지 못하면 롱롱의 운명은 정해진 거나 마찬가지였다. 허물에 갇혀 죽기 전 사람들의 분노로 짓밟히게 될 것이다.

"나 때문이야. 내가 롱롱에게 프로틴을 줬어."

그녀가 빈 몸뚱이를 벌벌 떨었다. 눈동자로 휘몰아친 강풍이 온몸을 뒤흔드는 것 같았다.

"당신 잘못이 아닙니다. 그땐 굶주린 롱롱이 사람들을 공격하는 걸 막아야 했으니까요. 다른 수가 없었던 겁니다. 롱롱은 아직 살아 있습니다. 아직 죽지 않았어요!"

척이 그녀를 힘껏 끌어안았다. 캄캄한 어둠 속에서 그녀의 손에 닿는 건 오직 척의 검은 육체뿐이었다.

9

그녀는 사육장 앞에 넋 나간 사람처럼 앉아 있었다. 허물에 갇혀 죽어가는 롱롱과, 타이어 동굴에서 허물이 벗겨지기만을 기다리는 사람들에 둘러싸여 밤새 움직이지 않았다. 날이 밝기 전 발소리를 죽여 들어오는 사람이 있었다. 뾰족 수염이었다. 뾰족 수염은 그녀를 보고도 아무 일 없다는 듯 곁을 지났다. 그녀는 뾰족 수염만큼 견고한 허물을 본 적 없었다. 허물은 사람마다 다른 결을 지녔다. 허물이 생긴 시점과 피부색, 영양상태와 처한 환경이 서로 다르기 때문이다. 어쩔 수 없이, 허물은 삶의 결을 지녔다. 아무리 흉하고 더럽다 해도 제 몸에서 자란 것이 아니라고 부정할 수 없었다. 그녀는 자신의 몸을 뒤덮고 있는 허물이 사람들의 절망을 먹고 자란 것 같았다. 허물이 심장을 향해 일제히 뿌리를 뻗는 것 같았다.

뒤이어 가게 안으로 헐레벌떡 들어오는 사람이 있었다. 김이었다.

"저자가 공 박사의 스파이야."

상기된 얼굴로 김이 가리킨 사람은 뾰족 수염이었다.

사라진 형에 관해 얘기할 때 김은 가게 뒤편에서 들리던 수상한 발소리의 주인이 누군지 금방 눈치챘다. 등에 무거운 짐을 진 탓에 좌우로 뒤뚱거려 발자국 간격이 일정치 않은 사람. 뛸 때 바닥과 마찰면이 늘어나 길게 소리가 이어지는 사람. 일박 쿠폰 따위는 무시하고 멋대로 타이어 동굴에 장기 투숙 중인 사람. 뒤따라갔던 후리는 빈손으로 돌아왔지만 김은 뾰족 수염이란 걸 거의 확신했다. 일주일에 한 번 새벽녘에 돌아오는 것도 영 수상했다. 지난밤 김은 작정하고 뒤를 밟았다.

남몰래 가게를 빠져나온 뾰족 수염은 국도를 따라 걸었다. 김은 거리를 두고 뒤를 밟았다. 시내 방향이었다. 국도를 오가는 차들은 많지 않았다. 뾰족 수염이 멈춘 곳엔 방역 버스가 주차돼 있었다. 뾰족 수염이 버스 안으로 들어갔다. 김은 작은 둔덕에 몸을 숨기고 안을 엿봤다. 제복을 입은 방역대원들 말고도 거기 한 사람이 더 있었다. 공 박사였다. 후리가 가게 밖에 서 있는 공 박사를 보고 경기를 일으키다시피 했던 걸 똑똑히 기억하고 있었다.

"그게 정말이야?"

후리가 잠이 확 깬 얼굴로 기어 나왔다. 후리뿐 아니었다. 선잠을 깬 사람들이 타이어 동굴 밖으로 기어 나왔다. 척도 그녀 곁으로 왔다.

"틀림없어. 몰래 공 박사를 만나고 나오는 걸 이 두 눈으로 봤어."

김이 뾰족 수염을 노려봤다.

공 박사를 만났다고? 사람들이 웅성거렸다. 공 박사는 타이어 가게에 출입하는 남녀노소를 레지스탕스 조직원으로 공공연히 몰아갔다. 공 박사와 내통했다는 건 그냥 넘길 일이 아니었다.

분위기가 험악해지자 뾰족 수염이 슬슬 뒷걸음치며 달아나려 했다.

"어딜 도망가려고!"

후리가 긴 다리를 뻗어 뾰족 수염을 걸어 넘어뜨렸다. 기우뚱 중심을 잃고 나동그라진 뾰족 수염은 그 자리에 꿇어앉아 고집스럽게 앞만 노려봤다.

"어쩐지 가게에 찾아왔을 때부터 수상쩍었어. 롱롱을 꺼내러 갈 때는 얼씬도 않더니 갑자기 찾아와 꼬치꼬치 캐묻질 않나, 잠도 자지 않고 사육장 근처를 기웃거리질 않나."

김이 분통을 터뜨리자 후리가 뾰족 수염의 등짝을 발로 걷어찼다. 뾰족 수염이 앞으로 고꾸라졌다. 지켜보던 사람들이 탄식을 내뱉었다.

척이 뾰족 수염의 주머니를 뒤졌다. 손바닥만 한 수첩이 나왔다.

"롱롱에게 언제 물을 갈아 줬는지, 먹이를 언제 줬는지, 하루에 몇 번이나 타이어 밖으로 고개를 내미는지, 허물의 상태가 구체적으로 기록됐군요."

척이 그녀에게 수첩을 내밀었다. 핸들링 횟수와 시간, 롱롱의 움직임까지 자세히 적혀 있었다. 롱롱의 허물 상태는 0부터 9까지 로마숫자로 표시해놓았다. 그라면 반드시 자기 방식대로 숫자들을 정렬해 기록하라고 지시했을 것이다. 마치 곁에서 지켜본 것처럼 롱롱의 상태를 정확히 파악할 수 있었던 이유를 알 것 같았다.

"이런 걸 왜 적었어? 뭘 일러바쳤냐고!"

김이 뾰족 수염에게 달려들어 멱살을 쥐고 거칠게 흔들었다. 방역 센터에 있을 때부터 뾰족 수염의 등을 긁어주는 사람은 김이 유일했다. 뾰족 수염이 어처구니없는 말로 우겨도 적당히 맞장구치며 말상대를 해주는 사람도 김뿐이었다. 방역 센터에서 김이 불안감에 서성일 때 제발 가만있으라고 주저앉힌 사람도 뾰족 수염밖에는 없었다. 김의 배신감은 깊었다.

"이거 놔! 보면 몰라? 허물 관찰 일기잖아. 롱롱이 언제 허물을 벗을까 궁금했을 뿐이야. 나만 그런 게 아니잖아! 너희들도 허물을 벗고 싶은 건 마찬가지잖아!
난 등껍질에 깔려 죽을 판이야!"

뾰족 수염이 고래고래 고함을 치더니 제풀에 지쳐
입술을 파르르 떨었다.

"내가 먼저 찾아간 게 아니란 말이다. 사육사와 방
역 센터에서 같이 지냈다는 걸 알고 공 박사가 날 찾
아냈다. 롱롱의 상태를 관찰하기만 하면 된다기에 그
렇게 하겠다고 했어. 공 박사가 누구냐? 날 당장 침대
에 깔아 눕히고 메스를 들이댈 수 있는 사람이야. 허물
을 벗으려면 어차피 롱롱에게 가야 했으니까 그러겠다
고 했다. 장담하는데, 너희들 중 누구도 거부하지 못했
을 걸!"

뾰족 수염이 허물 쓴 사람들을 향해 손가락질했다.

"그렇다고 우릴 배신해요?"

후리였다. 잠자리와 먹을 것에 불평하고, 절 무시한
다 싶으면 물불 가리지 않고 달려드는 뾰족 수염을 후
리는 염치없는 노인네 정도로 여겼다. 성마른 성질 탓
에 의뭉스러운 짓도 어울리지 않았다. 그런 뾰족 수염
이 스파이라니. 후리는 잘 믿기지 않았다.

"허물을 영원히 벗겨준다고 했으니까!"

뾰족 수염이 소리쳤다. 사람들이 바짝 다가왔다.

"당연히 거짓말이야."

후리가 콧방귀를 뀌었다. 척은 달랐다.

"틀림없이 그렇게 말했습니까?"

"백신과 치료제를 개발했다고 했어. 앰플도 봤어. 고농축 앰플. 허물을 벗으면 다신 허물을 입지 않는다고 했다. 그게 진짠지 어떻게 믿느냐고 하니까 공 박사가 날 타이르듯이 말했다고. 감옥을 짓기 전 열쇠는 미리 만들어두는 거라고."

"열쇠를 미리 만들어둔다?"

"틀림없이 그렇게 말했어. 왜 사람을 의심하고 그래, 엉? 왜 의심하냐고!"

뾰족 수염은 닥치는 대로 아무렇게나 쏟아내기 시작했다.

"롱롱이 어딜 가든 너희는 따라잡을 수 있지만 난 등껍질을 달고 뒤뚱뒤뚱 쫓아가다 놓쳐버릴 거야. 너희들이 허물을 다 벗을 때 나만 허물을 못 벗으면 어쩔 거야, 응? 어쩔 거냐고! 책임질 거야? 나 혼자 허물을 입었다고 쫓아낼 거 아니냐고! 나도 살길을 찾아야지! 협조하지 않겠다고 했더라면 공 박사가 날 살려

됐을 거 같아? 방역 센터로 끌고 가 허물뿐 아니라 껍데기를 홀랑 벗겼을 걸!"

혼자만 허물을 벗지 못할까 봐. 뾰족 수염은 자격지심 때문에 공 박사에게 걸려들었다. 오랜 세월 등껍질을 매달고 사는 동안 피해의식도 허물만큼 자라났을 것이다. 처음 봤던 날, 그녀는 부자연스럽게 허리를 빳빳이 세우고 있던 모습을 기억하고 있었다. 등껍질 때문에 앞으로 고꾸라지지 않으려면 뾰족 수염은 조금 이상한 자세로 서 있을 수밖에 없었다.

"가."

그녀가 말했다. 뾰족 수염이 더 아는 건 없어 보였다. 공 박사가 호락호락하게 정보를 줬을 리도 없었다.

"이 배신자가 공 박사한테 가서 일러바칠 거란 말이야."

후리가 막았다.

"공 박사는 이미 다 알고 있어. 더 나빠질 게 없어."

롱롱이 허물을 벗지 못하면 사람들은 뾰족 수염에게 분풀이를 하려 들 것이다. 상황을 살피던 뾰족 수염이 재빨리 가게를 빠져나갔다.

"롱롱의 전설은? 저 노인네가 말한 거잖아. 거짓말

이면 어떡하지? 우리가 전부 속은 거면 어떡해……?"

후리가 허탈한 표정으로 김을 돌아봤다.

"거짓말이 아니야. 땅꾼처럼 혼자만 허물을 못 벗을까 봐, 불안해서 그랬다잖아."

뾰족 수염은 모두를 속였지만 불안만은 숨길 수 없었다. 김 자신이 그랬던 것처럼.

"다시는 못 보겠지? 롱롱이 허물을 벗는데도 나타나지 않을 거야. 그럼 정말 저 노인네만 허물을 못 벗을텐데……."

김이 손등으로 눈물을 훔쳤다. 그게 신호라도 되는 것처럼 삐그극삐그극 타이어 부딪히는 소리가 났다. 허물 쓴 사람들이 다시 동굴 안으로 기어들어 가는 소리였다. 그들은 허물을 낡은 코트처럼 걸치고 타이어 동굴로 파고들어 갔다.

그녀는 지금이라도 사람들에게 말하고 싶었다. 허물을 벗고 싶으면 공 박사에게 매달리라고. 공 박사는 모든 걸 알고 있었다. 결국엔 롱롱이 죽을 것이고, 소원을 배반당한 사람들이 분노를 폭발시키리란 것을. 하지만 그녀는 사람들을 불러 세울 수 없었다. 그들에겐 오직 이 밤의 소망만이 절실해 보였다. 일박 쿠폰은 이

밤까지만 유효했다.

사람들이 사라지자 척이 메마른 입술을 달싹였다.

"시간이 흐를수록 불리한 건 이쪽입니다. 롱롱이 허물 안에 갇혀 죽으면 궁지에 몰리게 됩니다. 공 박사도 아는 사실이죠."

그의 육체는 분노를 담아내기에도 힘겨워 보였다.

"내일이라도 방역 센터에 롱롱을 데려가겠어. 무슨 이유 때문인지 모르지만 공 박사는 롱롱이 죽는 걸 원치 않아. 신단백질을 먹은 롱롱이 허물을 벗지 못하고 죽을 걸 알고 방역 센터로 데려오라고 한 거야. 신단백질 때문에 허물을 벗지 못하는 거라면, 그걸 벗길 수 있는 사람도 공 박사뿐이야."

어쩌면 공 박사는 롱롱을 죽여서라도 허물을 벗기려 할지 몰랐다. 하지만 다른 길은 없었다.

"그게 바로 공 박사가 원하는 겁니다. 롱롱이 방역 센터로 오면 죽지 않을 수도 있다는 미끼를 던진 겁니다. 자신의 뜻대로 상황을 통제하면서 상대를 궁지로 몰고 있는 겁니다."

척의 말이 맞는다 해도 결론은 마찬가지였다.

"방역 센터로 가야 해. 다른 길은 없어."

"어차피 롱롱은 방역 센터로 가게 될 겁니다. 하지만 순순히 데려다줘선 안 됩니다. 방역대를 움직여야죠."

"롱롱을 방역대에 넘기자는 말이야? 지금 롱롱을 자극하면 스트레스로 죽을 수 있어. 롱롱은 극도로 예민해진 상태야."

비록 세상의 허물을 벗기지 못해도, 거대한 파충류에 불과하다 해도, 롱롱을 죽음으로 내몰 수는 없었다.

"롱롱이 스스로 허물을 벗지 못해도 이 도시의 허물은 벗길 수 있습니다. 공 박사가 백신과 치료제를 개발했다는 말엔 어느 정도 신빙성이 있습니다. 감옥을 짓기 전 열쇠를 미리 마련해뒀다는 말은 사실일 겁니다. 자신이 갇히게 될 때를 대비해서 말입니다. 방역 센터가 부풀린 공포와 T-프로틴이 거짓으로 밝혀질 경우, 상황을 반전시킬 열쇠가 필요하니까요. 아직 포기하긴 이릅니다."

척은 롱롱을 이용해 백신을 손에 넣을 계획을 세웠다.

"방역대가 우리 계획대로 움직일까?"

"움직이지 않으면 움직이게 해야죠. 제멋대로 부풀린 환상 때문에 스스로 무너질 거라 했습니까? 환상이 무너진 뒤에 진짜 롱롱의 힘을 보게 될 겁니다."

"롱롱의 진짜 힘……?"

그녀는 사육장 문을 열고 롱롱에게로 갔다. 손을 내밀었지만 롱롱은 밖으로 나오지 않았다. 삐그극삐그극……. 고통스럽게 타이어를 뒤틀었다. 벽을 새까맣게 둘러싼 타이어 동굴마다 허물 쓴 사람들이 몸을 뒤틀었다.

10

타이어 가게는 촬영 스태프들로 발 디딜 틈 없었다.

"조명, 준비 됐습니까? 연기자, 카메라 봐요. 머릿속에서 롱롱이 꼬물거립니다. 머릿속이 간질간질합니다. 아니, 근질근질이 아니라 간질간질! 머릿속이 간지럽다! 상상력을 발휘해봐요. 그래, 그래, 그거 비슷한 거. 조금만 더. 일단 갑시다! 여기 반사판! 스탠바이, 어이, 그쪽에 거기 서 있는 사람, 카메라에 걸리잖아, 조감독, 뭐 해!"

감독의 호통을 피해 후리가 그녀 곁으로 왔다.

"아휴, 더워. 누나 것도 가져왔어. 먹을래?"

후리가 아이스바를 내밀었다. 은근짜가 촬영 팀 스태프들에게 돌린 아이스바를 멋대로 집어 온 것이었다. 여름 막바지였다. 밤에는 제법 쌀쌀했지만 낮 동안 체감온도는 30도에 육박했다. 실제 가게 안의 온도는 그보다 더 높았다. 조명을 설치하기 위해 에어컨 전원을 껐기 때문이다.

"오디오 겹치는 거 누구야!"

다시 감독의 호통이 날아왔다.

"촬영 처음 봐요?"

조감독이 후리의 등을 떠밀었다. 눈치 빠른 김이 후리를 끌고 가게 밖으로 나왔다. 곁에 있던 그녀도 떠밀려 나왔다. 밖에는 타이어 동굴에서 쫓겨난 사람들과 롱롱을 보러 온 사람들로 붐볐다.

카메라 불이 켜지고 조명과 연출 스태프가 일사분란하게 움직였다. 조감독이 프로틴 캔 뚜껑을 따는 게 보였다. 캔을 거꾸로 들자 반죽이 툭 떨어졌다. 새로 나온 고형 제품이었다.

"날씨가 이렇게 더워서야……."

김이 느릿느릿 손부채를 부쳤다. 이마에 땀이 흥건

했다.

"여러분, 오랜만입니다."

은근짜였다. 촬영장 근처를 분주하게 오가더니 어느
틈에 곁에 와 있었다. 은근짜가 김에게 명함을 내밀었
다. 명함에는 분홍색 통통한 엉덩이를 가진 롱롱이 인
쇄돼 있었다. 김은 받아든 명함으로 옹색한 부채질을
했다. 그마저도 없는 후리는 막대만 남은 앙상한 아이
스바를 빨아댈 뿐이었다.

"이거, 폐를 끼치게 됐습니다. 신제품이 성공하면 보
람이 있으실 겁니다."

은근짜는 김에게 주먹을 불끈 쥐어 보였다.

롱롱프로틴 회사는 은근짜의 의견을 적극 반영해 타
깃을 세분화해 신제품을 쏟아냈다. 앉아서 죽느니 고양
이라도 물자는 게 은근짜 회사의 기업 정신이었다. 믿
을 거라곤 롱롱의 이미지뿐이었다. 건강을 선물하는 롱
롱, 근심을 물거품처럼 사라지게 하는 롱롱, 소원을 묻
지 않고도 알아서 이뤄주는 롱롱 등이었다. 건강을 선
물하는 롱롱프로틴 라벨에는 푸른 새싹을 들고 있는
롱롱이, 걱정을 물거품처럼 사라지게 하는 라벨에는 인
어 공주로 분한 롱롱이, 소원을 묻지 않고도 이뤄주는

라벨에는 호박 마차를 탄 롱롱이 마법 부채를 들고 윙크하고 있었다. 이번 촬영분은 러블리 다이어트 롱롱프로틴이었다. 롱롱프로틴 회사는 남은 예산을 몽땅 쏟아부어 대규모 프로모션을 전개하기로 했다. 광고부터 제작해야 했다. 콘티가 문제였다. 헬스클럽이 습격당한 후로 광고 제작이 쉽지 않았다. 방역 센터를 자극할 만한 요소는 미리 걸러내야 했다. 회사가 망해 실직할지언정 은근짜는 블랙리스트에 오르고 싶지는 않았다.

은근짜는 청소년기에 책상 앞에서 누구보다도 오랜 시간을 보냈다. 수학이 문제였다. 시험지는 응용문제에서 소낙비를 맞았다. 선생들은 그가 개념을 잘 이해하지 못하기 때문이라고 지적했는데, 그는 자신이 이해하는 개념이 다른 애들과 어떻게 다른 건지 늘 아리송했다. 예를 들어, 각도기로 각도를 잴 때 다른 학생들은 자신과는 다르게 눈금을 읽는다는 걸 알고는 깜짝 놀랐다. 그는 30도를 150도로, 40도를 140도로 읽고 있었다. 은근짜는 다른 이들과는 다른, 사소한 개념 차이라도 발견하려 애썼다. 지뢰는 어디 묻혀 있는지 알면 위험하지 않은 법이니까. 하지만 만만히 볼 일이 아니었다. 그는 매일 아침 와이셔츠를 빳빳하게 다려 입고 앉아 20도로, 160도로, 340도로, 상황을 모면하기 바빴다. 헬스클럽이 공격당했다는 소식은 새로운 각도기가 발명됐다는 뉴스와 비슷했다. 말하자면, 낯선 개념의 탄생이었다. 대체 광고의 어느 부분이 헬스클럽을 타격해달라고 암시하고 있단 말인가. D구역 애들은 왜 꼬박꼬박 먹으라는 프로틴은 안 먹고 엉뚱하게 헬스클럽을 공격했을까. 자고 나면 태어나는 달마티안들은 또 뭐란 말인가. 개념 정리는 쉬운 일이 아니었다. 어쨌든 발등의 불은 끄고 볼 일이었다.

"오늘은 매니저가 보이질 않네요."

은근짜가 두리번거렸다. 은근짜가 말하는 매니저는 척이었다. 얼마 전 척은 은근짜의 회사로 찾아와 타이어 가게에서 촬영을 진행하지 않으면 롱롱의 초상권 제공에 동의할 수 없다고 일방적으로 통보했다. 컴퓨터 합성이 아니라 실사 촬영을 하려면 배경까지 담아야 하니까 훨씬 섬세한 연출이 필요하다, 제작비도 문제지만 롱롱도 스트레스를 받을 거다, 아무리 설득해도 고집불통이었다. 은근짜는 결국 척의 요구를 들어줄 수밖에 없었다.

"형은 컨디션이 좋지 않아서 쉬고 있어요."

후리가 너덜너덜해진 막대를 씹으며 말했다. 그녀는 후리가 둘러대도록 내버려뒀다. 척이 타이어 동굴 안에 있는 건 사실이었다. 아파서가 아니라 돌발 상황에 대비하기 위해서였다.

"근데 그 노파가 보이질 않네. 이런 일이라면 제일 먼저 앞에 나서야 할 양반이……. 첩첩산중에 백일기도라도 갔나?"

김이 더위에 지쳐 엿가락처럼 늘어졌다.

"그러고 보니 요즘 통 안 보이던 걸. 누나는 봤어?"

노파를 마지막으로 본 게 언제였는지 떠오르지 않았다. 아마 그 밤이었을 것이다. 모친의 죽음이 제 탓이라고 죄를 빌던 밤. 그녀가 타이어 동굴로 들어간 뒤에도 노파는 사육장 앞에 앉아 있었다. 좀처럼 끝나지 않는 기도 소리를 들으며 혼절하듯 잠으로 빨려 들어갔던 게 떠올랐다.

"롱롱이 나왔다! 타이어 밖으로 나온 게 얼마만이야!"

후리가 가게 안을 가리켰다.

타이어 밖으로 롱롱의 머리가 느릿느릿 빠져나왔다. 두 눈 사이, 허물이 약간 부풀어 오른 게 보였다. 그녀는 그곳을 유심히 바라봤다.

조감독이 사육장 안으로 프로틴을 굴렸다. 프로틴을
낚아채길 바라는 것 같았지만 롱롱은 좀처럼 입을 열
지 않았다. 생각한 그림이 나오지 않자 조감독이 기다
란 지시봉으로 롱롱의 머리를 쿡쿡 찔렀다. 롱롱은 다
시 타이어 안으로 들어갔다. 감독이 조감독을 재촉했다.

"이래서 언제 촬영 끝내겠나, 엉?"

조감독이 바닥에 늘어져 있는 롱롱의 목줄을 잡아당
겼다. 롱롱의 머리가 타이어 밖으로 끌려 나오기 시작
했다.

"그래, 그래, 이쪽으로 좀 더……."

촬영감독이 지미집 카메라를 들이댔다. 뱀의 몸통이
카메라 렌즈 속으로 느릿느릿 들어왔다. 조금 더, 조금
만 더……. 조감독이 목줄을 세게 잡아당겼다.

"저, 저, 저거, 저거, 롱롱이 싫어할 텐데……."

김과 후리가 쇼윈도에 딱 붙어 섰다. 사람들도 우르
르 쇼윈도로 몰렸다. 수십 개의 손바닥이 거머리의 검
붉은 흡반처럼 쇼윈도에 바짝 달라붙었다.

"이번엔 날개도 파워 업 되겠지? 저렇게 큰데, 날개
도 커다래야 맞는 거지."

"에이, 저래서야 되나? 좀 더 역동적으로 움직여야지. 폭풍처럼 몰아쳐야 말이 되지."

"폭풍? 그래, 그거. 폭풍처럼!"

조감독이 목줄을 바짝 죄었다. 삑삑삑삑……. 롱롱이 꿈틀대자 몸통에 줄줄이 꿰어 있는 타이어들이 바닥에 마찰되면서 요란한 소리를 냈다.

"그렇지! 제대로 해야지. 지난번엔 T가 롱롱의 거죽을 사정없이 벗겨버리던데, 가만있다가는 홀랑 벗겨져."

"확 당겨! 확! 그래야 방역 센터를 무너뜨릴 거 아냐!"

방역 센터가 T-프로틴에 안전성이 검증되지 않은 신단백질을 섞어 판매하고 있으며, 이 신단백질이 허물을 벗기기는커녕 더욱 피부에 밀착하게 만든다는 소식은 일파만파 퍼져 나갔다. 김이 척에게서 건네받은 실험 결과지를 줄루랄라TV에 제보했기 때문이다. 공익 제보자의 신원은 확실히 보호해주겠다는 다짐은 받아뒀다. 그날 BJ에게 쏟아진 별풍선은 인터넷방송국 개국 이래 최다 신기록을 갈아 치웠다.

"어린애들이 무슨 레지스탕스란 거야. 말도 안 되는

수작이지."

"롱롱프로틴은? 롱롱프로틴에도 신단백질이 포함됐을까?"

"이 사람아, 롱롱프로틴은 아니지. 말이 돼?"

"롱롱! 그렇게 비실비실할 때가 아냐! 아이구, 속 터져!"

사람들이 쇼윈도를 주먹으로 탕탕 두드렸다. 기이한 열정이 하나둘 폭발했다. 무섭도록 현실적인 욕망이었다.

"아니, 아니, 다들 왜 이러셔! 이러지 마셔! 내 가게를 때려 부술 셈이야?"

김의 만류에도 사람들은 아랑곳하지 않았다. 그녀는 불안한 눈으로 롱롱을 지켜봤다. 사람들이 흥분하자 조감독이 한층 더 거칠게 롱롱의 목줄을 당겼다. 롱롱이 괴로운 듯 몸을 비틀었다. 감독은 수신호로 조감독을 독려했다. 지미집 카메라가 집요하게 롱롱을 따라갔다. 롱롱이 거칠게 요동칠수록 조감독은 목줄을 바짝 잡아챘다. 줄을 놓치면 자신을 덮칠 거라는 공포가 손아귀를 더욱 오그라뜨렸다.

느릿느릿 움직이던 롱롱이 돌연 천장을 향해 용솟음

쳤다. 3층에서부터 타이어가 쿵쿵 떨어졌다. 조감독은 줄을 놓고 혼비백산 도망쳤다. 촬영 장비가 롱롱의 몸통에 깔리고 부서졌다. 제 몸으로 송두리째 몰아치는 와중에도 롱롱은 태풍의 눈처럼 고요했다. 롱롱의 눈동자를 집요하게 쫓던 그녀는 경악했다. 뿌연 그림자를 드리운 동그란 눈동자. 블루, 블루였다. 롱롱의 눈에 어린 뿌옇고 탁한 빛은 틀림없이 블루였다. 블루가 떴다.

그녀는 촬영장 안으로 뛰어들었다. 당장 멈춰야 한다. 방역대가 오기 전 롱롱을 진정시켜야 한다. 롱롱이 허물을 벗으면 모든 것이 달라질 수 있다. 며칠만 더 기다리면 롱롱은 허물을 벗을 것이다. 조금만, 조금만 더 기다리면 모든 것이 선명하게 드러날 것이다.

"뭐 해요? 이제 곧 끝나요. 이번 캠페인만 성공하면……, 아시겠어요? 이번 것만 성공하면 다시 시장의 주도권을 쥘 수……."

촬영장에 뛰어든 그녀를 은근짜가 가로막았다. 쇼윈도가 쿵쿵 울렸다.

"그렇지! 더 세게! 세게!"

사람들이 손바닥으로 쇼윈도를 꽝꽝 두드렸다. 그들

은 롱롱이 멈추는 걸 원치 않았다. 은근짜의 눈에 공포가 어렸다.

"이건, 개념이, 개념이 다른 건데……. 이미지일 뿐인데……. 왜……, 현실과 이미지를 구분 못 하고……."

그녀는 은근짜를 뿌리치고 롱롱의 목줄을 향해 손을 뻗었다.

"모두 피해요!"

척이었다. 타이어 안에서 튀어나온 척이 그녀보다 먼저 롱롱의 목줄을 잡아챘다. 하지만 롱롱의 폭주를 막기엔 역부족이었다. 롱롱은 쇠파이프로 만든 사육장을 간단하게 부서뜨렸다. 검은 타이어들이 탕탕 바닥을 쳤다. 타이어 가게가 통째로 흔들렸다.

"누가, 누가, 뱀을 말릴 사람 없어? 방역대, 빨리 방역대를 불러!"

감독이 확성기에 대고 소리쳤다.

신고를 받고 방역대가 출동했다. 그들은 방역 가스와 물대포를 동원해 뱀을 제압하기 시작했다.

"경계경보 발령, 경계경보 발령! 시민들은 안전한 곳으로 대피하시기 바랍니다."

뱀의 몸이 3층에서부터 아래층으로 서서히 밀려왔

다. 수평선 너머에서부터 까마득하게 밀려오는 해일처럼. 롱롱은 자신의 꼬리를 찾아 헤매는 것처럼 몸을 뒤틀고 몸부림쳤다. 격렬하게 몸을 비틀며 천장과 바닥을 동시에 쿵쿵 울렸다. 대형 화물차 타이어들이 굉음을 내며 무너졌다. 레미콘 타이어들이 굴러다니다 서로 부딪혔다. 카 리프트가 넘어가고 알루미늄휠이 꽝꽝 떨어졌다.

그녀는 사방에서 떨어지는 공구와 타이어를 피해 엎드렸다. 창문이 깨지고 벽과 바닥이 흔들렸다. 그녀는 뱀을 향해 기어갔다. 목줄을 잡기만 하면 함께 달아날 수 있을 것 같았다.

척이 뱀의 목줄을 놓고 그녀를 잡았다.

"안 돼요."

"블루, 블루가⋯⋯!"

그녀의 외침은 혼란 속에 묻혔다.

방역대원 중 하나가 목줄을 잡았다. 롱롱의 머리가 치솟았다. 그네 타듯 매달리다 한 사람이 떨어지면 다른 사람이 또 매달렸다. 롱롱은 방역대원을 매단 채 타이어 동굴에서 완전히 빠져나와 일대를 휘저었다.

방역대원들은 일사불란하게 롱롱을 몰아갔다. 롱롱

이 국도로 들어서자 달려오던 차들이 급브레이크를 밟
았다. 지름이 문짝만 한 항공기 타이어가 함부로 굴러
다니고 자동차가 갓길에 뒤집혔다. 도로에서 대기하고
있던 방역대원들이 마취 총으로 롱롱을 조준했다.

탕! 탕! 탕!

수십 발의 주삿바늘이 롱롱의 몸에 박혔다.

"롱롱은 괜찮을 겁니다. 약속해요. 꼭 롱롱을 구해낼
겁니다."

척이 몸부림치는 그녀를 꼭 껴안았다.

"허물을 벗을 거야. 블루가 온 걸 봤다고!"

그녀가 울부짖었다.

11

축 늘어진 롱롱은 머리 부분만 남겨 놓고 커다란 비
닐에 싸였다. 밤의 궁을 우아하게 산책하던 롱롱이었
다. 궁의 주인인 양 용마루에 올라 달을 바라보던 롱롱
이었다. 비닐에 김밥처럼 둘둘 말린 롱롱은 폐사 직전
의 파충류에 불과했다. 방역대원들은 버스 세 대를 일

렬로 주차시킨 뒤 롱롱을 버스 지붕 위에 매달았다. 롱롱의 긴 꼬리가 지붕 위에서 축 늘어졌다. 방역대원들은 질서 정연하게 버스에 올랐다. 세 대의 버스가 동시에 액셀을 밟았다.

대결은 싱겁게 끝났다. 롱롱은 초록색 허물을 날개처럼 펼치지도 못했고 황금색 비늘을 위협적으로 세우지도 못했다. 파워 업 에너지도 물론 없었다. 초토화된 일대의 풍경은 광고 속 엔딩 장면과 흡사했다. 윙크를 날리던 롱롱만 사라졌을 뿐이다. 창틈으로, 쇼핑 카트 뒤에서, 급한 대로 타이어 뒤에 숨어서 사람들은 롱롱의 패배를 지켜봤다.

"프로틴을 왕창 먹여둘 걸, 당최 힘을 못 쓰네……."

어디선가 목소리가 흘러나왔다. 단수되기 직전의, 수도꼭지에서 나오는 최후의 쪼르륵처럼.

그녀는 무참한 심정으로 땅에 주저앉았다.

"여러분! 우리의 허물은 거대 자본이 만들어낸 것입니다! 그들이 우리에게 공포를 조장하고, 티셀 바이러스를 퍼뜨려 허물을 입히고, 허물을 벗긴다는 거짓말로 점점 더 두꺼운 허물을 입히고 있습니다!"

척은 폐타이어 더미 위에 올라가 있었다.

"방역 센터는 처음부터 시민들의 허물을 벗길 생각이 없었습니다. 오히려 신단백질을 이용해 허물을 입혔습니다. 거대 제약 회사와 방역 센터가 추구하는 것은 인류의 공영이 아니라 기업의 이윤입니다!"

타이어 가게 앞에 있던 사람들이 하나둘 흩어지기 시작했다. 이미 들어서 알고 있는 사실이었다. 새로울 건 없었다. 그들은 방금 전 선명한 패배에 사로잡혀 있었다. 척이 목소리를 높일수록 주변은 더욱 고요해졌다.

"방역대는 호시탐탐 롱롱을 끌고 갈 기회만을 노리고 있다 결국 오늘 포획해 갔습니다. 롱롱은 우리의 유일한 희망입니다. 이제 우리가 행동으로 보여줄 때입니다. 우리 손으로 소망을 쟁취합시다! 방역 센터로 가 갇혀 있는 사람들을 구해냅시다!"

그녀는 척이 사력을 다해 외치는 걸 올려다봤다. 척은 상상이 무너진 뒤 롱롱의 진짜 힘을 보게 될 거라 했다. 현실은 정반대였다. 시민들은 상상이 무너지자 현실을 깨달은 것 같았다. 모두가 영원히 허물을 벗을 거라는 약속은 거짓 환상에 지나지 않았다. 롱롱을 구하려 나서는 사람은 없었다. 눈앞의 처참한 패배는 롱롱을 한낱 거대한 파충류로 돌려놨다. 아무도 상상과

현실을 잇는 다리를 건너려 하지 않았다. 이곳이 바로 상상의 끝이자 세계의 끝이었다.

"우라질! 소원을 빌 때는 언제고!"

김이 울분을 터뜨렸다. 시민 모두가 작정하고 그를 속이기라도 한 것처럼.

"형! 그만 내려와. 이런 겁쟁이들한테 그만 소리쳐!"

후리는 화풀이하듯 허공을 향해 분홍 스프레이를 닥치는 대로 분사했다. 분홍색 방울을 흠뻑 뒤집어썼지만 멈추지 않았다. 스프레이는 회오리처럼 공중을 휘돌다 미세한 반점으로 떨어졌다.

척은 타이어 더미 위에 초라하게 남았다. 그는 아무도 구하지 못했다. 롱롱도, 시민들도. 김이 위에 올라가 척을 부축해 내려왔다. 후리가 타이어를 발로 걷어찼다. 가까스로 그녀도 몸을 일으켰다. 모든 것이 사라졌다. 롱롱도, 롱롱의 전설도, 롱롱을 부풀렸던 그 많은 소망들도. 아무것도 남지 않았다. 이제 그만 타이어 동굴에 들어가 쉬고 싶었다.

"파워 업! 파워 업! 에너지!"

시엠송이 튀어나왔다.

"롱롱은 롱롱프로틴을 먹고 힘을 낸다네!"

두목 원숭이였다. 두목 원숭이가 타이어 더미 위로 펄쩍펄쩍 뛰어올랐다.

"너 어떻게 나온 거야? 다른 애들도 풀려났어?"

김이 반갑게 달려가 두목 원숭이를 두 팔로 안아 들었다.

"탈출! 파워 업 에너지!"

두목 원숭이는 방역 센터에서 도망쳤다고 했다. D구역의 크고 작은 개구멍마다 두목 원숭이가 휘젓고 다니지 않은 곳이 없었다. 콘크리트 미로 같은 방역 센터도 두목 원숭이에겐 복잡한 개구멍에 지나지 않았는지 모른다.

"어떻게 도망쳤…… 힉! 너 왜 이래!"

다친 데는 없는지, 김이 두목 원숭이의 몸을 살피다 소스라치게 놀랐다. 검고 커다란 반점이 목 아래부터 배꼽 부근까지 뒤덮고 있었다.

"아니, 너 왜 이래? 누가 너한테 이런 짓을 한 거야! 말해봐, 어서!"

후리가 분노에 차서 소리쳤다. 폐허에 서성이던 사람들이 놀란 눈으로 두목 원숭이를 둘러쌌다.

"피부암 덩어립니다."

척이었다. 목소리가 성대를 가르고 나오는 것 같았다. 타이어 더미 위에서 완전히 잠겨버린 탓이었다.

"방역 센터는 피부암 치료제를 개발하고 있습니다. 이 아이는 임상시험 대상이 된 겁니다."

"뭐, 암? 암 덩어리? 이게 전부 다 암이야?"

"설마 쟤가 임상시험 동의서에 사인이라도 했다는 거야?"

"말도 안 되는 소리!"

사람들은 충격에 휩싸였다.

암이라고……? 그녀는 또 한 번 무너졌다. 두목 원숭이의 몸을 뒤덮고 있는 저것이 암 덩어리라면, 그렇다면…….

"저 아이뿐 아닙니다."

척이 윗옷을 벗어 던졌다. 검은 반점이 상반신을 완전히 뒤덮고 있었다.

"저 역시 임상시험에 동원됐습니다. 동의서는 요식행위입니다. 임상시험을 거부했지만 소용없었습니다. 그들은 하루 두 차례, 정체 모를 약물을 강제로 투약했습니다. 방역 센터에서 나온 후 검은 반점이 온몸에 퍼지고 통증에 시달리고 있습니다. 방역 센터는 제약 회

사가 신약 개발을 위해 무제한으로 인체를 제공받는
거대한 실험실입니다."

그녀는 휘청거렸다. 발아래 캄캄한 소용돌이가 휘도
는 것 같았다. 척과 그녀 사이에 암막처럼 뭔가 드리워
지는 순간들이 있었다. 방역 센터가 절대 티셀 바이러
스 백신을 개발하지 않는다고 단언했을 때도, 공 박사
가 개발하는 신약이 무엇인지 물었을 때도, 치료를 권
했을 때도, 척은 화제를 돌리거나 입을 다물었다. 자신
의 몸을 뒤덮은 것이 피부암 덩어리란 것을 알고 있었
기 때문이다.

"이런, 죽일 놈들! 사람을 저 지경으로 만들다니!"

"세상에! 그 말이 다 사실이었구먼!"

"아이고, 저 애, 저 몸을 어떡해……. 끌려간 다른 애
들은 어떻게 된 거지?"

두목 원숭이는 D구역 사람들이 키운 거나 다름없었
다. 어른들이 떠나고 집에 혼자 남은 아이는 거리에서
먹고 자는 대신 아무 집에나 들어가 드러누웠다. 사람
들은 어이없어 하면서도 내쫓지 않았다. 밥상을 내주고
옷도 빨아 줬다. 그런 두목 원숭이가 피부암 덩어리를
뒤집어쓰고 돌아온 것이다. 김이 두목 원숭이를 품에

꼭 껴안았다. 한순간도 가만있질 못하는 녀석은 벗어나려 발버둥 쳤다. 그럴수록 김은 더 꽉 부둥켜안았다.

"방역 센터로 가자고!"

"우리 여편네도 반년이 넘도록 아직 돌아오지 않았다고! 아이고, 불쌍한 우리 여편네……!"

"방역 센터로 갑시다!"

"갑시다!"

"롱롱을 구해요!"

시민들이 시위대로 변하는 데는 오랜 시간이 필요하지 않았다.

V

◆

뱀

1

D구역을 벗어날 즈음 시위대는 천여 명 가까이 불어났다. 척이 선두에 섰다. 한 겹 옷 아래 고통은 그를 막지 못했다. 그녀는 물론 후리와 김, 촬영장에 있던 은근짜도 시위대에 합류했다. 타이어 더미 위에 선 척을 외면할 때만 해도 사람들은 한 발자국도 움직일 것 같지 않았다. 하지만 첫걸음을 떼자 거칠 것 없이 앞으로 나아갔다. 시위대의 기세는 당장이라도 방역 센터를 부수고 공 박사를 끌어낼 것 같았다.

그녀는 행렬 중간쯤에서 척의 뒷모습을 보며 걸었

다. 반드시 시민들 앞에서 방역대가 롱롱을 포획해 가야 한다고, 척은 주장했다. 롱롱이 끌려가고 소망이 짓밟히면 시민들이 롱롱을 구할 거라 믿었다. 소망이 간절한 만큼 분노도 클 것이라 했다. 시민들의 분노로 공박사를 압박해 백신과 치료제를 손에 넣을 계획이었다.

계획은 틀어졌다. 블루가 뜰 줄은 몰랐다. 시민들도 롱롱을 구하지 않았다. 시민들을 움직인 건 롱롱이 아니라 두목 원숭이었다. 두목 원숭이가 나타나지 않았더라도 강제 임상시험은 언젠가 밝혀졌을 것이다. 척이 있었으니까. 척은 결정적 순간이 오기만을 기다리고 있었다. 죽음까지도 함께.

해가 기울기 시작해서야 시위대는 도심 가까이 접근했다. 산자락 너머 방역 센터로 가는 길목을 방역대가 봉쇄하고 있었다. 고지대에 이르자 척은 시위대를 멈추게 했다. 방역대의 움직임이 내려다보이는 위치였다.

"강제 임상시험을 중단하라!"

"롱롱을 구하자!"

시위대가 언덕 아래를 향해 고함쳤다. 방역대가 대열을 이동하면서 최루탄 발사대가 드러났다. 해산하라는 경고 방송이 나오자마자 최루탄이 발사됐다.

"코와 입을 막고 엎드려요, 모두!"

척이 외쳤다. 흙먼지가 일어나고 비명이 들렸다. 혼란은 이내 잠잠해졌다. 기침 소리도, 다급하게 뛰는 소리도 멈췄다. 뿌연 최루가스가 산 중턱에서 흩어졌다. 해가 넘어가자 산 정상에서 아래쪽으로 바람의 방향이 바뀐 까닭이었다. 기세가 오른 시위대가 방역대를 향해 돌을 던졌다. 방역대는 방패를 세우고 후퇴했다.

방역대는 그대로 물러나지 않았다. 물대포가 엄청난 수압으로 솟구쳐 언덕까지 물을 쏟아냈다. 흠뻑 젖은 시위대는 달아날 수도, 숨을 수도 없었다. 뒤쪽엔 방역대가 포진했고 양 옆에는 산자락이 버티고 있었다. 퇴로는 막혔고 시위대는 고립됐다.

산중에서 밤을 맞았다. 일교차가 큰 날씨라 물에 젖은 채 밤을 새우는 일은 체력 소모가 컸다.

"여기 이대로 있을 거요?"

시위대 뒤쪽에서 우뚝 솟은 머리가 소리쳤다. 웅성거릴 뿐 선뜻 대안을 말하는 사람은 없었다. 이대로 방역대가 진압을 시작한다면 결과는 뻔했다. 그들은 패배하기 위해 버티는 셈이었다.

"다른 구역 사람들은 대체 뭘 한단 말이야. 우리만

롱롱한테 엎드려 빌었나? D구역이 쓰레기통이란 건 진작 알았지. 그걸 모르는 사람도 있나? 허물을 버리고 뚜껑을 닫아버리면 그만이란 말이야. 누가 쓰레기통을 다시 쏟아내 그 안에 든 것을 보고 싶겠어? 허물은 다른 구역 사람들에겐 남의 일이야. 결국 우리만 개죽음 당할 거다 이 말이야. 내 말이 틀려?"

"하지만 다른 구역 사람들도 허물을 두려워하는 건 마찬가지요. 그들도 허물을 벗기 원하는 건 매한가지란 말이오."

누군가 반론을 제기했다.

"그럼 모두 어디에 숨었냐 말이야. 뱀 같은 게 방역센터를 뒤집을 거라고 기대했던 게 애초에 바보짓이었어. 롱롱이 허물을 벗으면 모두가 영원히 허물을 벗는다고 헛소리를 지껄였던 그 노파는 어디 있어? 거짓말이 탄로 나자 도망친 거지!"

우뚝 솟은 머리는 우락부락한 팔로 당장이라도 손을 봐주겠다는 듯 주위를 두리번거렸다.

"뭐가 헛것이야!"

후리였다. 후리는 미친 듯이 몸을 긁고 있었다. 김이 어떻게든 후리를 진정시키려 했지만 발작에 가까운 가려움증은 가라앉을 기미가 없었다. 후리의 손톱은 온몸 구석구석을 향해 돌진했다. 후리뿐 아니었다. 시위대 대부분이 몸을 긁고 있었다. 흠뻑 젖은 데다 지치고 굶주렸으니 가려운 건 물론이고 피부 상태도 말이 아니었다.

"D구역에 그려진 롱롱을 못 봤어? 그걸 그린 내 손이 가짜야? 죽도록 가려운 거, 이것도 가짜로 보여? 하도 긁어서 손톱에 낀 이 피딱지도 가짜로 보여? 롱롱이 허물을 벗으면 허물이 몽땅 벗겨진다는 거, 그렇게 만들면 되잖아. 이 손으로!"

잠시도 가라앉지 않는 가려움증이 후리를 기어이 폭발하게 만들었다. 그녀는 후리의 두 손을 결박하듯 붙잡았다. 그대로 뒀다간 피부 속 진피까지 모두 벗겨내고 말 것이다.

"너도 똑같아! 롱롱프로틴을 팔아 돈을 벌었잖아!"

우뚝 솟은 머리가 은근짜를 가리켰다. 깜짝 놀란 은근짜가 쭈뼛쭈뼛 자리에서 일어났다. 비뚤어진 넥타이를 바로 매고 헛기침을 했다.

"흠, 흠, 발언 기회를 주셔서 감사합니다. 롱롱프로틴은 T-프로틴의 절반도 되지 않는 가격으로 공급됐습니다. D구역 주민들이 부담 없이 롱롱프로틴을 소비할 수 있었던 것은 회사 차원의 결단이 있었기 때문에 가능했습니다. 무엇보다 중요한 점은, 롱롱프로틴은 신단백질 같은 건 조금도 섞지 않았다는 점입니다. 또한⋯⋯."

방역 센터의 견제로 프로틴 원료 공급에 차질이 생겼을 때 T-프로틴을 은밀히 사들여 상표를 바꿔치기한 것은 영업비밀이었다. 맹세코, 아주 짧은 기간 동안만 이뤄진 일이었다. T-프로틴을 사들여 절반도 안 되는 가격에 파는 것은 수지에 맞지 않았다.

"닥쳐!"

우뚝 솟은 머리가 소리쳤지만 은근짜는 닥치지 않았다. 짚어야 할 건 꼭 짚고 넘어가는 게 은근짜의 비즈니스 방식이었다.

"선생님, 잠시만요. 선생님의 분노는 충분히 이해합니다만, 이건 중요한 포인트입니다. 만일 우리가 무조건 T-프로틴을 먹지 말라고 했으면 시민들이 그 말에 따랐을까요? 전 아니라고 봅니다. 허물이 두려워서 프로틴을 절대 끊지 못했을 겁니다. 안 그렇습니까, 여러분? 애초에 거짓말을 시작한 건 방역 센터란 걸 잊지

마십쇼. 굳이 말하자면, 롱롱프로틴은 거짓말의 거짓
말이란 말입니다. 그럼 참이죠. 수학적으로, 엄연히 참
이란 말입니다. 안 그래요?"

제법 논리적이지 않은가? 누가 뭐래도, 거짓의 거짓
은 참이다.

"닥치라고 했잖아!"

우뚝 솟은 머리가 주먹을 치켜들었다. 그제야 은근
짜는 입을 다물었다. 한마디라도 더 했다가는 발길질
이 날아올 것 같았다. 어느 조직에서든 물러설 때와 나
설 때를 알아야 오래 버틸 수 있는 법이다.

"우리에겐 소망이 필요했습니다."

척이 일어섰다.

"시민들은 프로틴 없이는 소원조차 빌지 못했습니
다. 이 도시에선 바코드가 찍히지 않은 소원은 불량품
에 지나지 않는단 말입니다. 시장에 유통되지 않는 건
아무런 가치도, 의미도 두지 않았습니다. 거대 제약 회
사의 시스템 안에서만 안전하다고 느꼈습니다. 방역
센터에 가서 돌아오지 않는 사람들이 있어도 침묵했습
니다. 의심을 품는 것조차 두려웠기 때문입니다. 안 그
렇습니까?"

아무도 입을 열지 않았다. 척이 갈라진 목소리로 설득했다.

"소원을 말하기 위해 우리는 롱롱이 필요했습니다. 롱롱의 판타지를 만든 것은 우리 자신입니다. 그리고 우리 자신만이 소망을 실현시킬 수 있습니다. 우리가 빌었던 소원은 거짓이 아닙니다."

롱롱이 타이어 동굴에 있는 동안 D구역은 가장 현실적인 소망이 지극히 환상적으로 펼쳐진 곳이었다.

"개소리! 나는 혼자라도 돌아가겠어."

우뚝 솟은 머리가 산기슭을 따라갔다. 앞뒤에 방역대가 막고 있으니 산을 빙 돌아 D구역으로 넘어가려는 것이다. 사람들은 잠시 망설이는가 싶더니 우뚝 솟은 머리를 따라갔다.

척은 그들을 막지 않았다. 더 많은 이탈자가 나오지 않기를 바랄 뿐이었다. 더 큰 희생이 따르기 전 물러나야 할까? 다음 기회를 기다리자고 하는 게 옳을지도 모른다. 하지만 다음 기회란 게 있을까? 척은 시위대 앞에 섰다. 남은 사람들은 백여 명에 불과했다.

"돌아가실 분들은 이곳을 떠나셔도 좋습니다. 지금이 아니라면 돌아갈 기회가 없을지도 모릅니다."

"쿨럭쿨럭……, 롱롱이 아니었다면 나는 지금껏 여기 있지도 않았을 거요……. 쿨럭쿨럭……."

젖은 옷 때문에 쪼그라든 몸피가 고스란히 드러난 노인이었다.

"롱롱이 죽으면 우리가 겪은 고통이 아예 없던 것처럼 사라질까 봐 그게 나는 더 두렵소. 내가 겪은 고통은 절대 환상 속에서 일어났던 일이 아니란 말이오. 이 나이에, 이 지경이 되면 희망을 얘기하는 것보다 고통에 대해 말하는 편이 더 쉽다오."

발작적인 기침이 뒤따랐다.

"롱롱은 소원을 들어줄 거요."

상상을 버리고 세계의 끝에 섰던 사람들이었다. 지금 그들은 각자의 소망을 향해 맨발로 진격하는 중이었다. 흩어져 있던 사람들이 꼭 붙어 앉았다. 몸을 녹이기엔 모자랐지만 살아 있는 한 사그라지지 않을 온기였다.

척은 시위대 사이를 돌아다니며 부상자를 살폈다. 다행히 심각한 부상은 없었다. 어느 정도 소강상태를 유지하다 방역대는 다시 압박해 올 것이다. 돌파구가 필요했다.

2

그녀는 홀로 떨어져 나왔다. 방역 센터에 잠입할 생각이었다. 롱롱의 눈엔 분명히 블루가 떴다. 신단백질을 먹은 롱롱이 탈피를 시작했다는 건 인체와는 다른 몸속 메커니즘이 작동한다는 뜻이었다. 야생동물 특유의 면역체계 때문일 수도 있고, 다른 원인 때문일 수도 있다. 어떤 이유에서든 롱롱이 허물을 벗는다면 방역센터를 빠져나와야 했다. 공 박사는 롱롱을 이용해 또다시 시민들의 운명을 손에 쥐려 할 것이다. 롱롱의 운명도 장담할 수 없다. 무엇보다, 방역대의 저지선을 뚫으려면 롱롱이 있어야 했다. 롱롱이 나타나면 전세는 뒤바뀔 수도 있었다.

"누나, 롱롱을 꺼내러 갈 생각이지? 날 버리고 가면 섭섭하지. 우리 둘이 아궁이에서 롱롱을 꺼내 왔잖아."

후리가 긴 다리로 성큼성큼 다가왔다. 뒤이어 김도 보였다.

"무슨 소리! 궁에 간 건 나까지 셋이란 걸 잊지 마. 헉. 헉. 담장 아래서 기다리긴 했지만. 헉. 헉. 두목 원숭이가 빠져나온 길을 알아뒀어. 귀신같이 들어갈 수 있는 방법이 있어. 헉. 헉."

간신히 후리를 따라잡은 김이 허리를 접고 숨을 골랐다.

"형한테는 말하고 가야 하지 않을까? 형은 알아야 할 것 같은데……."

후리가 신발 끈을 고쳐 매며 말했다.

그녀는 시위대 쪽을 바라봤다. 주위를 두리번거리는 척이 보였다. 듣지 않아도 알 것 같았다. 척이 무슨 말을 할지. 훨씬 전에 무슨 말을 해야 했는지도. 그녀는 멈추지 않고 산을 내려갔다.

"누나, 잠깐만 기다려. 형 여기야."

후리가 손을 흔들었다. 척이 달음박질쳤다. 그 뒤에 두목 원숭이가 영문도 모른 채 펄쩍펄쩍 따라왔다.

"롱롱은 프로틴을 먹고 소원을 들어준다네에에에! 소원을 탐한다네에……."

두목 원숭이가 고래고래 노래를 부르며 덤불 속으로 뛰어들었다.

"야! 위험해!"

후리가 두목 원숭이를 쫓아갔다.

"걔는 그러다 곧 돌아와! 잡으러 갈 필요 없어!"

김이 소리치며 같이 뛰었다.

척과 단둘이 남은 그녀는 한동안 아무 말도 하지 않았다. 굳이 묻지 않아도 서로가 무슨 말을 할지 알고 있었다.

"방역 센터에서 나온 후 증상이 나타났습니다. 피부 상태를 보고 암이란 걸 알았습니다."

척의 목소리는 담담했다. 오랫동안 참고, 많은 것을 버린 얼굴이었다.

"아버지가 항상 가방에 넣어 다니던 제약 회사 카탈로그를 찾아 봤습니다. 거기 피부과 병증에 대한 임상 사진과 설명이 있더군요."

"……."

그녀는 소리치고 싶었다. 왜 내게 솔직히 말하지 않았어? 부작용의 증거를 확보하기 위해서? 결정적 순간 폭로하기 위해 일부러 치료받지 않은 거야? 내게 말하면 널 막을까 봐? 이건 미친 짓이야……. 그러다 곧 깨달았다. 실은, 그녀도 알고 있었다. 병명만 몰랐을 뿐 척의 고통을 누구보다 잘 알고 있었다. 그런데도 막지 못했다. 이 미친 짓은 척 혼자 여기까지 끌고 온 게 아니었다.

"방역 센터에는 제가 가겠습니다. 어차피 난 남은 시간이 많지 않을 겁니다."

척은 다른 사람이 돼서 다른 사람의 이야기를 하는 것 같았다. 누군가 그녀의 가슴뼈를 짓눌러 으스러뜨리는 것 같았다. 부러진 뼈가 심장을 찌르는 것 같았다.

"죽는다는 건 날 버린다는 거야."

그녀는 울지 않았다. 뱀처럼.

"……."

"사육사는 나야. 뱀을 다루는 건 내 일이야."

밤안개가 뿌옇게 깔렸다. 그녀의 입 속으로 그의 따뜻한 숨이 불어왔다. 그의 몸 깊숙이 그녀의 따뜻한 숨이 밀려들었다.

덤불 속에서 두목 원숭이가 튀어나왔다. 그 뒤로 후리의 머리가 불쑥 솟았다.

"쟤 좀 잡아! 잡아 놓기 무섭게 또 도망쳤어. 방역대에 잡히면 어쩌려고, 헥헥."

기진맥진한 후리에 비해 두목 원숭이는 펄펄 날아다녔다.

"롱롱은 소원을 들어준다네에……, 우리는 아귀처럼 소망을 탐한다네에……."

3

산은 어둠 속에서 깨어날 기미가 없었다. 젖은 몸에 바람이 스치기만 해도 선득했다. 달빛 아래 푸르스름하게 드러난 오솔길을 따라 세 사람은 쉼 없이 걸었다. 길은 자주 끊어졌다. 번갈아 덤불 속에 뛰어들어 길을 만들었다. 나무뿌리에 걸려 번번이 무릎이 꺾였지만 살필 겨를이 없었다. 날이 밝기 전 방역 센터에 도착해야 했다.

"아, 왜 이렇게 걸리적거리는 게 많아."

후리는 나뭇가지로 발밑을 헤치며 걸었다. 마른 가지가 뚝뚝 부러졌다. 푸드덕. 밤새의 날갯짓이 섞여 들었다. 김의 목소리가 나지막이 들려왔다.

"레지스탕스는 무서운 사람인 줄만 알았는데, 어쩌다 우리 형이 레지스탕스가 됐는지 이해가 되질 않았어. 지금도 난 모르겠어. 그저 형이 꾸는 꿈과 관련이 있겠거니 짐작할 뿐이야. 우리 형은, 꿈을 앓았거든."

김의 말은 오랜 세월 흙 속에 묻혀 있다 어쩔 수 없이 땅 위로 드러나는 나무뿌리 같았다. 상처투성이 뿌리를 밟지 않으려 그녀는 조심스럽게 앞으로 나아갔다.

"형은 곱슬머리에다 숱도 많아서 북슬북슬하게 이렇게 커다랬다고. 머리가. 키는 지금 나만 했지. 형은 죽을 만큼 몸이 아플 때나 애애애 울었어. 애애애…… 애애애……. 소리를 내지 않으려 해도 입이 저절로 벌어지면서 내장 깊숙한 곳에서부터 애애애 소리가 애달프게 올라오는 거지. 꼭 양처럼 말이야. 입김이 나올 정도로 갑자기 추워진 날이었어. 문득 잠에서 깼는데 방 안이 형의 숨소리로 가득 차 있는 거야. 애애애…… 애애애…… 애애애…… 형이 애애애애 내뱉은 숨이 천장으로 뭉실뭉실 올라가 흰 구름처럼 뭉게뭉게 떠다니는 것 같았어. 이불 밖으로 빠져나온 형의 북슬북슬한 곱슬머리를 보니까 영락없이 까만 양이야. 가만히 들어보니까 아픈 소리와는 달랐어. 이불을 들춰 봤지. 형의 얼굴은 말할 수 없이 푹 퍼져 있었어. 형은, 꿈을 꾸는 거였어. 애애애애…… 언덕에서 뛰놀고 있었던 건지도 모르지. 꿈을 꾸는 형은 아플 때와 비슷한 소리를 내는구나. 꿈을 꾸는 사람은 아픈 사람과 비슷하구나……. 그때 알았어. 우리 형은, 꿈을 앓았던 거야. 깊은 병을 앓는 것처럼 말이지. 깊은 꿈을 앓았던 거라고. 형이 무슨 꿈을 꾸는지 알 수 없었지만 내가 아는 게 하나 있었지. 형이 꿈속에서 헤엄쳐 들어간 곳이 적어도 재생타이어 공장은 아니란 걸. 형의 장래 희망이 재생타이어 기술자는 아니었거든. 형이 공장에 들어간 건, 굳이 말하지 않아도 다 아는 거지. D구역에서 태어나 이래저래 여차저차 그렇게 된 거야. 형이 까만 양이 아닌 것처럼, 형이 사는 세상도 푸른 초지가 아니었던 거야. 형이 소원을 이룰 데라곤 꿈속밖에 없었을 거야. 푸른 초지에서 까만 양이 돼서 풀을 뜯으면서 말이야. 매일매일 꿈을 꾸던 형은 어느 날 잠에서 깨어나 방역 버스의 타이어를 펑크 내러 갔던 거지. 형이 말하던 새로운 도시에 관한 이야기들, 지금도 나는 그게 무슨 얘긴지 몰라. 이해할 수 없어서 알쏭달쏭했던 순간만이 또렷이 기억날 뿐이야. 그래도 그 얘기를 할 때 형의 푹 퍼진 표정은 잊을 수 없어. 무럭무럭 김이 오르는 칼국수처럼 기분 좋게 푹 퍼진 얼굴 말이야. 꿈을 꿀 때와 똑같은 얼굴이었지."

형을 떠올리며 김은 지그시 눈을 감았다. 상기된 뺨에서 따뜻한 김이 모락모락 피어오르는 것 같았다.

"형이 푸른 초지에서 뛰놀기 위해 꿈을 필요로 했던 것처럼, 우리는 소원을 이루기 위해 롱롱이 필요했던

거야. 바보 같은 짓을 하긴 했지. 롱롱에게 신단백질이
든 T-프로틴을 먹였다는 거. 롱롱이 날 잡아먹을까 봐
쉬지 않고 사육장 안으로 프로틴 반죽을 굴렸지. D구
역에는 토끼도, 두더지도, 뛰어다니는 생닭도 없으니
까……. 도시는 원래 롱롱이 살던 곳이 아니니까 어쩔
수 없던 거야. 누구의 잘못도 아니야. 안 그래?"

4

두목 원숭이가 탈출한 통로는 풀숲에 가려져 있는
배수로였다. 오랫동안 사용하지 않아 방치돼 있었다.
방역 센터 규모가 늘어나면서 하수를 감당할 수 없어
새 배수로를 만든 뒤 방치한 것이었다. 배수로를 따라
들어가면 방역 센터 어딘가로 이어진다고 했다.
  "두목 원숭이가 좁은 문이라고 해서 비상구인 줄 알
았는데……. 이런……."
  김이 난감한 표정으로 두둑한 뱃살을 문질렀다.
  배수로를 따라 30분쯤 걸어가자 쇠창살이 가로막았
다. 녹슨 창살은 쉽게 뜯겼다. 두목 원숭이가 도망 나

온 구멍을 들킬까 봐 허술하게 막아 둔 것 같았다. 파이프가 안쪽으로 이어졌다. 최대한 몸을 굽히면 사람이 간신히 들어갈 수 있는 크기였다. 김이 숨을 깊이 들이마시고 배를 집어넣었다. 그럭저럭 전진하는 덴 문제가 없었다. 세 사람은 허리를 굽히고 양손을 뻗어 파이프 벽을 더듬어 가며 한 발 한 발 앞으로 갔다. 빛 한 줄기 들어오지 않았다. 바닥에 미끌미끌한 이끼가 밟혔다. 한 사람이 넘어지면 다른 두 사람도 연거푸 넘어졌다. 그녀는 사육 도구가 든 배낭을 메고 있어 중심 잡기가 더 어려웠다.

"어디까지 가야 하는 거야? 원숭이가 제대로 말하긴 한 거야? 여기가 맞는 거냐고?"

후리의 목소리가 파이프를 따라 나선형으로 빙글 돌았다.

"두목 원숭이 몸에 멍이 군데군데 있었잖아. 여기서 넘어져서 그런 거야. 옷에 푸르뎅뎅한 물이 든 거 봤지? 이끼가 묻어서 그래. 틀림없어."

김이 더듬더듬 후리의 손을 잡아끌었다.

얼마쯤 가자 독한 약품 냄새가 코를 찔렀다. 머리 위 작은 쇠창살 사이로 빛이 들어왔다. 후리가 힘껏 밀었더니 쇠창살이 분리됐다. 성인이 어깨를 잔뜩 접어야 겨우 빠져나갈 수 있는 크기의 구멍이 생겼다.

"방역 센터 안으로 들어온 거 같아. 아무도 없어. 내가 먼저 나갈게."

후리가 긴 팔을 쭉 뻗어 어렵지 않게 위로 빠져나갔다. 후리가 내민 손을 잡고 김과 그녀도 차례로 밖으로 나왔다.

그들이 올라온 곳은 창고라기보다 자투리 공간에 가까운 곳이었다. 오래된 의약품과 기구들이 천에 덮인 채 먼지를 뒤집어쓰고 있었다.

"여긴 못 쓰게 된 폐액 같은 걸 들이붓는 하수구 같아."

김이 옷에 코를 박고 킁킁 냄새를 맡더니 질색했다.

"폐액은 아니니까 염려 마셔. 폐액은 독성이 강해서 함부로 못 버려요. 폐액 통에 따로 모아 처리한다고요."

실험실과 치료실에서 멀쩡한 정신으로 누구보다 긴 시간을 보낸 후리였다.

"근데, 롱롱은 어디 있을까? 이 넓은 방역 센터 어디서부터 찾아?"

김이 코를 싸쥐고 주변을 두리번거렸다. 아직도 하수구 냄새에 코가 얼얼한 것 같았다.

"공 박사의 연구실에 있을 거야. 공 박사가 롱롱을 데려간 것은 연구 목적일 테니까."

그녀가 문틈으로 밖을 살피며 말했다. 복도에는 어둠이 들어찼다. 검은 막대 같은 견고한 어둠이었다. 복도 양쪽으로 도열해 있는 사십여 개의 방에서는 기침 소리 하나 새어 나오지 않았다. 세 사람은 발소리를 죽이며 복도 밖으로 나왔다.

후리가 병실 안을 기웃거렸다. 방 안에는 허물을 쓴 사람들이 튜브를 타고 똑똑 떨어지는 약물을 혈관에 흘려보내며 잠들어 있었다.

"어떡할까? 저 사람들을?"

"뭘 어떡해? 깨워야지."

김이 망설이지 않고 문손잡이를 당겼다. 문밖에 잠금장치가 있어 쉽게 열렸다. 세 사람은 안으로 들어가 병상에 누운 사람들의 팔에서 주삿바늘을 빼냈다.

"일어나. 빠져나가야 해."

그녀가 환자의 귀에 대고 속삭였다. 그 말이 신호라도 된 듯 비상 사이렌이 쏟아졌다. 방범 센서가 침입자를 감지한 것 같았다. 세 사람은 복도를 뛰어다니며 닥치는 대로 문을 열었다. 잠에서 깬 사람들이 어리둥절한 얼굴로 비틀비틀 복도로 몰려나왔다. 비상계단과 복도 끝에서 방역대원들이 달려왔다. 사람들이 사방으로 흩어져 우왕좌왕했다. 김은 그때까지도 병실 문을 일일이 열어보고 있었다.

"그만해요! 이리 오라니까!"

후리가 김의 손을 잡아끌었다. 김은 후리를 뿌리치고 아직 닫혀 있는 문들을 향해 뛰었다.

"그만하래도!"

후리가 따라가 김의 목덜미를 잡았다. 방역대가 추격해 오는 와중에도 둘은 옥신각신했다. 그녀는 비상계단을 향해 뛰었다. 롱롱을 구해야 했다.

"누나, 지하 3층이야! 비상계단 내려가자마자 오른쪽!"

후리가 외쳤다. 그녀는 뒤를 돌아볼 겨를도 없이 계단을 뛰어 내려갔다.

지하 3층 비상계단 끝에는 거대한 문이 버티고 있었다. 층 전체가 공 박사의 연구실이었다. 문에는 홍채 인식기가 달렸다. 그녀는 발로 문을 걷어찼다. 보안장

치에서 요란한 경고음이 울렸다. 방역대와 허물 쓴 사
람들이 뒤엉켜 비상계단을 뛰어 내려오고 있었다. 그
녀는 미친 듯이 문을 걷어찼다. 뜻밖에 문이 열렸다.

5

"롱롱을 보러 왔군."

공 박사가 미간을 찡그렸다. 한쪽으로 비켜서며 공
간을 열었다. 들어오라는 뜻이었다. 그녀는 연구실 안
으로 들어갔다. 등 뒤에서 문이 무겁게 닫혔다. 밖에서
허물을 쓴 사람들과 방역대의 발소리가 다급하게 엉켜
들었다.

거기 롱롱이 있었다. 한쪽 벽 전체가 유리로 된 수
조 속에 겹겹이 포개져 있었다. 여전히 허물을 벗지 못
한 채였다. 또다시 탈피가 중단된 것 같았다. 공 박사
는 아직 치료제를 투입하지 않은 걸까. 롱롱을 공 박사
에게 보낸 건 치료제를 투약하게 하기 위해서였다. 허
물을 벗기엔 시간이 충분치 않았던 것일까?

공 박사는 CCTV 화면을 보고 있었다. CCTV는 방역

센터 곳곳을 비췄다. 허물을 쓴 사람들은 이렇다 할
저항 한번 하지 못하고 방역대에 진압되고 있었다. 후
리는 사람들을 비상구로 대피시키느라 뛰어다니고 있
었다.

"소란은 곧 진정될 걸세. 약에 취해 제 몸도 잘 가누
지 못하는 사람들을 제압하는 게 그리 어렵진 않을 테
니까."

공 박사는 태연했다. 침입자들을 경계하는 빛은 조
금도 없었다.

"강제 입원실은 어디 있지? 네가 강제로 잡아 두고
있는 사람들 말이야."

그녀의 말에 공 박사는 의아한 표정을 지었다.

"강제 입원실? 그런 건 없다네. 장기 입원 병동은 있
지. 그곳에선 죽음을 맞이하는 게 드문 일은 아니라네.
장기 입원 병동에는 임상시험 3상 단계의 환자들이 수
용되니까. 그들 대부분 중한 병증을 보이지. 치료를 포
기하지 말라고 애원하는 사람들도 적지 않아. 신약이
효력이 있으면 다행이지만 그렇지 않은 경우가 더 많
다네. 사망 통지서가 발송됐을 텐데? 우린 행정적으로
도 완벽하게 일을 처리하는 편이지."

두목 원숭이와 척을 죽음 직전까지 몰아가 놓고 공 박사는 아무 상관 없는 사람처럼 굴었다.

"장기 입원? 정체 모를 주사를 맞고 증세가 심해진 사람들이 살려달라고 애원하는 게 강제가 아니라고? 강제 임상시험을 당한 후 온몸에 검은 버섯 같은 게 돋아난 사람이 있어."

"임상시험 부작용을 주장하는 건가? 증명하면 될 일 아닌가? 절차를 밟아 소송을 하든지. 시의 번영과 시민의 안전을 위한 법이 존재한다는 걸 잊지 말게. 이렇게 시끄럽게 굴 일은 아니지. 하지만 믿을 수 없군. 그들 모두는 죽었거든. 피부암 덩어리가 자라기 시작하면 보통 3개월 안에는 증상이 악화돼 숨을 거두더군. 다양한 신약을 시험해봤지만 결과적으로는 실패라고밖에 말할 수 없네."

공 박사는 부작용을 굳이 숨기려 하지 않았다. 피부암 치료제 개발도 숨기지 않았다. 공 박사의 눈에 그녀는 덫에 걸린 생쥐일 뿐이었다. 생쥐에게 거짓을 꾸며댈 이유가 없었다. CCTV 화면 속에선 아직도 김이 형을 찾아 닥치는 대로 치료실 문을 열어보고 있었다.

"임상시험 지원자들은 신약의 위험성을 받아들인

자들이야. 모두 제 손으로 사인했지."

"거부 의사를 밝혀도 강제로 끌고 가 투약했어. 내 눈앞에서 벌어진 일이야."

"동의서에 적혀 있다네. 자세히 봐야지. 마음대로 중단할 수 없어. 우리가 들인 노력과 비용이 있잖은가. 다시 말하지만, 억울하면 변호사를 고용하면 될 일이지 소란을 피울 일은 아니야."

연구 내용이 피상적으로 적힌 동의서 한 장으로는 윤리적 결함을 감출 수 없었다. 사람들을 속이는 종이에 불과했다. 재난 특별법이 일반법에 우선하는 기업도시에서 법에 호소하라는 것도 말장난에 지나지 않았다. 공 박사의 머릿속에는 완벽히 그려진 한 장의 설계도가 펼쳐져 있을 뿐이었다. 문제는, 공 박사의 설계도와 시민들이 아는 설계도는 완전히 다르다는 데 있었다.

"이 도시에 필요한 건 티셀 바이러스 백신이야. 피부암 치료제가 아니라."

"그래, 그렇지. 이 도시는 백신으로 충분할 수도 있지. 자네가 이해할진 모르지만, 제약 회사 입장에서는 충분치 않은 일이라네."

"당신 뜻대로 되지 않을 거야. 당신은 그렇게 많은

사람들을 희생시키고도 아직 신약을 개발 못 했어. 티셀 바이러스 백신도, 피부암 치료제도."

그녀는 도발했다. 사육사가 맹수를 제압할 땐 주의를 끌어 집중력을 흐트러뜨린다. 이곳은 공 박사가 완벽히 제어하는 공간이다. 평정심을 무너뜨리지 않으면 빠져나갈 기회를 잡을 수 없다.

"내가? 백신을 개발하지 못했다고?"

공 박사가 실소를 터뜨렸다.

"완치율 100% 피부암 치료제 개발을 제약 회사에 제안한 건 나야. 제약 회사는 티셀 바이러스 백신을 보급하자고 했지만 내가 반대했네. 대신 허물을 키워 통제하는 방식을 제안했지. 애초부터 이 도시는 거대한 표본 집단으로 설계된 거라네."

"표본 집단?"

공 박사의 입에서 나온 '표본 집단'이라는 말은 낯설고, 낯선 만큼 충격적이었다.

"더 듣고 싶나? 그래, 말해주지. 자네는 내 연구실을 발로 차고 들어온 최초의 시민이니까 말이야."

공 박사는 의자에 걸터앉아 머릿속 설계도를 펼치고 느긋하게 읽어 내려갔다.

"내가 처음 이 도시에 온 건 이 지역 풍토병을 연구하기 위해서였네. 허물 안에서 피부암에 효과가 있는 물질을 발견한 건 우연이었어. 그런데 문제가 있었어. 유효 물질 추출에만 적지 않은 허물과 시간이 필요했다네. 치료제가 개발된다 해도 인체를 숙주로 삼지 않으면 대량생산을 할 수 없어."

방역 센터에 8주나 잡아 둔 건 유효 물질 추출을 위한 시간을 확보하기 위해서였다. 예상대로 허물과 신약 개발은 연관이 있었다.

"난 이 도시를 완벽한 표본 집단으로 만들 계획을 세웠어. 먼저, 허물을 끔찍한 것으로 만들었지. 실제보다 훨씬 더 혐오스러운 것으로 말이지. 시민들은 자신의 몸에 달라붙은 허물보다 손에 잡히지 않는 허상을 더 믿더군. 허물 있는 사람들은 숨어들 곳을 찾았지. 맞아. D구역일세. 나머지 사람들은 T-프로틴을 광적으로 소비했어. 난 티셀 바이러스가 대량으로 확산되거나 반대로 소멸되지 않도록 주의를 기울였네. 허물은 너무 많아도, 적어도 안 되거든. 허물이 너무 많이 퍼지면 경제활동인구가 줄어들고, 반대로 너무 적으면 도시의 성장 동력을 잃게 될 테니까 말이야."

방역 버스를 개조해 티셀 바이러스를 확산시켰느냐고 물을 필요는 없었다. 방역 센터가 바이러스를 의도적으로 확산시켰다는 것만으로 충격적이었다. 방역 센터 입소 심사가 일관성이 없었던 것도 이유가 있었다.

"D구역의 허물은 시의 자원 같은 거야. 제약 회사도 처음엔 내 계획에 미심쩍어 했지만 백신을 파는 것보다 몇 배나 많은 이윤이 지속적으로 발생된다는 걸 증명하자 수긍하더군."

그는 치밀하고 계획적이며 천재적이기까지 했다. 바이러스만 연구하던 과학자라고 믿을 수 없을 만큼.

"어떤 의미에서, 이 도시가 생산하는 건 이념이라고 할 수 있다네. 사람들은 몸에 허물이 생기면 자발적으로 방역 센터로 오지. 허물은 혐오스럽거든. 방역 센터로 오면 허물을 벗겨주고 유효 물질을 추출하지. 그들은 다시 밖으로 나가 허물을 키워. 누구도 불행하지 않은 선순환이란 말일세."

공포가 이념이 되고, 이념이 공포를 강화시켰다. 그 불행한 순환 속에 유일하게 실재하는 건 허물뿐이었다. 공 박사는 시민이 아니라, 시민들의 허물이 불행하지 않다고 말하는 것 같았다.

"허물을 입을 수밖에 없는 시스템을 만들고 허물을 두려워하라고 강요하는 게 당신이 만든 시스템이란 거야? 억울하면 소송을 할까? 당신이 말하는 법이 수용소 규칙과 뭐가 달라. 수용자들을 공평하게 대한다고 해서 수용소가 아니야? 강제로 수용해놓고 공평하게 대했다는 거야?"

공 박사는 그녀의 말은 듣지 않았다. 머릿속 설계도엔 아직 읽어야 할 내용이 남아 있었다.

"공포란 인간의 욕망과 여러모로 비슷하지. 공포가 공포를 낳는 것처럼 욕망이 욕망을 낳는다네. 내가 공포를 이용했다면 자네는 욕망을 이용한 거야. 허물을 벗고자 하는 욕망. 그게 죄라면, 자네와 내가 저지른 죄의 무게는 비슷할 걸세."

롱롱프로틴이 키운 소망 혹은 욕망. 두렵지 않은 적이 없었다. 그녀가 불러온 욕망이 거짓으로 드러난다면, 롱롱이 허물을 벗고도 세상의 허물이 그대로라면, 죄의 무게를 매달 저울은 공 박사의 것이 아니길 바랐다.

공 박사는 자리에서 일어나 유유히 수조로 다가갔다.

"롱롱이 나온 후론 일이 복잡해졌다네. 시민들이 방역 센터에 입소하는 대신 롱롱에게 소원을 빌더군. 일정량의 허물을 확보하는 데 어려움이 생겼지. 피부암 치료제 개발에도 제동이 걸렸어. 너희들은 내가 공들여 만든 시스템에 균열이 가게 만들었어. 제약 회사는 더 이상 나를 신뢰하지 않아. 상황이 개선되지 않으면 도시에서 손을 떼겠다는 최후통첩을 보내왔다네. 말도 안 돼. 내가 이 도시를 어떻게 건설했는데!"

공 박사는 증오에 찬 눈으로 그녀를 노려보는가 싶더니 돌변했다.

"제약 회사는 롱롱 때문에 내가 끝장났다고 여기는지 몰라도 그건 틀렸어. 그들은 과학을 몰라. 과학자를 절대 모르지. 자본의 논리만 좇는 자들이 뭘 알겠나? 과학자는 가설을 세우는 존재라네."

공 박사가 의미심장한 미소를 지었다.

"난 뱀독에 관한 논문이라면 아주 사소한 것까지 모조리 찾아봤어. 뱀독이 중증 피부 질환에 효과가 있다는 건 이미 증명된 학설이야. 이렇게 큰 뱀이 오랜 세월에 걸쳐 몸속에 어떤 물질을 축적했을지, 자네는 상상이나 해봤나? 그래, 물론 가설일 뿐이지. 하지만 인류 역사상 놀라운 발견은 처음에는 모두 가설이었다네. 단 하나의 예외도 없어."

롱롱이 허물을 벗는 것은 공 박사에게도 간절한 소망이었다. 허물에서 피부암 치료제를 발견하게 된다면 더 이상 사람의 허물은 필요 없게 된다. 제약 회사의 간섭에서 벗어나 더 많은 이윤을 창출할 수 있는 새로운 시스템을 만들 가능성이 생긴다. 가설의 증명만이 공 박사에게 유일한 희망이었다.

"뱀이 허물을 벗기만 기다리면 됐는데, 너희들은 엉뚱하게도 신단백질을 먹이더군. 순순히 방역 센터로 데려오라고 내가 직접 경고했는데도 일을 더 어렵게 만들었어. 뱀에게 마취 총을 쏘고 포획하도록 만들었잖아. 예민한 피실험체에 불필요한 자극을 가하는 게 얼마나 멍청한 짓인 줄 알아?"

공 박사는 뾰족 수염을 통해 롱롱의 상태를 보고받고 있었다. 롱롱이 허물을 벗으면 때를 노려 안전하게 포획하려 했지만 신단백질 때문에 계획이 틀어진 것이다.

"이 도시에서 허물을 벗을 수 있는 방법은 T-프로틴을 먹는 거지. 그게 네가 만든 시스템이야."

롱롱에게 신단백질을 먹인 것은 그녀 자신이었다. 책임을 회피할 생각은 없었다. 오직 한 사람, 공 박사를 제외하고. 그는 자신이 만든 시스템이 롱롱을 허물

속에 가뒀다는 걸 인정하지 않았다. 공 박사는 참지 못하고 소리쳤다.

"롱롱은 시스템 밖의 존재야. 새로운 시스템을 창조할 수 있는 존재라고!"

"치료제를 투입해. 허물을 벗기는 치료제. 블루가 뜬 뒤에도 허물을 벗지 못하면 롱롱은 죽어."

그녀는 공 박사가 해야 할 일을 일깨웠다.

"개체의 무게를 고려해 이미 충분한 양을 투입했다네. 효과가 없어. 신단백질을 먹고도 블루가 온 거라면 치료제도 소용없다고 봐야지. 뱀과 인간의 면역계가 같을 리 없어. 다른 물질이 필요해. 그걸 찾아야겠어."

치료제도 롱롱의 허물을 벗기지 못했다. 수조 속 롱롱의 눈엔 서서히 빛이 꺼져가고 있었다. 그녀가 끌어내지 않으면 수조에 갇혀 순순히 죽을 것처럼 보였다.

"내가 자네를 여기 들인 건 이유가 있어서야. 뱀 눈에 블루가 뜬 것은 알겠는데, 좀처럼 허물을 벗지 않거든. 벗지 않는다면 억지로 벗겨낼 도리밖에 없는데, 그렇게 되면 뱀이 죽고 말 걸세. 뱀이 죽은 뒤엔 허물에서 의미 있는 물질이 발견되더라도 지속적인 공급이 어렵게 되지 않겠나? 자네도 뱀이 죽기를 바라는 건 아닐 테지, 그렇지 않나?"

그녀는 뒤늦게 깨달았다. 그녀가 연구실로 들어온 게 아니라 공 박사가 잡아들인 거라는 걸.

"이 도시에서 저 거대한 뱀을 핸들링할 수 있는 인간은 자네 한 사람뿐이란 말이야. 자네는 내 지시에 따라 뱀을 다루기만 하면 된다네. 이대로는 연구를 진척시키는 데 한계가 있어. 아주 정밀한 실험이 필요해. 절대적으로 세심해야 하지. 가설을 증명하는 과정은 이만저만 까다로운 게 아닐세. 난관이 한두 가지가 아니지."

공 박사가 기도하듯이 양손을 맞잡았다.

"내 가설만 증명된다면 구태여 시민들을 숙주로 허물을 배양할 필요도 없게 되지. 완전히 다른 시스템을 창조할 수 있단 말이다. 롱롱을 숙주로 한 시스템이지. 유전자복제 기술을 이용하면 롱롱을 얼마든지 더 만들 수 있을 거야. 백 마리든, 천 마리든. 자네에게 사육장 운영권을 주지. 맹목적인 믿음과 과학적인 가설은 완전히 달라. 자네 손으로 내 가설을 증명할 기회를 주겠네."

공 박사의 눈동자는 광기로 번들거렸다. 그녀가 천

천히 입을 뗐다.

"롱롱은 반드시 허물을 벗을 거야. 언제든 폐기할 수 있는 가설이 아니야."

세상의 허물은 반드시 벗겨져야 한다. 세상에 허물이 있는 한 롱롱은 허물을 입고 벗는, 자연으로부터 부여받은 존재 방식대로 살 수 없다. 시민들 또한 마찬가지였다. 롱롱이 세상의 허물을 벗긴다는 전설을 그녀가 지금처럼 간절히 믿은 적은 없었다.

"하지만 여기서는 아니야."

그녀는 실험대 위 '취급 주의' 표시가 붙어 있는 용기를 들어 올렸다.

"조심해! 그거 폐액 통이야! 네가 다룰 수 있는 게 아냐!"

공 박사는 벌겋게 상기된 얼굴로 두 팔을 저으며 다가왔다. 버릇없는 아이를 달래듯이. 그녀는 폐액 통의 뚜껑을 열고 공 박사를 향해 당장이라도 던질 것처럼 위협했다.

"어서 수조를 열어. 안 그러면 이 안에 든 게 네 머리 위로 쏟아질 거야."

연구실엔 공 박사와 그녀 둘뿐이었다. 공 박사는 그

녀가 거대 파충류를 능숙하게 다루는 사람이란 걸 간과했다.

"자, 자, 진정하게나. 어차피 자네 혼자 저 뱀을 끌고 나갈 순 없어. 여기서 나간다 해도 밖에는 방역대원들이 대기하고 있네."

공 박사는 테이블 아래를 더듬어 비상벨을 찾았다. 그녀는 폐액 통을 힘껏 집어던졌다. 공 박사가 쏟아진 폐액을 피하려 허둥대는 사이, 그녀는 수조 앞 기계장치 앞으로 달려갔다. 색이 다른 밸브와 버튼, 숫자와 그래프가 배열돼 있었다. 그녀는 아무 버튼이나 눌렀다. 그때마다 귀에 거슬리는 경고음이 들렸다.

"뭘 눌러도 소용없어. 암호를 걸었거든."

공 박사가 내용물이 쏟아진 빈 통을 발로 걷어찼다. 그녀는 가까이 있는 금속 탱크를 들어 올렸다. 허리가 무너질 것 같은 무게였다.

"조심해! 그건 고압 탱크야. 폭발하면 어떻게 되는 줄 알아?"

쾅. 쾅. 밖에서 문을 부숴버릴 것처럼 타격하는 소리가 들렸다. CCTV 화면에 김과 후리가 보였다. 다른 사람들과 함께 거칠게 문을 걷어차고 있었다. 방역대원들이 사정없이 진압봉을 휘둘렀다. 둔탁한 소리와 외마디 신음이 뒤섞였다.

"떨어뜨리면 안 돼! 자네는 지금 큰 실수를 하고 있네. 뱀의 세포주 다음으로 중요한 것은 나란 말이다. 나만이 허물을 벗길 수 있어. 그런 걸로 날 위협하는 건 좋은 생각이 아냐. 그래, 저기 초저온 냉동고 속에 미리 추출해 둔 롱롱의 동결 세포주가 있다네. 1밀리리터 작은 튜브 하나만 갖고 나가면 돼. 그걸 가지고 나가서 연구해보는 게 어때? 날 믿게. 난 할 수 있어. 내게 협조하게. 내겐 시간이 조금 더 필요할 뿐이야."

"수조를 열어."

"그, 그렇지, 앰플이 있어. 이걸 주겠네. 고농축 앰플이야. 이거 한 방울이면 자네 한 사람쯤 허물을 벗는 건 문제가 아냐. 영원히 허물을 벗을 수 있어. 다신 허물이 생기지 않는단 말일세."

공 박사는 실험대에 딸린 서랍을 열쇠로 열었다. 작은 앰플이 나왔다. 뾰족 수염이 말한 그 앰플이 틀림없었다. 예상대로였다. 공 박사가 만든 시스템은 앰플이 없으면 완벽하다고 할 수 없었다. 시의 재정 대부분을 백신과 치료제 개발에 쏟고 있다는 것이 거짓으로 드러날 때를 대비해 언제든 새로 시작할 수 있는 리셋 버튼을 만들어둔 것이다. 공 박사가 의기양양한 표정으로 앰플을 들어 보였다. 그녀가 시선을 빼앗긴 사이, 공 박사가 실험대 아래로 기어들어 가 비상벨을 눌렀다. 경보음과 함께 연구실 문이 열렸다. 문이 열린 것과 그녀가 수조를 향해 고압 탱크를 던진 것은 거의 동시였다.

꽝. 수조에 부딪힌 고압 탱크가 폭발했다. 빠른 속도로 수조의 물이 빠지기 시작했다. 롱롱은 눈동자가 가늘어지더니 꿈틀꿈틀 움직이기 시작했다. 깨진 수조 틈으로 구멍이 빠르게 커지고 있었다. 쏟아지는 물살 사이로 두 갈래로 갈라진 뱀의 혀가 뚜렷하게 보였다.

"안 돼!"

공 박사가 비명과 함께 물살에 휩쓸리는가 싶더니 순식간에 시야에서 사라졌다.

수조를 빠져나온 롱롱은 거칠 것이 없었다. 수십 명의 방역대원들이 일제히 물살에 휩싸였다. 사람들은 속수무책으로 롱롱의 몸에 깔리거나 밀려났다. 롱롱은 열린 길을 향해 빠른 속도로 나아갔다.

그녀는 물살을 거슬러 실험대를 향해 갔다. 앰플을

손에 넣어야 했다. 가까스로 서랍을 열자 앰플 상자가 물 위로 둥둥 떠올랐다. 팔을 뻗쳐 상자를 손에 넣으려는 찰나, 물결에 휩쓸려 중심을 잃었다. 누군가 그녀의 손목을 낚아챘다. 후리였다. 앰플 상자는 빠른 속도로 멀어지고 있었다. 그녀는 앰플을 향해 손을 뻗었다.

"저것만 있으면 허물을 벗을 수 있어!"

소용돌이 속으로 빠져들어 가는 그녀를 후리가 안간힘을 쓰고 잡아당겼다.

"조심해요! 저거 안 보여?"

물살에 휩쓸리는 건 사람만이 아니었다. 깨진 유리조각과 쇳덩이들, 부서진 실험 도구들이 칼날처럼 비껴갔다. 앰플 상자는 시야에서 완전히 사라졌다.

그녀는 퍼렇게 질린 입술을 깨물고 배낭 속에서 스네어 폴을 꺼냈다. 롱롱의 목줄을 잡고 시위대가 있는 곳으로 가야 했다. 고리를 만들어 롱롱의 머리를 겨냥했지만 번번이 빗나갔다. 후리는 그녀가 넘어지지 않도록 물살을 막느라 연거푸 물을 먹었다.

"여, 여기야!"

김이 롱롱의 비늘 사이에 열 손가락을 박고 몸통에 달라붙어 있었다. 자신의 허리띠를 풀어 비늘 사이에

깊숙이 밀어 넣는 중이었다. 그사이, 방역대원들이 한
꺼번에 롱롱에게 달려들었다 일제히 미끄러졌다. 그
바람에 김도 롱롱의 몸에서 미끄러졌다. 롱롱의 머리
가 천장까지 솟구쳤다. 그녀는 후리의 어깨를 딛고 롱
롱을 향해 몸을 날렸다. 몸통에 기어올라 김의 허리띠
를 손아귀에 단단히 감아쥐고 목을 조였다. 아무리 세
게 조여도 롱롱은 평소와 달리 온순해지지 않았다. 후
리와 김이 롱롱의 몸통에 가까스로 달라붙었다. 세 사
람은 비늘 깊숙이 손가락을 박았다. 롱롱은 배 비늘을
세웠다 눕히면서 엄청난 추진력으로 나아갔다. 김의
몸이 한쪽으로 기우는가 싶더니 바닥에 곤두박질쳤다.
후리가 손을 뻗었지만 김은 빠르게 뒤로 멀어졌다.

"내 걱정은 하지 마!"

뒤에서 김의 외침이 들렸다. 그녀가 소리쳤다.

"멈춰! 멈춰!"

롱롱을 멈출 수 있는 건 아무것도 없었다.

6

롱롱이 연구동을 빠져나오자 시민들이 몰려들었다. 중앙 광장엔 시민들로 발 디딜 틈이 없었다. 시위대가 고립됐다는 뉴스에 이어, 치료제를 투약한 롱롱이 곧 허물을 벗을 거라는 소문이 퍼졌기 때문이다. 조금이라도 가까이서 롱롱의 허물을 접하려고 사람들은 달려들었다. 흥분한 롱롱이 빠르게 움직이는 것을 향해 돌진했다. 신경세포에 포착된 먹잇감을 맹렬하게 쫓았다. 멀리서 몰려드는 사람과 가까운 데서 도망치려는 사람들이 서로 부딪쳐 넘어졌다.

"시민 여러분! 줄루랄라TV에서 전해드립니다."

BJ의 새된 목소리가 들렸다. 꽃다발 같은 여자였다. BJ는 확성기를 든 채 긴급 방송을 하고 있었다. 여자의 얼굴에 붉은 헤드라이트가 번졌다.

"세상의 모든 허물을 벗겨준다는 롱롱이 방금 방역센터 밖으로 탈출했습니다. 사육사가 목줄을 쥐고 있습니다만 전혀 통제하지 못하고 있습니다. 지금 방역센터 앞은 극도의 혼란으로 치닫고……, 아악!"

롱롱이 머리를 들이밀자 BJ가 확성기를 든 채 도망

갔다. 카메라맨은 BJ를 허겁지겁 따라갔다.

방역대원들이 롱롱을 막아섰다. 맨 앞에 한쪽 무릎을 꿇고 앉아쏴 자세를 취한 사수들이, 뒷줄엔 서서쏴 자세를 한 사수들이 섰다. 맹수용 포획 도구를 든 수십 명의 대원들이 방역대장의 발포 명령만을 기다리고 있었다. 롱롱은 하늘에서 땅으로 내리꽂히는 번개처럼, 땅에서 하늘로 솟구치는 화산처럼 격렬하게 요동쳤다. 그녀는 김의 가죽 허리띠를 단단히 조였다. 가죽띠는 곧 끊어질 것 같았다. 손아귀에 피가 배어났다. 후리가 그녀의 뒤에 버티고 앉아 안간힘을 썼다. 까딱하다간 둘 다 바닥으로 곤두박질칠 것 같았다. 롱롱을 놓치면 시민들을 향해 돌진할지도 몰랐다.

정문 진입로 쪽에서 검은 물체가 펄쩍펄쩍 뛰어왔다. 두목 원숭이였다. 두목 원숭이 뒤로 시위대가 보였다. 방역대가 방역 센터로 집결되는 틈을 타 포위망을 뚫은 것 같았다. 시위대가 롱롱과 방역대 사이에 벽을 만들었다.

"돌격!"

방역대장이 명령하자 사수들이 뒤로 물러나고 방역대원들이 진격했다. 놀란 시민들이 진압봉을 피해 시위대 사이로 뛰어들었다. 폭력을 피해 숨어들 곳은 시위대뿐이었다. 그들은 한데 얽혔다가 힘껏 밀쳐내고, 움츠렸다 민첩하게 뻗어 나갔다. 그들 모두 같은 상상을 한 사람들이었다. 겹겹이 누워 옆 사람과 단단히 팔짱을 끼고 다리로 앞사람의 상체를 감았다. 방역대원들이 한 사람에 네 명씩 달려들어 뜯어내기 시작했다. 한 사람이 꿈틀대면 양옆과 위아래 사람들 넷이 함께 꿈틀댔다. 그 네 사람에 매달린 사람들도 동시에 꿈틀댔다. 팔뚝과 장딴지에 푸른 힘줄이 도드라지고 거친 숨소리가 뿜어져 나왔다. 허물 아래 불끈 일어선 힘줄은 행렬의 처음부터 끝까지 이어졌다. 길게 누운 행렬은 잠시도 쉬지 않고 꿈틀댔다. 뱀 위에 올라탄 그녀의 눈에 이 모든 게 훤히 내려다보였다.

사수들이 일제히 롱롱을 향해 불꽃을 내쐈다. 마취총이 아니라 화염방사기였다. 포획이 목적이 아니라 죽이려는 것이다. 공 박사가 롱롱을 죽이라는 명령을 내릴 리 없었다. 지휘권을 상실한 것인지도 몰랐다. 불꽃이 닿자 롱롱이 발작적으로 똬리를 틀어 반대쪽으로 휘는가 싶더니 맹렬한 속도로 바닥을 휘저었다.

"누나!"

후리가 롱롱의 몸에서 떨어져 나갔다.

그녀는 군중 속에서 다급히 누군가를 찾았다. 노파라면 탈피가 중단된 이유를 알지 몰랐다. 세상에 떠도는 이야기라면 전부 알고 있으니까. 모두 노파에게 와서 이야기하니까. 여기 어딘가에 있을 것이다. 허물을 벗으려고 롱롱 곁으로 왔을 것이다.

'어디로 사라진 거지……?'

밤늦게까지 롱롱 앞에서 소원을 빌던 노파는 어디로 사라졌을까. 허물을 벗으러 간 사람들은 모두 어디로 사라진 것일까……? 엄마처럼 롱롱의 몸속으로 헤엄쳐 들어간 것일까?

'사람 몸속 0.9%의 염도……! 삼투압 현상……!'

노파가 그녀의 귀에 대고 속삭이는 것 같았다.

'뱀이 장독대 근처에서 허물을 벗는 이유는 삼투압 현상 때문이야. 뱀은 허물을 벗을 때가 되면 본능적으로 염분을 찾지.'

사람의 체액이 몸속에 퍼지자 롱롱의 허물이 헐거워지기 시작한 것이다. 뱀이 허물을 벗기 위해 필요한 염도, 살아 있는 것들의 핏속에 있는 0.9%의 염도가 롱롱의 허물을 벗긴 것이다. 뱀의 몸속 메커니즘에 변화를 일으킨 물질은 이것이었다. 완전한 탈피를 하기엔 노파의 체액이 모자라서……. 손아귀에서 스르르 힘이 빠져나갔다.

"롱롱은 시민들을 한입에 삼켜버릴 것처럼 위협하고 있습니다. 이곳 방역 센터 앞은 아수라장으로 변해가고……, 악!"

BJ가 비명을 질렀다. 멀리서부터 척이 달려와 확성기를 뺏어 들었다.

"피해요! 모두 안전한 곳으로 피해요!"

롱롱이 척을 향해 돌진했다. 그녀가 죽을힘을 다해 가죽띠를 당겼다. 손아귀에서 나온 피로 가죽띠가 미끄러웠다. 롱롱의 아가리가 가까스로 척을 비껴갔다. 척은 저만치 튕겨 나갔다. 두목 원숭이가 쓰러진 척을 향해 펄쩍펄쩍 뛰어왔다. 롱롱의 갈라진 혀가 두목 원숭이를 향해 날름거렸다. 그녀는 본능적으로 몸을 던졌다.

붉은 깃털 같은 불꽃이 어지럽게 날렸다. 사납게 요동치는 롱롱의 몸은 불타는 길처럼 보였다. 어둠이 소용돌이치는 쩍 벌린 아가리가 그녀를 향해 돌진해 왔다. 검은 입이 닫히기 전, 그녀는 언뜻 본 것도 같았다.

척이 이쪽을 향해 달려드는 것을.

그녀는 뱀의 몸속으로 헤엄쳐 들어갔다. 롱롱이 그
녀를 내장 깊숙이 밀어 넣었다. 날 삼켜. 핏속 소금이
녹아들 때까지. 그래서 허물이 벗겨질 때까지. 내 허물
이, 세상의 모든 허물이 벗겨질 때까지.

롱롱에게로 흘러든 수많은 소망들, 롱롱의 몸속으로
들어간 엄마와 노파, 노파의 모친과 다른 모든 사람들
의 이야기들, 롱롱은 그 모든 것들이 살아 꿈틀거리는
장대한 몸뚱이였다. 시간의 지류 같은 이야기들이 흘
러들어 가는 사이 허물이 생기고 허물을 벗고, 마침내
롱롱은 거대한 시간의 강으로 흘러야 했다. 마침내 세
상의 모든 허물을 벗기는 신이 돼야 했다.

아무리 기어들어 가도 롱롱의 끝은 보이지 않았다.
기다란 롱롱의 몸 어딘가에 엄마가 숨어 있을 것이다.
아마존 인디오들의 전설처럼, 뱀의 몸속에서 영원히
살아 있을 것이다. 정수리에서부터 허물이 갈라지는
소리가 들렸다. 롱롱의 내장이 그녀를 꽉 조였다. 그녀
는 롱롱의 몸을 파고들었다. 머리와 목과 어깨와 가슴
과 배, 허벅지와 종아리를 거쳐 허물이 천천히 벗겨졌

다. 몸이 홀가분했다. 룽룽의 몸 저쪽에서 한 번도 본 적 없는 엄마가 올라왔다. 그녀는 엄마의 발목을 잡고 헤엄쳐 갔다. 발목에 붙은 엄마의 허물이 그림자처럼 늘어졌다. 엄마의 허물이 그녀를 보자기처럼 감쌌다.

이것 봐, 우리 허물이 하나가 됐어.

그녀가 활짝 웃었다.

룽룽은 몸부림쳤다. 불꽃이 사방으로 튀었다. 방역 센터가 불길에 휩싸였다. 열감지기가 작동하면서 사방에서 물기둥이 솟았다. 하늘로 솟아오른 물기둥은 땅을 향해 폭포처럼 쏟아졌다. 물길을 타고 뱀의 허물이 천천히 떠오르기 시작했다. 룽룽이 물속에서 허물을 벗고 있었다. 허물은 빛나는 물감처럼 번져갔다. 투명한 날개가 물 위에 활짝 펼쳐졌다.

방역 센터 안에서 검은 번데기 같은 허물들이 진입로로 떠내려왔다. 축축하고 시커먼 번데기에서 어리둥절한 표정을 한 사람들이 하나둘 기어 나왔다. 번데기들 사이에서 혼비백산한 김의 얼굴이 보였다.

"겨우 찾았네."

김의 손에 들려 있는 것은 공 박사의 앰플 상자였다.

김이 상자를 번쩍 들어 올리는 순간, 액체가 주르르 흘렀다. 당황한 김이 상자를 열었다. 온전한 앰플은 몇 되지 않았다. 김은 물길을 타고 앰플 속 액체가 번지는 걸 바라봤다.

건너편 둔덕에서 겨우 물길에서 빠져나온 여인이 양지를 찾아 숨을 돌렸다. 몸을 말리다 깜짝 놀랐다. 허물이 물살에 쓸려 반 넘게 벗겨져 있었다. 나머지 허물도 흐물흐물해졌다. 여인은 품에 안은 갓난아이의 허물을 쭉 벗겨냈다. 아이가 까르르 웃었다. 벗어버린 허물들은 쏟아지는 급류를 타고 물 위를 둥둥 떠갔다.

물살을 피해 후리가 지붕 위에 올라 아래를 내려다봤다.

"아⋯⋯!"

조각 그물 같은 허물들이 둥둥 떠가고 있었다. 후리는 감격에 겨워 두 팔을 활짝 벌렸다. 눈썹산을 높이 올리고 눈꺼풀을 활짝 떴다. 입은 반쯤 열고 콧구멍은 한껏 벌렸다. 타이어 가게 벽화 속 사내처럼.

"줄루랄라TV에서 전해드립니다. 전설은 실현됐습니다. 롱롱이 허물을 벗자 시민들도 허물을 벗었습니다. 완전히 허물을 벗은 롱롱은 어디론가 사라졌습니다. 시민들은 기적에 환호하고 있습니다……. 다시 한 번 말씀드립니다. D구역에서 전해 내려오던 롱롱의 전설은 사실로 밝혀졌습니다…….”

BJ가 물바다가 된 방역 센터 안에서 리포팅을 계속했다. 천장에서 물이 쏟아졌다. 카메라맨이 떠다니는 허물을 주워 우비 삼아 뒤집어썼다.

척이 뱀의 목줄을 쥐고 궁을 향해 갔다. 허물을 벗은 두목 원숭이가 꺅꺅 소리치며 궁 담장 위로 뛰어올랐다. 후리가 두목 원숭이를 잡으려 두 팔로 허공을 휘저었다. 김은 뒤에서 터덜터덜 따라왔다.

“아저씨 형은 찾았어요?”

후리가 물었다. 왠지 안부를 물어야 할 것 같았다. 다신 안부를 물을 수 없는 사람이 머릿속에서 떠나지 않았다.

“우리 형은 거기 없었어. 아마 롱롱을 찾아갔을 거야. 몸속으로 기어들어 갔을 걸. 사라진 사람들은 죄다 거기 모이는 모양이니까.”

김이 눈으로 본 것처럼 담담하게 말했다. 후리도 척도 아무 말 하지 않았다.

척이 롱롱의 목줄을 놓았다. 뱀은 담장을 넘어 느릿느릿 아궁이로 기어들어 갔다. 그의 얼굴 위로 늘어져 있던 허물이 죽 찢어졌다. 허물을 벗은 얼굴엔 또 다른 허물이 드리워진 것처럼 보였다.

*

공 박사는 방역 센터를 빠져나와 산을 탔다. 손엔 롱롱의 동결 세포주가 든 소형 냉동고가 들렸다. 산 중턱에 이르러서야 겨우 숨을 돌렸다. 발아래 도시가 펼쳐졌다.

"도시는 얼마든지 있으니까, 이것만 있으면 다시……."

공 박사는 냉동고를 소중히 감싸 안았다.

그는 산 정상에 이르러 마지막으로 아래를 굽어봤다. 시민들이 대로를 따라 방역 센터로 가고 있었다. 끝이 보이지 않는 거대한 행렬이 힘차게 꿈틀댔다. 세상에서 가장 긴 뱀을 본 것 같아 공 박사는 몸서리쳤다. 걸음을 재촉했다. 시의 경계가 가까워지고 있었다.

작가의 말

『소원을 말해줘』의 원래 제목은 '롱롱'이었다.

7년 전 초고를 쓰기 시작한 것 같다. 집 근처 카페에 매일 갔다. 빵집 2층에 있는 작은 카페였는데, 두세 시간 자리를 차지하고 있자니 미안했다. 어느 날 사장님이 "뭐 하는 분이시냐" 물어서, 조금 눈치 보는 기분으로, "소설 씁니다" 했더니 "머리 좋으신가 보다"라는 뜬금없는 말이 돌아왔다.

일산과 용인의 공공도서관에선 눈에 띄지 않는 자리에 박혀 있었다. 아는 작가들을 몇 명 만나긴 했다. 다들 비슷했다. 구석진 자리에서 모니터에 면상을 박고 전투적으로 썼다. 어린이영어도서관 사서 선생님들은 마주칠 때마다 먼저 인사해주었다. 엄마와 어린아이들이 주로 찾는 도서관이었는데, 이용자가 거의 없는 시간을 골라 갔다.

마지막 퇴고는 잠시 머물던 사무실에서 했다. 제품 개발이 미뤄지다 아예 취소되는 바람에 할 일이 없어졌다. 출근해서 내리 글만 썼다. 아무도 내게 뭘 하냐 묻지 않았고, 점심시간이 되면 같이 밥을 먹어주었다. 그때도 약간 미안한 마음이 들었다.

'롱롱'을 쓰지 않으면 다른 글을 썼고, 그게 끝나면 다시 '롱롱'으로 돌아왔다. 몇 년째 내 머릿속에 있는 이야기에만 집중하고 있자면 자신이 이기적으로 느껴지기도 한다. 세금을 꼬박꼬박 내긴 하지만, 서너 시간씩 공공도서관 자리를 차지하는 일도 마찬가지다. 좋은 글을 쓰자고 다짐하는 것만으로는 부족했다.
이제 마음의 짐을 조금 덜 수 있게 됐다.

쓰는 동안 소리 없이 배려해주신 모든 분께 깊은 감

사 인사를 드린다.

작가의 마음을 헤아려준 편집인들에게도 고마움을
전한다.

곁을 지켜준 남편에게 많은 빚을 졌다.

2019년 가을
이경

소원을 말해줘

초판 1쇄 인쇄 2019년 10월 28일
초판 1쇄 발행 2019년 11월 4일

지은이 이경
펴낸이 김선식

경영총괄 김은영
책임편집 임경섭 **크로스교정** 조세현 **디자인** 박수연 **책임마케터** 기명리
콘텐츠개발6팀장 백상웅 **콘텐츠개발6팀** 임경섭, 박수연
마케팅본부 이주화, 정명찬, 최혜령, 이고은, 권장규, 허지호, 김은지, 박태준, 배시영, 기명리, 박지수
저작권팀 한승빈, 이시은
경영관리본부 허대우, 하미선, 박상민, 윤이경, 권송이, 김재경, 최완규, 이우철

펴낸곳 다산북스 **출판등록** 2005년 12월 23일 제313-2005-00277호
주소 경기도 파주시 회동길 357 2, 3층
대표전화 02-704-1724 **팩스** 02-703-2219 **이메일** dasanbooks@dasanbooks.com
홈페이지 www.dasanbooks.com **블로그** blog.naver.com/dasan_books
종이 한솔피앤에스 **인쇄** 민언프린텍 **제본** 정문바인텍 **후가공** 평창피엔지

ISBN 979-11-306-2686-4 (03810)

• 이 도서는 한국출판문화산업진흥원의 '2019년 우수출판콘텐츠 제작 지원' 사업 선정작입니다.
• 책값은 뒤표지에 있습니다.
• 파본은 구입하신 서점에서 교환해드립니다.
• 이 책은 저작권법에 의하여 보호를 받는 저작물이므로 무단 전재와 복제를 금합니다.
• 이 도서의 국립중앙도서관 출판예정도서목록(CIP)은 서지정보유통지원시스템 홈페이지(http://seoji.nl.go.kr)와
국가자료종합목록 구축시스템(http://kolis-net.nl.go.kr)에서 이용하실 수 있습니다. (CIP제어번호 : CIP2019040790)